AF221877

Renate Nottorf

Re Na Te

durchgeknallt

wiedergeboren

Das Leben meistert man lächelnd, oder
überhaupt nicht. DU bist ein MEISTER,
lächel einfach los.

Renate Nottorf

RE NA TE DURCHGEKNALLT WIEDERGEBOREN

und oder 3.0

Ein autobriografisch inspirierter Roman

Bibliografische Information der Deutschen Nationalbibliothek:
Die Deutsche Nationalbibliothek verzeichnet diese Publikation in der
Deutschen Nationalbibliografie; detaillierte bibliografische Daten sind
im Internet über dnb.dnb.de abrufbar.

Herstellung und Verlag:
BoD - Books on Demand, Norderstedt

ISBN: 978-3-7543-7968-4

Dieses Buch habe ich für alle Menschen geschrieben, mit denen ich auf meinem Lebensweg ein paar Schritte zusammen gegangen bin. Wer noch nicht an meiner Seite war, der darf sich gern einmal in die spannenden, humorvollen, fiktiven und wahren Begebenheiten einlesen. Gehe mit mir durch die Stationen meines Lebens und schaue sie dir an, wie in einem aufgeklappten Fächer. Spirituelles, Heilarbeit und Situationen des Alltags, begegnen dir auf meinen Reisen in Japan, Bali, Indien, Amerika und in meinem Wohnzimmer, ernsthaft aber auch humorvoll. Meine Spürnasen Tätigkeit als Wirtschaftsdetektivin, zeigt dir humorvolle Einblicke in die Welt der Miss Marple. Ich nehme meine berufliche und spirituelle Arbeit sehr ernst. Das hindert mich aber nicht daran, daß ich über diese Tätigkeiten in lustiger Form berichte. Viele kennen und lieben mich so. Die anderen können mich mal. Das Leben meistert man lächelnd, oder überhaupt nicht. DU bist ein MEISTER,

lächel einfach los.

reisen#speisen#lieben und oder andersherum, ist doch total egal in welcher Reihenfolge. Diese 3 Dinge sind für mich eine Komposition des Lebens. Dieses gesungene Mantra ist in jeder meiner Körperzellen tief verankert. Bei Bedarf lichte ich den Anker und die Reise kann losgehen.

Hamburg-New York in einer Balkonkabine. Ein Traum wird wahr. Diese Reise ist eine der 108 Perlen in meiner Reise Mala. Die Kette geht immer mit mir auf Reisen und mit ihr spreche ich öfter, als mit meinem angetrauten Dreibeiner. New York ist sooooooooooo geil. Ich wollte eigentlich niemals nach New York. Da ich aber seit meinem 70. Geburtstag vor 2 Jahren nun viele Situationen einplane, die ich eigentlich nicht erleben will, stehe ich außerplanmäßig, geplant in der 20 W 34th St, New York, NY 10001, auf dem Rockefeller Center im 86. Stockwerk.
Dieser Wahnsinns Ausblick auf die Hochhäuser und engen Straßen lässt meinen Altersbauch vibrieren. Es ist gerade wie eine Fahrt auf der Kingda Ka Achterbahn im US-amerikanischen Freizeitpark Six Flags, New Jersey.
Meine ausgebreiteten, Engelsflügeln ähnelnden Arme, verleiten mich nicht zum Fliegen. Ich umarme auch nicht die hier herumlaufenden Touristen. Ich halte so diese penetrant parfümierten Menschen auf Abstand. Seit meiner Kindheit leide ich an einer Duftstoff Allergie und das

blödeste daran ist, dass die Allergie auslösenden Parfüme meist sehr gut riechen. Sie versetzen meinen Körper aber in eine duftende Entzündungsbombe, die droht, innerlich zu implodieren. Fremde und auch immer wieder bekannte Menschen, die mir begegnen, verstehen mich nicht, wenn ich entsetzt das Weite suche, sobald Duftstoff in meine Aura strömt. Sie reißen entsetzt die Augen auf und fühlen sich unhöflich behandelt, wenn ich aufstöhne, ein Tuch vors Gesicht presse und MICH verdufte. So manches einatmen eines Parfüms wie z.B. Channel Nr. 6, beschert mir eine wochenlange Augenentzündung, Pickel am ganzen Körper und hängt mein Immunsystem an den Galgen. Keiner aus meiner Familie kann mir sagen, warum in meiner Wahrnehmung einiges stinkt und was diese diversen Allergien auslöst. Egal, es ist halt so.

Nun sitze ich hier oben auf dem luftigen Plateau und mache gleich einen Härtetest. Voller Erwartung schaue ich auf die coole Stadt, die niemals schläft und über ihre Bewohner wacht und oder auch nicht. Hier oben fühle ich mich so frei, wie ein Einhorn auf einer riesigen rosa Wolke. Ich werde einmal dorthin zurückgehen auf meinen Lebensweg, wo alles beginnt.

Zwischen gefühlt 7,8 Milliarden gut gelaunter, multikultureller, spiessig und modisch mutig gekleideter Individuen, sitze ich hier nun im Lotus Meditationssitz, auf meiner pinkfarbenen Windjacke und entspanne total. Ich schaue in gelbe, schwarze, braune, rote, weiße und grüne Gesichter. Einige der Menschen mit den grünen Gesichtern, stecken ihren Kopf direkt in eine Kotztüte. Ich denke sie haben einen Höhenkoller. Es fühlt sich gut an, diese unterschiedlichsten Frequenzen einfach zu spüren und ohne Bewertung zuzulassen.
Meine Poren öffnen sich und inhalieren Gelassenheit gegenüber allen und allem. Ich meditiere, gehe in Trance und werde in einer Selbstrückführung über all das, was und wie ich es in meiner wahr-Nehmung sehe, hier einmal berichten:

Total relaxt sitze ich auf einer Wolkendecke, meine Beine baumeln im Takt mit meiner Seele. Gehüllt bin ich in einen Mantel aus Sternenstaub. Frei auf allen Ebenen spüre, rieche, höre und fühle ich in meine Vergangenheit und oder in meine Zukunft hinein.

Ich atme tieeeeeef ein und noch

tieeeeeefer aus…….

ganz tieeeeeef ein und aus

hingebungsvoll total in meinem Rhythmus……

tieeeeefer……weiter…….immer tiefer….

ich gehe immer tiefer und tiefer und tiefer in mein
Innerstes…….

immer weiter…..immer tiefer

noch vieeeel entspannter

 mit jedem Atemzug……tieeeeef einatmen

und noch tieeeeeefer ausatmen

ich gehe immer tiefer, tiefer und
tiefer in mein Innerstes…

heute ist Morgen

morgen ist Gestern

Sekunden sind Jahre

Zeit ist nur ein Traum

Leben und Tod

ein Geschwisterpaar

ziehen eng umschlungen in Liebe

mit Sonne und Mond

durch die Ewigkeit

DU BIST
gestern
heute
morgen
leben
tod
liebe

IN EWIGKEIT ALLES

Ein eiskalter Wintertag im Januar 1949.

Ein eng umschlungenes Pärchen schleicht frierend im Schneegestöber um die Häuser. Sie sind auf der Suche nach einem Kuschelplätzchen. Plötzlich stehen sie vor einer riesigen Schiebetür aus halb vermodertem Holz. Der junge Mann dreht sich um, schaut kritisch in die Runde und öffnet dann vorsichtig die quietschende Schiebetür. Nacheinander tapsen beide vorsichtig in ein stockdunkles Nichts. Hand in Hand tasten sich die beiden frierenden Verliebten weiter vor, in den nach Schimmelpilzen, Pferdekacke, Stroh und Whisky stinkendem, großen Raum.

Der Whiskygeruch strömt aus einem metallenen Flachmann, den die junge Frau in ihrem grauen, gehäkelten Büstenhalter aus Baumwolle, mit sich trägt. Ein kleines Zündholz bringt etwas Licht ins Dunkel. In der alten Scheune, befindet sich nicht nur ein ungenutzter Pferdestall.

Ein Bestattungsinstitut hat eine Ecke als Lager gepachtet. Das schummrige Licht des Zündholzes lässt mehrere Särge erkennen, die übereinander an der Wand gestapelt stehen. Ein offener Sarg, aus dem eine ehemals weiße, zerknitterte Seidendecke und ein Kopfkissen hervorlugen, findet das Interesse der Verliebten. Eng aneinander geschmiegt legen sich beide auf die verblichenen Seidenstoffe. Das Zündholz hat sich verabschiedet und das Paar vollzieht glühend vor Lust (wohl wegen der Kälte) den wilden

Zeugungsakt, der mich direkt in Richtung des für mich vorgesehenen Erdenwegs schießt.

ICH werde SEIN, bin im kommen.

Umgehend formatiere ich mich aus dem Ei zur Blastozyste, gehe in den Status des Embryo und entwickle mich zu einem Fötus. Bereits in der 12. Schwangerschaftswoche fülle ich fast die gesamte Gebärmutter aus. In der 14. Schwangerschaftswoche entschließe ich mich, meinen kommenden Lebensweg als Mädchen zu gehen. Ab der 17. Schwangerschaftswoche mache ich mich durch drücken und treten bemerkbar, wenn mir die Aussengeräusche nicht behagen und ich lieber schöne Musik hören möchte.

In der 25. Schwangerschaftswoche wird mir zugeflüstert, dass ich es überleben werde, falls ich diese Herberge vorzeitig verlasse. Da ich mich sehr wohl fühle bleibe ich, denn meine Lungenreifung ist noch nicht abgeschlossen.

Mein Gehirn ist bereits sowas von aktiv und ich spüre genau, wie sich Zelle um Zelle bildet und ich eine unbändige Neugier auf das Erdenleben außerhalb dieser Höhle entwickle.

Der Platz in dieser wohlfühl Plazenta wird mir allmählich zu klein. Ich denke, ich werde die Flucht ergreifen.........

Sonntag der 23. Oktober 1949 ist ein stinklang-
weiliger Tag, sagt wer?
Jeder Mensch hat halt so seine eigene
wahr-Nehmung,
Fuck it !!! In meiner sieht das einfach so aus:

Jeder gestaltet sich seinen Tag selbst.
Endlich ist es soweit, ich lege los. Heute um
16 Uhr 47 Minuten und 38 Sekunden, endet für
mich die neunmonatige Wartezeit.
Ich zwänge und würge mich verzweifelt durch
einen engen, blutigen Tunnel und lande unter
fürchterlichen Schmerzen auf einem wohl ehemals weissen Geschirrtuch, zwischen Fäkalien
und Urin. Mein Geschrei wird übertönt vom Ge-
stöhne einer halb über mir liegenden dicken
Frau, deren Frisur einem lange nicht mehr aus-
gespülten Wischmop gleicht. Neben dem Bett
steht eine 186 cm grosse, mit einer klebrigen
Latzhose bekleidete Flasche Doppelkorn. Direkt
dahinter steht ein Riesengebiss mit einem rie-
sengrossen, dicken Pferdeschwanz.
Die beiden Gestalten halten mir eine Visitenkarte
vors Gesicht, auf der zu lesen ist:
`Vaddi und Omma hier.´
Daneben steht eine Frau, die beide mit dem
Namen Berta ansprechen. Hochwichtig hält sie
eine Axt unter ihrem Arm, mit der sie die Nabelschnur durchtrennt. Sofort stecke ich meinen
grossen Zeh in den Mund, um den 1. Schrei ein-

fach nicht von mir zu geben. Meine vereinzelt aufgestellten Haare, die in 12 Reihen spriessen, leuchten plötzlich wie ein Strahlenkranz des japanischen Amida Buddha, hoch über meinem kleinen Kopf. Nach 9 Monaten in der Placenta-Hängematte, sachte in meiner Mutter herum geschaukelt, komme ich ohne Vorwarnung in diese chaotische Welt. Ich schreie mir die Seele aus meinem blutverschmierten, verbeulten, zahnlosen Mund. Um das Geburtslager herum jubeln meine Oma, Vaddi und diese Tante Berta, meiner Mutter zu:

„Es ist ein Mädchen, sie ist so süß !!!"

Wie kann man denn süß aussehen, auf einem Küchentuch inmitten der Reste von Linsen, Schinken, Bratei, Blut und Urin?
Mir schwant Oberübles, wenn ich einmal in das mentale Buch dieser Familie, in die Akasha-Chronik hinein schaue. Diese Chronik ist das sogenannte Weltgedächtnis. Sie ist in der westlichen Welt wohl einer der bekanntesten Begriffe dafür, daß ein astrales Gedächtnis existiert. Man sagt, sie ist das vergangene, gegenwärtige und zukünftige Wissen um alle und alles. Sämtliche Gedanken, Worte und Taten werden dort aufgezeichnet. Ein Buch, in dem alle menschlichen Erfahrungen und alle Ereignisse in einer Chronik verzeichnet sind.

Was da unter anderem, zu diesen Menschen um mich herum verzeichnet ist, veranlasst mich, eine Rückfahrkarte zu beantragen.

Mutter Magda ist inkontinent und tablettenabhängig. Vater Erwin, cholerischer Alkoholiker, älterer Bruder Eddy, alias Doofmann, chronischer Nörgler, Miesepeter und Verklopper.

Meine kleine Schwesta Sly, kommt 5 Jahre nach mir in diese Familie. Rotzfrech und pränatalkomatisch träge, ist sie der Liebling unseres Vaddi. Das bleibt sie allerdings nur, bis sich unser jüngster Bruder Olli, der penetranteste Nestbeschmutzer aller Zeiten, in der Sippe breitmacht. Olli, haarlos als Steinbock geboren, übersichtlich ehrgeizig, schleimt sich durchs Leben und vereint noch einmal alle unheilbaren Merkmale der Assi-Familie in sich. Olli schafft es mit seinem introvertierten Gehabe nicht durch den vorgesehenen Geburtskanal seiner Erzeugerin.

Vergnüglich benutzt er deshalb Mutters Luke zwei. An dieser Technik wird er zeitlebens festhalten. Stets recht freizügig, wird er seine regenbogenfarbenen Spermien immer gerne in willige Empfänger hinein transportieren.

Nicht vergessen möchte ich die Zwillinge. Ein Jahr vor meiner Geburt purzelt Mutter Magda in der 22. Schwangerschaftswoche, auf Anraten des sturzbesoffenen Vaddi, die Kellertreppe hinunter. Den zweieiigen Zwillingen, ein Junge und ein Mädchen, bleibt es zu ihrem Glück erspart, sich in dieser Sippe zu integrieren. Warum habe ich mir so eine Familie ausgesucht? Da liege ich nun völlig entkräftet von der Geburt und schnuppere in den ersten Sekunden auf meinem Lebensweg den Geruch von Lebensmittelresten. Ein gelber Rest vom Ei landet direkt zwischen meinen Augenbrauen und markiert dort mein Chakra Ajna. Über dieses Chakra wird das sogenannte 3. Auge gestärkt, welches für die Kommunikation mit meinem eigenen Bewusstsein eine große Bedeutung hat. Ich weiß heute nur noch nicht, daß ich in den kommenden Jahren meines Lebens immer wieder über dieses Chakra eine Verbindung zu meiner Seele aufbauen werde. Ich frage mich ernsthaft, ob ich mir diese Familie wirklich gemeinsam mit dem. karmischen Rat vor meiner Inkarnation ausgesucht habe? In dieser illustren Runde werde ich die Arbeiten erledigen, die ich mir für diesen. Lebensweg selbst auferlegt habe? Ich muss besoffen, oder bekifft gewesen sein.

Solch eine Sippschaft und deren noch schlimmere, weitläufige Ableger des Zwergplaneten Haumea, will man doch gar nicht kennenlernen! Solch eine, völlig strukturlose, versiffte und messiorganisierte Verwandschaft. Wer zum Teufel hat sie für mich ausgesucht? Sind schlechte Tage wichtig, damit man die guten Tage schätzt? Da möchte ich doch lieber zu Robinson Crusoe und Freitag, in eine WG auf die einsame Insel ziehen. Nahe der Mündung des großen Flusses Oroonoque soll diese Insel liegen. Kann ich nicht einfach dort stranden? Nein, stattdessen muss ich nun mit dieser Mischpoke, in einer nicht so freiläufigen, dunklen Unterkunft wohnen.

Wie ich so vor mich hin grübele, höre ich plötzlich eine mir bekannte Stimme.

Mein höheres Selbst? Mein integriertes Gewissen? Meine verkaterte Seele? Irgendetwas, und oder Irgendwer flüstert mir zu:

„Mach hinne, ReNaTe!"

Der **Name Renate** kommt aus dem Lateinischen und ist die weibliche Form des Namens Renatus.

Er bedeutet übersetzt „wiedergeboren", daher wird **Renate** meistens mit „die Wiedergeborene" interpretiert.

„Das hast du dir alles im Beisein des karmischen Rats selbst ausgesucht, als Aufgabe für dieses Erdenleben. Nun arbeite auch bitte verpflichtend alles ab." Ich muss da oben auf Wolke7 völlig gaga gewesen sein. Der karmische Rat soll dem Vernehmen nach aus Jesus, Maria, Buddha, Mutter Theresa, einigen weiteren aufgestiegenen Meistern und Meisterinnen, einigen gefallenen, degradierten Engeln und aus meiner Oma Dorle bestehen. Damit das YIN und Yang auch in dieser Dimension im Gleichgewicht ist, sitzen dort gelegentlich auch Stalin, Mao, Mussolini und Adolf Hitler mit am Tisch. Sie beraten im Rat mit, um die Regeln und die Durchsetzung der Inkar-

nation realistischer zu gestalten. In dieser be-
knackten Runde sitze ich also und bespreche
mein Erdenleben? Jesus hat wohl noch literweise Wein vom letzten Abendmahl einbehalten,
damit er und die karmische Delegation mit mir
mein Erdenleben fixieren und festhalten kann.
Wo ist der liebe Gott???
Ist er vielleicht gar nicht lieb???
Mag er keine Kinder???
Warum hat er keine Frau an seiner Seite???
Fehlt er im karmischen Rat, oder ist er vielleicht
der ganze Rat in einer Person???

„Die Antwort kennt nur der Wind!"

Okay ich frage ihn mal, falls ich ihn irgendwo alleine treffe und bin gespannt auf seine zugigen
Infos. Der karmische Rat teilt mir nun in diesem
Meeting mit, dass ich nicht weiß, wie meine Aufgaben aussehen, wenn ich auf der Erde ankom-
me. Für alle Fälle habe ich aber einen Rucksack
dabei, in dem als höchstes Gut für mein Erdenleben, MEIN FREIER WILLE, mitreist. Das kann
ja wenig heiter, eher dunkelwolkig, bis stürmisch
werden. Alles selbst aussuchen, um es abzuar-
beiten? Nicht wissen, wie die Arbeit aussieht?
Wer hat sich sowas ausgedacht?
ICH ganz alleine!!!
Warum suche ich mir so etwas Beklopptes aus.
In der Sekunde meiner Geburt auf eine Flasche

Doppelkorn und ein Riesengebiss mit Pferdeschwanz zu treffen, statt auf einem Einhorn
durch den Luhepark zu reiten? Ich überlege und
weiß plötzlich, dass ich Glück im Unglück habe.
Glücklich kann ich mich fühlen, weil ich das
2. Kind der Familie bin. Diesen glücklichen Kindern sagt man ja nach, dass sie hübscher, intel-
ligenter, fröhlicher und unkomplizierter als andere Gören der Familie sind. Also hinein in diese
Truppe der gestrandeten Erdbewohner. Ich denke, ich passe mich mal der Situation da an, denn
es nicht zu erwarten, dass sich die Situation in
dieser Familie meinen Erwartungen anpaßt.
Kreischend und schreiend mache ich mich ran
an die Abarbeitung dieses Albtraums.
Leicht genervt von dem Gebrüll, drückt Oma
mich an einen Nippel, der an Mama hängt und
ich sauge mich daran fest wie ein Ventil am Auto-
reifen. Schmeckt und riecht gut, akzeptiert.
Das Genuckel an meiner Mutter macht mich
müde. Oma badet mich und legt mich in ein ku-
scheliges Nest, welches sie Stubenwagen nennt.
Ich gucke auf einen Vorhang, wie im Kasperle-
theater. Oma schiebt den Vorhang zur Seite und
hebt ein zappelndes Etwas über den Rand des
Stubenwagen. Mir wird der nächste, schwere
Schock meines gerade begonnenen Lebens zu-
teil, als ich Doofmann erblicke. Diese 3 jährige
Glatze mit Ohren, mein halber Bruder Eddy,
kreischt los und schreit:

„Das ist ja eine Ziege, eine doofe Ziege!!!"
Wieso bin ich eine Ziege? Oma hat mich doch
gebadet, gepudert und in feine, weiche Tücher
gewickelt. Sieht so eine Ziege aus? Ich will es
gar nicht wissen, stecke den Daumen in meinen
Mund und schließe meine grüngrauorangen,
müden kleinen Äuglein.
Wie eine ägyptische Mumie gleite ich in das
Reich der Träume. Ich sehe einen Jüngling mit
gebundenen Ästen auf dem Kopf. Er klettert von
einem Kreuz herunter, packt mich an der Windel
und zusammen tanzen wir über den Regenbogen. Wir trinken Tee aus Sternenstaub, knabbern
an Keksen aus dem Teig der Sternschnuppen
und lachen kristallene Tränen vor lauter Freude.
Träume sind aber Schäume und die Realität wirft
mich vom Regenbogen direkt auf einen verrosteten Pinkelpott. Auf diesem ekligen Topf aus Me-
tall mit Henkel, verrichtet mein Halbbruder Eddy
auch schon jahrelang seine Geschäfte. Trockene
Windeln kann ich ab sofort vergessen.
Fortan bekomme ich immer ein dickes Lob für
jeden abgehenden, stinkenden Haufen Kot und
manchmal auch über den Rand gestrulltes Pipi.
So einen Beifall sehe und höre ich zukünftig nur
noch bei Olympia, wenn die Goldmedaille vergeben wird. Diese Sitzungen auf dem harten, kalten Pinkelpott werden äußerst ungern erledigt.
Tag für Tag, Woche für Woche, Monat für Monat.
Die Pullerei wird zu meinem Sitzmantra in der

Küche, bis ich soweit bin, um auf dem Hof neben meiner Erzeugerscheune, auf das kleine, stinkende Familien-Plumpsklo zu gehen.

Wenn ich meine Kindheit in einer Zeitmaschine an einen anderen Ort beamen kann, schicke ich sie ins Nirvana. Meine Rückkehr in die geistige Heimat ist dann gesichert und ich kann eine neue Inkarnation planen. Mal abwarten.

Mein Halbbruder Eddy ist ja fast 3 Jahre älter als ich. Dem Vernehmen nach ist er eine unbefleckte Empfängnis meiner Mutter. Sie hat ihn im Alter von 17 Jahren, auf dem Abschlussball am Ende ihrer Schulzeit eingeatmet. Nach einer misslungenen Abtreibung, wurde er auf seinen Lebensweg gestellt und muß an einem mentalen Rollator laufen lernen. Dieser Rollator wird in seiner Pupertät gegen mentale Krücken getauscht, die er bis zu seinem Tod nicht ablegen wird.

Eddy hat ein Geburtstrauma in seiner Aura verzeichnet und findet Mädchen saudoof. Zum Glück trete ich nun in sein Leben und zeige ihm einmal, dass Mädchen soooo nett sind.

Morgens halb 7 in unserem eiskalten, spärlich möblierten, noch nie und oder selten aufgeräumten Kinderzimmer, geht die Post ab.

Der leider nicht abgetriebene Halbbruder hebt seinen Karies bepflanzten Mund aus dem Federbett und murmelt verschlafen in meine Richtung:

„Blöde, doofe, verkackte Ziege, verpiss dich."

Ich bohre ganz tief in meiner Nase herum und schieße mit Zeigefinger und Daumen einen Popel in die Richtung seiner gelb belegten Zunge. Treffer!!!!!!

Wie jeden morgen, fange ich mir auch heute, umgehend eine klatschende Ohrpfeige ein. Eddy ist das letzte, was man sich in seinem Erdenleben zum Bruder wünscht. Er hat es einfach nicht drauf, sich in andere Kinder, insbesondere nicht in mich hinein zu versetzen. Er ist eine Egosau. Wenn ich mal Schokolade, oder andere Süßigkeiten bekomme, futtere ich sie innerhalb von Sekunden auf und gebe Niemandem etwas ab. Das ist so völlig in Ordnung, denn Schokolade ist ungesund, wenn sie unter 70% Kakaogehalt hat. Eddy hingegen bohrt ein Loch in seine Tafel Schokolade. Diese hängt er sich dann an einem Stück vergammelter Wäscheleine um den Hals. Doofmann sieht mich gern leiden und leckt jede halbe Stunde, stöhnend, mit rollenden Augen auf der Schokolade herum. Einmal habe ich es geschafft, die Wäscheleine mit der Süßigkeit vor ihm in Sicherheit zu bringen. Eddy hat sie zur Nacht über das Holzkreuz an der Wand mit dem leidenden Jesus gehängt. Der will keine Schokolade essen, weil er abgemagert aussehen muß und schickt mir Inputs zur Sicherstellung der Süssigkeit. Gehört, gesehen, gegriffen und schnell im Pinkelpott versteckt. Morgendliche Geschäfte darüber erledigen und unschuldig aus der Wäsche gucken, habe ich gut drauf. Vielleicht kann durch diese hilfreiche Vernichtungs-Aktion der ungesunden Schokolade ja der fürchterliche Kariesbefall in Eddys vorlautem Mund gestoppt werden. Wieso meckern eigentlich alle über meine Fürsorge? Es ist doch eine total selbstlose Aktion. Ich schütze doch nur seine Zellen vor ungesundem Zucker.

Dieser misslungene Halbbruder, steht auf der Liste meiner `Dinge, die einem das Leben erschweren` mein Leben lang an oberster Stelle. Eigentlich kann der Doofmann Eddy gar nicht soviel dafür. Da ich aber alle seine Klamotten auftragen muß, sogar seine Schuhe, sehe ich immer aus wie ein Junge mit blonden Prachtlocken und Butterlecker im Haar. Blöder kann man im Jahr 1953 als kleines, eigentlich hübsches Mädchen wirklich nicht aussehen.

Eddys Freunde brüllen immer vor Lachen, wenn sie mich sehen und lassen mich nie mitspielen. Die Bande spielt fast täglich im Hof und am liebsten vor dem Plumpsklo, wenn ich drin sitze. Unsere große, alte Hauswand beherbergt unter ihrem Efeu tausende, riesengroßer Spinnen. Eddy und seine Kumpanen fangen die Spinnen und werfen diese durch das kleine Herzchen ins Plumpsklo, wenn ich gerade eine Sitzung abhalte. Zu dieser Zeit bildet sich meine ausgeprägte Spinnen-Phobie, die ich jahrzehntelang mit mir herumschleppen werde.

Autogenes Training hilft nicht. Hypnose versagt bei mir völlig. Der Versuch, die Spinnen anzuschreien, dass sie sich verpissen sollen und dahin gehen, wo der Pfeffer wächst, scheitert brutal. Dies hat zur Folge, dass sie im großen Rudel wiederkommen und sich überall in meiner Nähe einnisten. Lieben sie mich so sehr? Danke nein. Wenn ich mich bei Oma mal beschwere, weil ich bei Eddy und Friends nicht mitspielen darf, winkt sie immer ab und sagt:

„Mußt gänn spielen miit Mädels, geh auf Straße vorr Tiir, aba paß auf bei die Lastehr."

Meine Oma ist nicht doof, sie stammt aus dem hintersten Ort in Ostpreußen.

Sie spricht das so aus: astpreißen, mein astpreißen und Doofmann sagt immer zu ihr: „Oma astscheißen." Wenn Mama das hört, gibt es natürlich Mecker und darüber freue ich mich.

Meine Oma stammt aus Ostpreußen und kennt sich gut mit alternativen Heilmethoden aus. Bei uns in der Familie ist es total normal, seinen Morgenurin nicht einfach so ins Klo zu gießen. Aus dem Mittelstrahl, wenn man so 1/3 gepinkelt hat, füllt man sich immer ein wenig ab, in einen bereitstehenden Becher. Pipi riecht nicht übel, nur wenn man Spargel ißt , stinkt es ziemlich doll. Aus dem Becher trinke ich, wie alle anderen in der Familie auch, ein kleines Schlückchen. Das stärkt das Immunsystems und man bekommt nicht so schnell eine Erkältung. Natürlich trinkt jeder aus seinem eigenen Becher. Wir sind ja keine Inuits. Die trinken nach einer Feier auch aus dem Pinkelpott der Nachbarn, weil da Restalkohol drin ist. Das alles weiß ich von meinem Lieblings Onkel Kalle.

Also, Wenn ich trotzdem einmal erkältet bin, gurgele ich mit meiner Pipi. Das finde ich total normal, weil ich das schon immer mache und ich ekele mich nicht davor. Oma sagt immer, dass Ekel anerzogen ist und im Urwald essen die Menschen sogar ihre Popel, weil das Proteine sind. Das möchte ich aber nicht machen. Vielleicht probiere ich es einmal aus, wenn ich groß bin und im Urwald Urlaub mache. Der Rest Pipi kann ins Klo, oder man lässt ihn über die Hände strömen. So benötigt man überhaupt keine Handcreme. Oma reibt sich mit den feuchten Händen auch immer gleich die Fersen und die Fußsohlen ab. Meine Oma hat überhaupt keine Hornhaut an den Füßen und streichelzarte Hände. Warzen kann man auch mit Urin bepinseln, oder mit Spucke, beides hilft. Die Warzen verschwinden einfach nach einiger Zeit. Irgendwie glaube ich, dass meine Oma eine Hexe ist. Sie bekommt oft Besuch von kranken Menschen und behandelt die. Wenn Oma die Hände über sie hält, murmelt sie immer ganz viel vor sich hin. Es sind wohl Gebete, die Oma da reinspricht, jedenfalls hilft es den Leuten und sie schicken immer mehr kranke Menschen zu uns. Neulich gehe ich

Milch holen im Milchladen und da steht vor mir
der Doktor aus der Praxis im Nachbarhaus. Er
sieht mich und sagt freundlich zu mir:
„Renate, sag der Oma mal Bescheid, heute
Nachmittag schicke ich ihr eine Gürtelrose rum."
Zuhause sage ich dann wichtig zu Oma:
„Stell mal eine Vase auf den Tisch, der Doktor
schickt dir nachher eine Rose her."
Oma schmunzelt und sagt:
„Warte mal ab Renate, bald zeige ich dir alles,
was ich weiß, dann bekommst du auch deine
Rosen vom Doktor." Da freue ich mich schon
sehr drauf, denn es ist immer viel los, wenn Oma
kranke Leute bei uns zu Besuch hat. In diesen
Momenten vergesse ich sogar in der Nase zu
popeln, was ich eigentlich ständig tue. Das Popeln habe ich von meinem Onkel Kalle geerbt.
Onkel Kalle hat Nasenlöcher so groß wie Kaffee-
tassen. Das hat mich aber nie gestört an ihm,
weil er mir immer bei seinen Besuchen Sahne-
bonbons kocht. Onkel Kalle ist Schiffskoch und
nur selten bei Oma zu Besuch. Er erzählt mir
immer Geschichten von seinen Reisen und von
ihm weiß ich, daß auch die Inuits Pipi trinken.
Onkel Kalle hat mir auch erzählt, daß in fernen
Ländern Mütter ihren Kindern aus Schafswolle
Windeln stricken. Die Kinder pischern da den
ganzen Tag rein und brauchen keine Creme für
ihren Popo. Sie sind nie wund, oder so.
Onkel Kalle weiß so viel, ich freue mich immer,

wenn er kommt und mir neue Sachen erzählt. Ob die Matrosen auf seinem Schiff wohl von seiner Nasen-Popelei was wissen? Sie können ihn ja nicht über Bord werfen, dann verhungern sie. Wenn mal ein Popel in die Suppe fällt, ist das nicht schlimm, denn Popel bestehen aus Protein und schmecken nach gar nichts, nur nach Popel.

Wer kennt nicht den alten Abzählreim:
ene Mene Mopel, wer frißt Popel,
Ene Mene Meck
und Du bist Weck.
Mit einem Springtau und Freundinnen, hat man viel Spaß. Man kann mit diesem Abzählreim stundenlang auf dem Hof spielen.

Schlimmer als jede Riesenspinne, oder ein Popel in der Suppe, ist aber meine Tante Hildegard. Tante Hildegard hat, nachdem Mama ihr den Verlobten, meinen Erzeuger ausspannt, mich in die Welt setzt und unter Druck von Oma heiratet, nichts mehr von sich hören lassen. Nun steht sie plötzlich nach vielen, nicht vermißten Jahren wieder in der Tür. Nein, besser gesagt, sie fährt im Beiwagen eines Motorrads vor. Neben, unter und über Hildegard befindet sich eine komplette Wohnungseinrichtung. Vorn am Lenker des Motorrads sitzt ein riesengroßer, dicker Chimpanse, bekleidet mit einem Skianzug, Sandalen an den

Füßen, einem Nasenring und einer ekelhaft fetten Herpeslippe im behaarten Gesicht.

Tante Hilde nimmt einen Kochlöffel aus dem Mund, zeigt auf den Chimpansen und stellt ihn allen vor als:

„Dassis Ferdi." Wo hat sie den denn aufgelesen. Der Chimpanse Ferdi hat riesige Ohren die völlig behaart sind und seine ungeschnittenen, dreckigen, spitzen Fingernägel hinterlassen Kratzer im Boden, wenn er sich träge fortbewegt.

Ferdi kann sogar selbst sprechen und murmelt: „Tachchen Allemann."

Allemann? Tatsächlich haben sich zwischenzeitlich zum Empfang des Paares sämtliche Bewohner der Gaststätte, deren 1. Etage wir bewohnen, eingefunden. Aus der näheren Umgebung sind auch einige, neugierige Nachbarn dazu gekommen. Alle stehen kerzengerade, voller Neugier Spalier um die alte, zweirädrige BMW herum, in deren Beiwagen Tante Hilde stöhnt:

„Nehmt die Kisten von mir runter und laßt mich raus, sonst pinkel ich die Karre voll."

Flugs schnappt sich jeder, der zwischenzeitlich anwesenden 78 Personen, einen Teil der Ladung und schwirrt damit ab. Sie hauen ab, aber nicht in die Gaststätte, unsere Unterkunft, sondern jeder in eine andere Richtung zu sich nach Hause. Tante Hilde bleibt nur der Kasten mit dem Silberbesteck übrig, den sie im Alter von 13 Jahren auf einer Hochzeit der Tante Berta mitgehen ließ.

Jetzt ist sie völlig mittellos und macht sich mit dem Chimpansen Ferdi bei uns breit. Die BMW wird jeden Abend in die 1. Etage getragen und von Ferdi ans Bett gekettet. Den Beiwagen darf des Nachts der Waldi, unser Hofhund, als seine Nachtunterkunft benutzen.

Waldi ist eher ein Schaf im Wolfspelz und kann keiner Fliege etwas zuleide tun. Er kann aber richtig laut Knurren und seine letzten 3 Zähne zeigen. Das reicht völlig aus, um Leute abzuschrecken, sich dem Beiwagen nicht zum Klauen zu nähern.

In der 1. Etage der Gaststätte zum Nordertor, wohne ich mit Mama Magda, Vaddi Erwin und Halbbruder Eddy dem Doofmann, sowie Oma und Opa. Hilde und Ferdi sind ja jetzt Dauergäste. Nebenan wohnen Tante Berta und ihr Kurti. Wir nutzen 8 kleine Gästezimmer, die in einer Reihe hintereinander liegen. Jedes Zimmer ist so groß wie eine Umkleidekabine im öffentlichen Schwimmbad. Der lange Flur ist mit Holzbohlen belegt und wir Kinder benutzen ihn mit unseren Tretrollern als Rennbahn, wenn Opa nicht da ist. Mein Opa steht, bis ich selber ein Kind bekomme, auf meiner Liste der `gemeinen Verwachsenen´ , ziemlich weit oben. Erst als ich selbst Mutter werde, streiche ich ihn, weil ich Verständnis für ihn aufbringe. Als Mutter werde ich ihm auch verzeihen, daß er mich einer durchziehenden, russischen Zirkustruppe mit auf den Weg geben will. Opa hegt die Hoffnung, daß diese Truppe mich mit in die Walachei nimmt und er endlich in Ruhe seine Zeitung lesen und dabei seinen ekelhaften Priem kauen kann.

Ein Priem ist ein Kautabak. Er wird wie ein Stück Lakritz in den Mund gesteckt und dann stundenlang darin hin und hergeschoben. Priemkauer haben schwarze Zähne. Opa hat keine schwarzen Zähne, er hat nur noch eine zahnlose Kauleiste. Mein Opa verwahrt seine furchtbar langen, gelben, ausgefallenen Zähne einzeln im Portemonai zwischen den Groschen. Was für ihn den Vorteil hat, daß ich ihn nie um Geld bitte, weil ich mir den Anblick dieser fürchterlichen Groschenzähne ersparen will.

Die hässlichen Zähne werden dann auch dringend anderweitig gebraucht. Tante Hilde beansprucht sie als Aussteuer-Zuschuß.

Sie kündigt ihre Eheschließung mit Ferdi zum 15. Mai des Jahres an. Es wird bestimmt, daß Kurti und ich die Blumen auf der Hochzeit streuen sollen. Meine Freude darüber wird aber jäh getrübt. Doofmann findet nämlich an seinem Geburtstag, am Tage vor der Hochzeit, ein Geschenk vor, welches ihn in helles Entzücken und mich in tiefste Verzweiflung stürzt. Ich ersticke an eimerweisem Neid und Unverständnis.

Im Flur steht ein niegelnagelneuer Ballonroller. Es gibt bisher in unserer Familie nur Tretroller. Wie kann man es wagen, die Tretroller Gang auseinander zu reißen, indem grade Doofmann einen Ballonroller bekommt? Warum der Halbbruder und nicht ich? Dann kommt es ganz, ganz Dicke. Eddy strahlt und sagt hämisch zu Mama: „Danke, danke, danke, aber Ziege darf da nie im Leben mit rumfahren."

Mir wird es speiübel. Ich ziehe sämtliche Register und biete Doofmann sogar an, ihm seine Schoko Weihnachtsmänner zurückzugeben, die ich geklaut habe. Seit Monaten halte ich die jetzt schon vor ihm versteckt. Nichts wirkt. Er fährt den Flur rauf und runter mit weit heraus gestreckter Zunge und höhnt:

„Nie im Leben darfst du blöde Ziege damit fahren, nie im Leben."

Am Abend holt er sich dann auch noch von Ferdi Rat, wie man einen Ballonroller ans Bett kettet und steht danach dick unterstrichen, als Erster auf meiner Abschußliste. Am nächsten Morgen, dem Tage vor der Hochzeit, setze ich alles daran, den Roller von der Kette zu bekommen. Alle Versuche scheitern. Mama meckert mit mir und sagt leicht angezickt:

„Renate, laß den Ballonroller stehen und mach dich hübsch, du sollst doch morgen ein Blumenmädchen sein." Ich schleiche mich lieber davon. Oma bügelt mein blaues Organzakleid.

Den pinken Butterlecker besetzt sie noch mit lauter kleinen, glitzernden Rosenblüten. Sie putzt meine schwarzen Lackschuhe und legt die weißen Kniestrümpfe, mit den vielen, großen und kleinen Löchern an den Zehen dazu.

Ich will aber ohne den Ballonroller nicht hübsch sein. Außerdem möchte ich an Mama Rache nehmen, weil sie Doofmann nicht den Befehl gibt, daß der mir seinen Ballonroller überläßt.

Ich nehme eine Schere vom Tisch der Vorbereitungen und verstecke sie unauffällig in meinem Bett. Während der Nacht, als ich alle schnarchen höre, nehme ich die Schere unter der Bettdecke hervor und schneide meine langen, blonden Locken 1 cm über der Kopfhaut ab. Unbemerkt werfe ich sie zu Waldi in den Beiwagen. Waldi ist begeistert und verteilt die Haare umgehend wie eine Wolldecke in seiner Behausung.

Mit einem tierischen Schrei weckt meine Mutter dann am morgen die ganze Hochzeitsgesellschaft auf.

„Re Na Te…du bringst mich noch ins Grab." Diesen Satz höre ich bis zu meinem Auszug aus der Gasthofsekte, fünfhunderttausendmal.

Meine Mutter ist aber zeitlebens kerngesund. Neben ihrer Tablettensucht erfreut sie sich stets bester Gesundheit, wenn sie nicht in Trance ist. Sie ist bestimmt die Cousine von Münchhausen. Jedenfalls lügt sie genauso toll wie der Baron. Spiegeln, Spieglein an der Wand, ReNaTe ist der erste Punk der Nachkriegszeit im Land. So einen Haarschnitt bekommt man kein zweites mal hin. Die Krönung auf dieser Frisur ist der rosenbe-

setzte Butterlecker in Pink. Waldi kommt angelaufen und schaut mit in den Spiegel. Zwischen
seinem Fell hängen ein paar meiner honigblon-
den Locken und er sieht aus wie ein Schaf mit
goldenen Extensions. Dem Fotografen wird eine
Haftstrafe angedroht, falls er mich mit auf das
Hochzeitsfoto nimmt und anschließend nicht
wegretuschiert. Ich finde mich sooo schön und
es ist mir egal, ob ich mit auf das Foto komme
oder nicht. Ist mir doch Schnurzpip.
Der Ballonroller steht nämlich ganz einsam im
langen Flur und niemand hat bisher bemerkt,
daß jemand mit einer Schere die Luft aus den
Reifen gelassen hat. Ich gehe ganz in meinen
Handlungen auf und denke jedesmal, das ist
meine letzte Tat, vor dem nächsten Muster auf
dem Po, welches Vaddis Gürtel zeichnet.
Der Tatort wird entdeckt und ich bin leider die
einzige Verdächtige. Natürlich bekomme ich mal
wieder eine gehörige Tracht Prügel. Grimmig
maule ich ein paar Stunden ganz allein im Ein-
bauschrank des langen Flurs. In diesem Schrank
riecht es entsetzlich nach Mottenkugeln und
Schimmel. Das halte ich nicht lange aus und
schleiche mich in Mamas Schlafzimmer.
Auf ihrer Nachtkonsole liegen stapelweise Tabletten. Neue Inkontinenz-Windeln lagern neben
Gebrauchten. Komischerweise liegen da auch
einige weiße, leere Luftballons herum, mit viel
Eischnee drin. Zwischen all diesen Sachen finde

ich eine Flasche mit Duftwasser. Zielgerichtet reibe ich meine übel nach Mottenkugeln und Schimmel riechenden Arme und Beine damit ein. Ein paar Tropfen schütte ich mir noch auf die Haare, dann wird es schwarz vor meinen Augen. Hilfe….Ich bin auf einmal sowas von tot!

Wie in einem Fahrstuhl, fahre ich blitzschnell nach oben und lande in einer riesigen Kristallhöhle. So etwas Wunderschönes habe ich noch nie gesehen. Eine wunderbare, all umfassende, weiblich-ätherische Energie umgibt mich und dringt tief in mein Bewusstsein. Mitten in der Höhle steht ein riesiger Tisch aus fluoreszierenden Kristallen. Meine Intuition führt mich näher an den Tisch heran. Mir wird bewußt, daß Erfahrungen im Umgang mit Kristallen aus anderen Leben, in unseren Zellen gespeichert und über das Bauchhirn (die Intuition) re-aktiviert werden. Plötzlich fühle ich mich Zuhause und Tränen laufen über mein Gesicht. Ohne dass jemand mit mir spricht, spüre ich die Worte in meinem Innersten:

„Du darfst nicht hier sein, gehe bitte sofort zurück in dein irdisches Leben.“

Eigentlich ist ja gehorchen nicht so mein Ding, aber hier spüre ich genau, ich muß wieder gehen.Traurig setze ich mich auf den großen Tisch. Wehmütig schaue noch einmal die Kristalle an, die mir wie liebevolle Geschwister erscheinen und schließe meine Augen.

Ein wolkenähnliches Leichentuch hüllt mich ein und ich befinde mich eine kurze Zeit in einem Raum der Stille. Das Auge, mit dem ich ins Universum geschaut habe, ist auch das Auge, mit dem das Universum mich sieht. Ich möchte in dieser Frequenz bleiben, aber…..

wenn die Welt einmal Kopf steht, mach doch einfach mal einen Handstand….

…..auf einmal zieht jemand meine Augenlider nach oben und ich höre mehrere leiernde Stimmen. Meine Augen kann ich nur zu Schlitzen öffnen und was ich dadurch sehe, ist leider völlig undeutlich. Wo bin ich und was ist hier los?

„Ooooooooma!!!!!!" rufe ich verzweifelt und bekomme zur Antwort:

„Ruuuuuuhig liegen bleiben Kindchen, deine Oma kommt gleich, wir sind hier in einem Krankenhaus." Wieso liege ich in einem Krankenhaus? Warum bekomme ich meine Augen nicht auf? Weshalb muss ich gleich mal kotzen?

Die Antworten werden mir in Form eines Tropfes über mehrere Stunden in den Arm geflutet.

Die Parfümdusche hat bei mir einen allergischen Schock ausgelöst und ich bin sofort mit dem Krankenwagen in die Klinik gekommen. Hier bleibe ich ein paar Tage und liege in einem frisch bezogenen Bett. Es gibt morgens ein Frühstück, mittags ein warmes Essen und am Abend sogar noch zwei leckere Butterbrote mit Wurst, Käse und Gurke.

Kann ich hier bleiben? Kann ich nicht! Nach 7 Tagen ist der Kur-laub beendet und ich muss wieder zurück in die Schmerzzone.

Der Doktor gibt Mama und Oma einen Zettel mit auf den Weg. Darauf steht, dass ich mich von Duftstoffen fern halten soll. Der Zettel geht verloren und der Text darauf kommt irgendwie nicht in den Köpfen der Verwachsenen an. Mir wird nur gesagt, dass ich mich in Zukunft anständig benehmen und nicht wieder so einen Blödsinn anstellen soll. Zuhause angekommen, frage ich meine Oma:

„Wenn du immer allen hilfst, die hier herkommen, weil sie krank sind, warum hilfst du nicht Mama, damit sie keine Tabletten mehr essen muss?"

Nachdenklich sieht Oma mich an und zieht ihre Augenbrauen nach oben, während sie überlegt.

„Du kannst doch bestimmt auch etwas beten, damit Vaddi nicht immer besoffen unterm Tisch liegt, oder?"

Oma antwortet mit ruhiger Stimme:

„Alles hat einen bestimmten Zweck auf dieser Erde. Für jede Krankheit findet sich ein Kraut zur Heilung. Jeder Mensch hat seine eigenen Aufgaben, die er auf seinem Lebensweg bearbeitet. Ich kann nicht für deine Eltern atmen und ich bin nicht ihr Stoppschild. Die ‚SUCHT' sucht immer etwas, die Beiden müssen selbst herausfinden, wonach sie suchen."

Ich weiß, Oma macht bestimmt mal wieder genau das Richtige, auch wenn ich es im Moment noch nicht verstehe. Kommt Zeit, kommt das Verstehen bestimmt auch noch, abwarten.

Ich verstehe auch nicht, daß dieser Rudi, ein Tiefpunkt meiner harten Kindheit, ständig bei uns rumlungert. Rudi ist der Schwager meines, dem Alkohol nicht abgeneigten Vaters. Nicht nur mein Erzeuger ist dem Alkohol verfallen. In der großen Familie meines Vaters gibt es keine Person, die nicht schon zu Ostern Glühwein trinkt. Sogar im heißen Sommer nehmen sie kochenden Grog in der Wärmflasche mit ins ungemachte Bett.
Rudi ist nicht alt, er sieht nur so aus. Er riecht wie ein Harzer Käse, der in Bier eingelegt ist. Dieser Rudi ist ein Würfel, genauso so breit wie hoch. Er trägt einen giftgrün lackierten Sturzhelm auf seinem ungewaschenen Kopf. Aus dem völlig verlausten Helm, löffelt er auch gelegentlich eine Suppe in der Armenküche.
Rudi hat seit Jahren dieselbe Kippe im zahnlosen Mund und nimmt sie nur gelegentlich raus, um einen ekelhaften Kautabak einzuschieben. Er hängt täglich bei uns ab und sorgt mit seiner Halbschwester Leni dafür, dass die Inzucht in der Familie nicht ausstirbt. Rudi reitet auf einem Kleinkraftrad-Sattel der Marke Mobylette Kapstein EEG. Das knatternde Teil tauschte er mal bei einem alten Holländer gegen einen 4 qm

Wohnwagen-Anhänger ein. In dieser Familie läuft kein Programm ohne Rudi. Der Stinker fährt die Platte mit dem Butterkuchen zum Bäcker und holt sie zur Kaffeetafel wieder ab. Rudi wickelt dem gelegentlich bettlägerigem Opa frische Inkontinenz Tücher um die Lenden und widerspricht nicht, wenn der Alte einmal an seinem ausgekauten Prim lutschen möchte. Rudi schiebt bei Sonnenschein den Opa auch schon mal im Rollstuhl zum nahegelegenen Kiosk. Dort läßt er Opa mit einem Babyschnuller an einer Flasche Sonnenschein (Fanta mit Eierlikör) nuckeln. Rudi kocht für uns, wenn meine Mutter arbeitet und mein Vater in seiner Lieblingskneipe unter dem Tisch liegt.

So ein hilfreicher, guter Geist bietet sich dann auch gerne mal an, mir beim Haarwaschen zu helfen. Mir ist es aber sehr unangenehm, weil Rudi sich dabei immer mit einer Hand ganz oben zwischen meinen Beinen abstützen will.

Die Situation ist so ekelerregend wie der Geruch, den der Hilfs-Haushälter dabei verströmt. Mir verdreht es den Magen und ich habe Schnappatmung, wenn ich Rudi nur von weitem sehe.

Es wachsen ihm nur wenig Haare. Erkennbare 24, gekämmt in 8 Reihen. Täglich werden diese mit übel riechendem Birken Haarwasser von Dr. Kralle in Form geschoben. Seine 3 cm lang sprießenden Nasenhaare pflegt er ebenfalls mit dem penetranten Wässerchen.

Oma, Opa und der Rest dieser Sippschaft glauben nicht, dass Rudi sich etwas Böses dabei denkt, mir auf diese Art und Weise bei der Haarwäsche zu helfen. Ich schon!!! Meine blonden Locken wasche ich daher nur noch sporadisch und möglichst trocken. Irgendwie sehe ich aus, wie ein gelocktes Stachelschwein, welches eine Lederhose und Jungsschuhe trägt. Keiner mag mich und ich frage immer mal wieder den nackten, netten Mann am Kreuz, wann er denn kommt und mich endlich mal erlöst.

Nur Oma mag mich so wie ich bin. Sie liebt mich so wie ich bin und überlegt nicht, wie oder ob ich anders erträglicher sein kann.

Dem Vernehmen nach bin ich frech, unausstehlich, ein ständiger Wutkopf und ärgere immer und ständig alle um mich herum. Oma nimmt dann ihr Gebiß aus dem Mund, wenn ich es zu schlimm treibe und kneift mir damit in den Hintern, bis ich Ruhe gebe. Kann lange dauern. Meine Oma hat mich lieb, sie steht nicht auf meiner Liste. Oma riecht so gut nach Milch, Honig, Kartoffeln und Sonntags auch mal nach Bohnenkaffe. Unter der Woche riecht Oma nach Muggifuggi, das ist so ein Malzkaffee. Meine Oma riecht aber nie nach Parfüm, so etwas mag sie nicht. Wenn Oma einmal gut duften möchte, dann tröpfelt sie sich etwas frische Zitrone in die Handflächen und streichelt ihre Haare damit. Das riecht soooooooo schön frisch.

Frisch riecht es allerdings bei und an Tante Berta überhaupt nicht. Die wohnt ja im Nachbarhaus mit drei Kätzchen namens Mia, Pia und Ria, sowie dem gestreiften Goldfisch Hugo.

Hugo lebt schon ganz lange in Tante Bertas Badewanne aus zerbeultem Zink. Damit Hugo seine Ruhe hat, benutzt Berta die Wanne nicht und macht mit dem Katzentrio morgens zusammen eine Katzenwäsche. Diese schließt sie zur Krönung dann mit einer 4712 Kölnisch Wasser Ganzkörper Dusche ab.

Tante Berta liebt mich von ganzem Herzen und an dieses drückt sie mich immer ganz doll, wenn ich es verpasse, ihr aus dem Weg zu gehen. Meine Augen beginnen stets zu tränen, wenn ich in der Parfümdusche stehe und Tante Berta hat den Verdacht, dass ich eine schlimme Katzen Allergie habe. Da ich aber so oft stundenlang mit den 3 Vierbeinerinnen herumkuschel, ohne allergische Reaktionen zu bekommen, glaube ich eher, dass das Kölnische Weihwasser meine Duftstoffphobie und Allergie auslöst.

Das glaubt auch Kurti, Tante Bertas ungeliebter Sohn, mein Cousin, der Proband vieler meiner erfolgreich ausgeführten Missetaten.

Heute möchte ich mal Kurtis lange Lockenpracht schneiden und höre von ihm keine Begeisterung. Er verweigert den Zugriff. Darum biete ich ihm großzügig an, erst mal eine Seite zu schneiden, um zu sehen, wie ihm der Kurzhaarschnitt steht.

Kurti ist ein im Suff gezeugtes, nicht gewolltes, wenig geliebtes, aber total unkompliziertes Kind. Seine Gene sind etwas hinderlich, wenn es darum geht, Aufgaben zu lösen, oder Fragen zu beantworten, die ihm seine Cousine ReNaTe stellt. Kurti überlegt nur kurz, macht so, als wenn er nachdenkt und willigt dann doch mutig ein.

Ich glaube, Kurti ist irgendwie in mich verknallt, weil immer da wo ich bin, was los ist. Ratzfatz kürze ich die rechte Seite der 30 cm langen Lockenpracht auf Streichholzlänge und stelle Kurti vor den halbblinden Badspiegel.

Kurti schreit und brüllt:

„Mach sie sofort wieder ran!"

„Sieht toll aus." sage ich und lasse ihn mit vollgepullerter Kordhose und offenem Mund, fassungslos alleine im Bad stehen.

Oma und Tante Berta sitzen in der Küche und trinken Bohnenkaffee, es ist also Sonntag. Ich lümmel mich dazu und sage:

„Kurti ist so blöd, er steht im Bad und hat sich Haare auf einer Seite abgeschnitten, nun heult er, weil es doof aussieht."

„Was?" Tante Berta stöhnt auf und sagt mir, daß ich ihm doch helfen kann und die andere Seite für ihn beschneiden soll. Natürlich helfe ich dem armen Kurti sofort. Der Haarschnitt wird komplettiert und ich bin zufrieden mit meiner Leistung. Cousin Kurti bekommt einen Schmatzer auf die Wange und ist ziemlich besänftigt.

Es wird kaum jemand bemerken, dass Kurti die nächsten Wochen des Hochsommers mit einer Pudelmütze herumläuft. Er lebt und atmet ziemlich unauffällig und hat wenig Kontakt zu anderen Kindern. Kurti geht mir aber jetzt aus dem Weg. Ich bemerke erst 8,5 Jahre später bei der Schulentlassung, dass er die Pudelmütze immer noch trägt. Die Mütze ist inzwischen so dick und groß wie eine Rastafari Ringelmütze. Kurti hat seine Haare wirklich nie mehr geschnitten nach meiner einmaligen Schnittkunst. Er beginnt eine Ausbildung zum Klempner und rührt jetzt tagtäglich in der Scheisse herum. Zuhause bei ihm und Tante Berta riecht es jetzt, als wenn jemand in ein Weihwasser Becken geschissen hat! Zum Glück bemerken es die beiden nicht. Goldfisch Hugo ist es eh egal und die 3 er Katzenbande stinkt dagegen an, indem sie das Katzenklo ignoriert und gegen die Stuhlbeine pinkelt. Tante Berta hat keinen Mann und sie will auch keinen in ihrem Haus haben. Wenn mal männliche Arbeiten anstehen, wie Glühbirne wechseln, Eizellen befruchten, verstopften Darm gängig machen, oder Holz für den Waschkessel in der Waschküche hacken, dann holt sie halt den stets gefälligen, einsatzbereiten Rudi.

Wie eine Hämorrhoide am Enddarm ziehen die meisten Jahre dieser Kindheit an mir schmerzhaft, manchmal juckend wie Krätze vorbei.

Ich überlebe die meisten dieser Tage, zwischen einer sexuellen Belästigung meines Onkels Heinz, im Erdbeerfeld des Sommers 1953 und den Hungertagen, wenn Vaddi mal wieder alles versäuft. Muddi ist wieder meist in Trance, liegt platt im monatelang unbezogenem, übel riechenden Bett herum und nörgelt nur noch.

Wie funktioniert eigentlich Familie woanders? Bei Biggi ist es genauso wie bei uns. Sie ist meine beste Freundin. Andere Mädchen nehmen mich nicht mit zu sich nach Hause. Ihre Eltern verbieten den Umgang mit der Assigöre. Dieselben kommen dann aber heimlich zu Oma und bringen ihre blühenden Gürtelrosen mit. Mit meiner Freundin Biggi spreche ich ein Codewort ab. Wenn es bei uns mal wieder nichts zu essen gibt und die anderen Mädels ihre Kochkunst-Mütter loben, gibt es bei uns Blumenkohl. Blumenkohl ist das Codewort für kein Essen und steht bei uns fast täglich auf dem leeren, ungedeckten Tisch. Biggi bleibt meine einzige, beste Freundin. Sie hat den Vorteil katholisch zu sein. Biggi kann sich von Montag morgen, bis Sonnabends um Mitternacht wirklich alles erlauben und versemmeln. Biggi geht dann am Sonntagmorgen mit ihren Eltern in die Kirche zur Beichte und alles ist vergeben und vergessen.

Meine Beichte bringt mir nur einen blauen Arsch ein, wenn mein Erzeuger mit seinem Ledergürtel ein Muster darauf schmiedet.

Vergeben und Vergessen setzt erst ein, wenn Vaddi sich ins Koma säuft und Magda dann auf ihn einprügelt, um Frust abzulassen. Ich schalte meine Gehirnzellen, die ich schon im Mutterleib wie eine Spielekonsole zu nutzen wußte, auf. online. Nun werde ich sie auch an der Front des Kindseins effektiv zum Überleben und zu meinem Vorteil nutzen. Das einzige was auf der Welt gerecht verteilt wurde, ist ja der Verstand, jeder glaubt doch, dass er genug abbekommen hat. Auch evangelische Mädchen??? JA!

Ich setze also Verstand in meiner eigenen wahr-Nehmung ein und lüge, betrüge und klaue mich durch die Schulzeit ohne Repressalien. Mein Vater ist Uhrmacher. Er repariert immer umsonst die kaputten Uhren meiner Lehrerschaft, besonders die der Turnlehrer. Ich habe überall einen unendlichen Bonus für meine spezielle Lebensweise und deren nicht immer legalen Abläufe. So habe ich zum Beispiel 9 Jahre durchgehend, immer beim Sportunterricht meine Periode. Sport ist für mich mit Mord gleichzusetzen und darauf verzichte ich gerne. Ohne viel Worte, ohne Eintragung ins Klassenbuch, bekomme ich stets meine Freikarte, im Austausch gegen reparierte Armbanduhren.

Es gibt in den Jahren der Schulzeit kaum ein Zeugnis von mir, in dem nicht 3-6 Einzen stehen. Die Liebesromane vom Nachttisch meiner Mutter, lese ich rauf und runter und oder auch rückwärts. Aufsätze und Diktate, schreibe ich stets fast fehlerfrei, aber mit der Fantasie eines Freigeistes. Stehen Klassenarbeiten an, gestalte ich einen Aufsatz über das Thema:
`So schön ist es bei mir Zuhause!!!´
schon mal mit einer eigenen Comicreihe von:
„ReNaTe, mit Feuer und Schwert im Einsatz."
An Vorgaben halte ich mich nicht so gerne.
Da gilt für mich immer schon:
`anhören…überdenken…nicht lange überlegen, einfach ein eigenes Ding draus machen´….
Nur wenn etwas tief in mir verankert ist und ich es lebe, kann ich es anwenden und weitergeben. Ist doch logisch, was ich nicht habe, kann ich auch nicht weitergeben und oder abgeben.
Klassenlehrer Krause ist ein Fan meiner Fantasie und möchte, dass ich etwas daraus mache für mein eigenes Leben.
Wahrscheinlich habe ich mal auf Lemuria gelebt vor etwa 35 000 Jahren und von dort noch ein paar Implantate in dieses Erdenleben verschubt. Es kommt nämlich oft vor, dass ich Lehrer Krause eine Antwort gebe, bevor er die Frage überhaupt stellt.
Krause stellt ein Feldbett in meinem Elternhaus auf, zieht dort ein und will meine Erzeuger dazu

bringen, mich auf die Oberschule in die Kreisstadt zu schicken. Krause hat immerhin den
Rußland Feldzug überlebt, somit schockt ihn unser Familienleben und der Dreck im Haus nicht.
Bei Vaddi versagt Lehrer Krause leider total.
Der volltrunkene Erzeuger lallt auf die Bitten des
Lehrer Krause immer nur das eine Wort:
"NEIN!"
Muddi, in tiefer Tablettentrance, stimmt ihm stets
mit gelähmter Zunge zu. In dieser Sache sind sie
sich einig. 6 Mark für eine Fahrkarte sind nicht
drin im Budget dieser Sauf-Trance Bedarfsge-
meinschaft mit Hinterhof Niveau.
Ich bleibe also doof. Stibitze den Nachbarn ihre
rosa und hellblauen Klorollen vom Lokus. Lüge
immer dann, wenn ich Vorteile davon habe. Betrüge beim Mensch ärgere dich nicht und träume
davon, Schauspielerin, Lehrerin, Stewardess,
eine faule Nutte oder Detektivin zu werden.
Schauspielerin und Detektivin zuerst, denn die
Berufe finde ich geil. Faule Nutte geht auch zur
Not. So betitelt mein besoffener Vater immer
Magda. Wie man sich da verhält, sehe ich ja täglich, also kann ich das gegebenenfalls auch beruflich machen. Faul auf dem Sofa rumliegen,
alles erledigt sich von selbst. Herrliche Welt. Was
sich nicht erledigt, bleibt eben so, wie es ist, bis
man tot ist. Meine Oma sagt immer, wenn du tot
bist, erledigt sich alles von selbst.
Oma weiß ja immer alles.

Nicht tot, aber oft nahe dran, schlag mich durch gute und miese Zeiten. Lehrer Krause hat das Handtuch geschmissen und belästigt meine Erzeuger nicht mehr. Meine Eltern erweisen sich als beratungsresistent. Krause ist ein toller Lehrer und ich stelle ihn mir in meinen Träumen immer als Vater vor. Er an meiner Seite und ich sehe mich in Harvard studieren. Da Krause aber leider nicht mein Vater ist, mache ich das Beste aus der Situation. Wenn du etwas haben willst, dann musst du es loslassen. Okay, ich lasse erstmal die blöde, langweilige Schule los.

Im Sommer des Jahres 1965 verlasse ich mit einem sehr guten Abschlusszeugnis die Schule. Ich bin gerade mal 15 Jahre und ein paar Monate alt, finde mich total cool, bin bereit, eine Lehre zu absolvieren und etwas Neues anzugehen.

Zur Auswahl steht:

Bankkauffrau (das ging 1965 noch mit Hauptschule) lässt mich aber im Strahl kotzen. Männer mit Krawatte sind für mich wie langweilige Untote im Paternoster.

Alternativ kreativ = Dekorateurin/Plakatmalerin. Das ist in Ordnung, da öffnet sich mein Kronenchakra und ich tanze auf dem Regenbogen Thai Chi. Tanzend binde ich meine hüftlangen Haare zu einer Sternschnuppe und fliege durchs All. Diese tolle Arbeit will ich unbedingt machen.

Auf gehts in eine neue, tolle, aufregende Zeit.

Mein Fokus richtet sich ab sofort auf diesen Beruf und ich beginne eine Ausbildung zur Dekorateurin und Plakatmalerin. 1965 ist die Zeit von Twiggy, Beatles, Flower Power, Minirock, Hot Pants und der verrücktesten, ausgeflipptesten Jugendlichen überall auf der Welt.

Fortan tanze ich 3 Lehrjahre durch die Welt der langhaarigen, durchgedrehten und coolen Teenager dieser geilen, wilden Zeit. Sich zur Dekorateurin und oder Plakatmalerin ausbilden zu lassen, ist sowas von angesagt bei kreativen Teenies. Der Duft dieser Zeit wird nicht in Form eines Parfüms aufgetragen. Dieser Duft ist in unseren Körperzellen tief verankert. Wir atmen seine quirligen Frequenzen durch alle Poren ein, verinnerlichen und atmen das Uninteressante wieder zurück ins Universum. Wir wollen alles anders, neuer, bunter und interessanter gestalten. Spießertum kommt als gesprayte These an Toilettentüren, wird in Tüten angezündet, verkifft und ins Nirvana geblasen. Alles das, was unsere Eltern hassen und nie machen werden, ist Top angesagt, an der Tagesordnung und hängt als Hausordnung in jeder WG. Männer sehen aus wie Mona Lisa. Frauen verbrennen ihre Büstenhalter und stylen sich wie David Bowie. Auf Kostümfesten werden Darkrooms eingerichtet und es ist schnurzpipegal wer an wem, oder in was rumfummelt.

Man verabredet sich in der Frühstückspause zur Demo, ohne zu wissen wofür, oder wogegen protestiert wird. Dabei sein ist Alles, auf und in allen Ebenen. Es sind wunderbare, verrückte Lehrjahre...... wäre da nicht dieser Substitut Herr Hoch, mit seiner Hausfrau, der strohblonden Mutter Wichtig. In ihrer Tätigkeit als Parfüm Beraterin, ist sie Herrin über Millionen zu vertikender Düfte und Cremetiegel. So bleibt es nicht aus, daß Herr Hoch täglich in die Deko kommt und stinkt, wie ein geiler Iltis auf Brautschau.

Herr Hoch ist 53 und hat ein Gebiss, das aussieht wie ein maroder, halb verfaulter Jägerzaun. Im Meeting sitzt er mir meist gegenüber und ich kämpfe wie bei Tante Berta mit den Tränen. Mir schwant, daß hier wieder einmal ein paar Maschen gehäkelt werden, mit dem dunkelroten Faden, der sich zu meinem Duftstoff Allergie Lappen formiert. Lehrmeister Hoch ist auch mit dafür verantwortlich, daß ich am Ende des 2. Lehrjahres 50 Schlaftabletten schlucke, um seinem Duftstoff und seiner unerträglichen Arroganz zu entgehen. Die Pillen nehme ich im bunt dekorierten Weihnachts-Märchenfenster ein und kippe direkt vor der Krippe, über Balthasar in eine Art Todesschlaf.

„Die heiligen 3 Könige werden überfallen!!!!!"
„,,,,,brüllt eine Göre vorm Schaufenster und ich lande nicht am Kreuz, sondern mit dem roten Kreuz im Landes-Krankenhaus.

Vermutlich ist das Haus voll belegt mit faulen Nutten. Hier liegen alle Personen träge auf dem Bett und tun nichts, außer ganz intensiv gar nichts. Zusätzlich zum Nichtstun dürfen alle Patienten 3-5 x täglich viele bunte Pillen schlucken. Das kenne ich von meiner Mutter und finde mich umgehend sehr gut zurecht.

Das 2. geborene Kind eines Säufers und einer Tablettensüchtigen, kann so schnell nichts umhauen. Ich treffe auf Menschen und menschliche Tragödien, die meine eigene Kindheit da doch eher in einem rosaroten Licht erscheinen lassen. Ich dachte immer, Kurti und seine begrenzte Anzahl von Emotionen in zwischenmenschlichen Beziehungen, sei auf sein Erbgut zurückzuführen. Nach diesem Aufenthalt tippe ich eher auf eine schizoide Persönlichkeitsstörung bei ihm. Die gesammelten Erfahrungen in der Klapse, stopfen die Löcher in meiner Aura. Emotional gestärkt, werde ich nach gefühlten 9999 Minuten als manisch-depressiv entlassen. Eine Duftstoff Allergie ist keinem der Ärzte bekannt und die existiert dem Vernehmen nach nur in meiner Fantasie. Das Leben geht weiter und ich lerne täglich viel dazu, in der Schule des Lebens.

Da Arroganz das Selbstbewusstsein eines Minderwertigkeitskomplexes ist, sehe ich keinen Grund mehr, mit dem Lehrherrn Hoch zu reden, ich ignoriere ihn einfach.

Alle anderen Kolleginnen und Kollegen sind mehr, oder weniger nett, aber durchaus erträglich. Da ist dann aber auch noch dieser Dieter. Ein männlich, gut aussehender Auszubildender, im 3. Lehrjahr, der immer alle Kolleginnen als Studienobjekt auf seine Matratze zieht. Komischerweise zieht er nicht an mir, er übersieht mich und oder er mäkelt an mir und meiner Arbeit herum. Er gefällt mir eigentlich ganz gut. Somit mache ich ihn durch verdeckte Aktionen auf mich aufmerksam.

So eine Aktion kann z. B. eine mit Puderzucker bestreute Waffel sein, die ich vor ihm zwischen meine blutrot getünchten Lippen stecke und mit einem lasziven lächeln kaue. Wenn ich an einer Waffel lecke, stöhnt diese unter meiner Zunge. Die Zielperson Dieter liebt diese Waffeln und ist nahe dran, mir die letzen Krümel von der Lippe zu lutschen. Nach 29 Wochen, mit einigen Aktionen dieser Art ist es soweit. Dieter sieht mich und lädt mich ein, Sonntag morgen mit ihm über den Hamburger Fischmarkt zu ziehen.

Wir ziehen über den beliebten Hamburger Markt und bleiben danach zusammen, um uns täglich in den Haaren zu liegen und zu zanken.

Zwischen den Zänkereien finden wir aber auch sehr viele Gemeinsamkeiten, die uns nach und nach eng zusammenschmieden. Beide lieben wir alte, schöne, antike Dinge und möchten die große, weite Welt bereisen und kennenlernen.

Auf meine Frage, warum er mich übersehen hat, antwortet Dieter:

„Um dich zu schonen!?!?!?!"

Diesen Satz lerne ich in den nächsten 6 Monaten immer besser zu verstehen. Dieter geht mir erst nach 25, lang andauernden Wochen an die Wäsche. Erst danach legt er mich bei Schmusemusik in seinem Roling Klotzer Keller auf die heiße, sturmerprobte Matratze.

Dieter raubt mir meine Unschuld, die ich in fast allen Bereichen abgelegt habe. Nur noch im Bereich Defloration überlasse ich ihm diese, zu seiner alleinigen Verfügung. Nach dem Vollzug der Maßnahme, bilden wir beide einen Gordischen Knoten und sind unausgesprochen miteinander verlobt. Mit einem großen Flachpinsel schreibe ich auf die Tapete in meinem Zimmer:

Liebende umarmen zuerst das, was zwischen ihnen steht, bevor sie sich gegenseitig in den Arm nehmen!

Unsere freie Zeit an den Wochenenden verbringen wir auf Flohmärkten, Antikmärkten, in Messehallen und fahren die Straßen ab, wenn mal wieder Sperrmüll Termine sind. Kuriositäten und wertvolle Antiquitäten finden wir auch auf den Müllkippen in der Umgebung. Wenn andere am Wochenende ihre Kartons dort abstellen, um sie zu entsorgen, beginnt unsere Feinarbeit.

In alten Vasen und Schubladen finden wir Münzen, Schmuck und manchmal auch etwas Bargeld. Gelegentlich bauen wir auch selbst einen Stand auf dem Flohmarkt und finanzieren davon unsere erste gemeinsame Reise. Eine Woche an die Ostsee, mit einem löchrigen 2 Mann Zelt, Gaskocher und einem ungefütterten Schlafsack. Meine Eltern fahren uns im strömenden Regen nach Scharbeutz auf einen Zeltplatz. Sie fahren zurück nach Hause und wir legen uns ins zugige, leicht vermoderte Zelt. Es regnet ununterbrochen, was der Himmel so hergibt. Das Zelt verlassen wir eine Woche lang nicht. Wir vögeln rum, knutschen, essen Knäckebrot und trinken dazu Weißwein, Vodka und oder vögeln weiter rum. An das Wasser und den Strand gehen wir nicht. Wozu auch. Wasser kommt direkt aus dem Himmel auf uns herab und in unserem Schlafsack befindet sich jede Menge Sand, der aus unseren müden Augen rieselt. Nach 7 Tagen werden wir wieder abgeholt. Wir wiegen jeder etwa 5000 Gramm weniger und stinken wie ein offener Gulli. Unserer Verliebtheit tut das keinen Abbruch. Auf der Rückfahrt knutschen wir auf der Rückbank weiter rum und in diesem Moment blinkt ein Lichtlein vor meinem inneren Auge auf, es signalisiert mir:

´heirate Dieter und zahle ihm heim, was er in der Lehrzeit an dir verzapft hat.' Das Signal wird erkannt und umgehend gespeichert.

Ab sofort beginnt die langjährige Vorbereitung aufs Ehejoch. Wir üben täglich, zanken und vertragen. Im August 1971 wird unsere Eheschließung dann den Höhepunkt unserer Verlobung einläuten. Auf unserer Hochzeitskarte steht:

„Gott sei Dank, jetzt kriegen wir uns."

Dieters Familie sieht das aber total anders. Seine Eltern Theresia und Gustav, finden mich total geschmacklos. Für sie bin ich ein Mitglied der untersten Kaste, mit einem asozialen Hintergrund. Mich und meine proletarische Familie wollen sie überhaupt nicht kennenlernen. Meine Familie bleibt also erstmal außen vor, aber an mir kommen sie so leicht nicht vorbei. Die hochwohl Geborenen können mit asozialem Pack so gar nichts anfangen. Sie lassen sich nur dazu herab, ihren Köter Merlin im Urlaub bei meiner Assi-Familie abzuladen. Alles unter dem Deckmantel, dass die Messis mal Strukturen beim Gassi gehen lernen. Laut Dieters Familienstammbaum zählt seine Familie seit dem Jahr Anno 1243 zur Oberschicht. Sie haben halt ihr „von" versoffen und nur vergessen, mir gegenüber zu erwähnen, dass Dieters Opa Fred wegen einer Vergewaltigung 1 Jahr im Knast saß. Dieters Tante Annelie bringt heimlich jeden Monat eine grössere Summe zu einer Frau, in deren

Wohnung zufällig ein unehelich geborenes, kleines Mädchen aufwächst. Sowas erwähnt die Oberstufen-Society natürlich nicht. Das ist alles streng geheim. Aber Achtung aufgepaßt:
`ein Geheimnis ist wie ein Loch im Mantel.
Je mehr man es verbergen will, desto mehr zeigt man es.´ Meine Neugierde ist erwacht! Ich erfahre von dieser Sache dann mehr in einer Meditation, als mir meine Uroma Petra aus dem Universum davon berichtet. Es ist total schön, so einen heissen Draht zu haben. Wenn ich mich irgendwo hinsetze und relaxt atme, gehe ich ganz schnell in Trance und kommuniziere mit Gott, Verwandten, Bekannten, Fremden und meinem höheren Selbst.

Ganz wichtig ist dabei, dass ich mich vorher erde. Ich mache das im 8. Chakra, eine handbreit über dem Kopf. Von dort sende ich kupferrot goldene Strahlen in alle Richtungen aus. Nach Oben, Unten, Rechts und Links, nach Vorn und nach Hinten. Nach allen Seiten und oder in alle Richtungen. Dann spüre ich die Verbundenheit zu Allen und Allem, ganz intensiv. Eine Verbundenheit zu Dieters Eltern hingegen spüre ich nicht. Zwischen uns liegen Tonnen von mentalen Panzersperren und die werde ich auch nicht wegräumen. Sie werden irgendwann erkennen, dass ich nicht ihr Problem bin.

Ich bin die Wirklichkeit, die es zu erkennen gilt.

Diese Wirklichkeit namens ReNaTe, bäumt sich wie ein Tsunami vor Theresia und Gustav auf. Der Polterabend, 2 Tage vor der Hochzeit hat es in sich und an dem scheitert fast der Termin zur Eheschließung. Alles fängt so schön an. Ich schreibe ein selbst verfasstes Gedicht auf ein riesiges Plakat und hänge es vor die Tür.

HEUTE ist sooo ein schöner Tag
an dem ich keine Sorgen mag
die Sonne lacht ins Herz hinein
und plötzlich wird mein Kummer klein
Schutzengel fahrn ne Sonderschicht
alles um mich erstrahlt im Licht
reine Liebe umarmt die Welt
in der HEUTE nur das Schöne zählt
HEUTE wirst du glücklich sein
denn HEUTE bist du nicht allein
HEUTE bist du ohne Sorgen
es zählt das HEUTE, nicht das Morgen
HEUTE ärgerst du dich nicht
sonne lacht auf dein Gesicht
Wärme zieht im Herzen ein
laß HEUTE mal fünf grade sein
lächel HEUTE in alle Gesichter hinein
tanz um die Bäume im Sonnenschein
HEUTE wird der schönste Tag des Lebens sein
HEUTE wirst du nicht ärgerlich sein

HEUTE wirst du alle Sorgen vergessen
HEUTE wirst du ein Stück Regenbogen essen
HEUTE wirst du in Liebe ertrinken
HEUTE wirst du im Glück versinken
HEUTE wirst du nur im HEUTE leben
denn das HEUTE kann dir
HEUTE
ALLES
geben

Dass heute dann natürlich auch noch dicker
Ärger angesagt ist, soll niemanden wundern.
Yin und Yang!!! Alles ist im Gleichgewicht.
Dieters Freunde entführen mich in eine Kneipe in
der Nähe und bestellen sich einen Drink nach
dem Anderen. Dieter kennt das Ritual nicht und
bemerkt erst nach Stunden, daß seine Freunde
mit mir verschwunden sind. Zurück gebliebene
Gäste weihen meinen fast-Ehemann ein und er
macht sich mürrisch und übelst gelaunt auf die
Suche. In der 5. Kneipe findet Dieter uns in
Hochstimmung tanzend, grölend und ziemlich
abgefüllt vor. Die Stimmung sinkt in den Mittel-
punkt der Erde, weil Dieter seine Freunde zur
Sau macht und die Zeche nicht zahlen will.
Schließlich lässt er sich breitschlagen, zahlt und
fährt mich maulend zurück in die Burg seiner
pikierten Eltern. Der Polterabend ist auf dem Höhepunkt angekommen. Vor dem Haus stehen.
4 Peterwagen und eine Feuerwehr.

Vor den Fenstern wird ein Sprungtuch ausgebreitet und ein Notarzt trifft auch noch ein.

In der 4. Etage sind die Fenster sperrangelweit geöffnet und laute Musik und Gegröle sind bis auf die Straße zu hören. Aus einem Fenster hängt der nackte Oberkörper einer schwarzhaarigen Frau heraus. Nebenan im Fenster steht ein einsamer Junggeselle in Unterhose auf dem Fensterbrett und schaukelt sich die Eier. Hinter einem weiteren Fenster vollzieht ein Pärchen gerade überhaupt nicht müde den Beischlaf.

Dieter beruhigt die Polizisten und bittet die Feuerwehr, das Sprungtuch zusammenzufalten, weil da oben nur ein Polterabend stattfindet und niemand springen wird. Er flitzt nach oben und dreht den Schalter der Hauptsicherung heraus. Sofort ist Ruhe im Karton. Dieter macht eine konkrete, ziemlich laute Ansage und beendet abrupt die feuchtfröhliche Feierlichkeit.

Die Gäste schwanken polternd und grölend nach Hause und oder in die nächstgelegene Kneipe. Dieters Eltern setzen sich echauffiert auf die Bandscheiben-Couch und sehen interessiert, aber gelähmt zu, wie ich die zugemüllte Wohnung aufräume. Wenn das nicht die Eltern meines zukünftigen Ehemannes wären, würde ich die beiden jetzt durch das offene Fenster, auf das noch nicht weggeräumte Sprungtuch werfen. Die beiden sind sauer, dass sie es nicht geschafft haben, Dieter mit einer niveauvolleren

Frau zu verkuppeln. Pech gehabt, ist mal so.
Das DU wird mir heute wieder nicht angeboten.
Eigentlich lege ich darauf auch keinen Wert
mehr, denn mit einem SIE kann man besser Abstand halten. Es gibt Situationen, da soll man
erstmal einen Becher Alkohol trinken, bevor man
sich Sorgen macht, denke ich mir. Beim Abräu-
men der Tische trinke ich also ganz nebenbei ein
paar halbvolle Gläser mit Vodka, Weinbrand,
Cola-Rum, Gin, oder Champagner leer. Der Zustand, in dem ich mich nun befinde, lässt mein
Niveaubarometer auf Stufe -1000 fallen. Dieter
wirft mich über seine linke Schulter und transpor-
tiert mich wortlos!!!!!! auf das Klappbett im Gästezimmer. Koma statt Karma erwarten mich und
die berauschende Szenerie des Polterabends
endet in einem Alptraum. Aus diesem erwache
ich am nächsten Morgen mit fürchterlichen
Halluzinationen.
Mutter Theresia steht mit einem Kaffee an meinem Notbett und fragt mich, ob wir die Hochzeit
nicht doch besser absagen. Mein noch schlafen-
der Arm zeigt auf den Nachttisch und die darauf
liegende Hochzeitskarte. Irgendeine Person hat
während des Polterabends unter den Text:
„Gott sei Dank, jetzt kriegen wir uns," gekritzelt:
`und das ist auch gut so!!!!!!!!!´
Theresia liest, verzieht ihren grellorange bepin-
selten Mund nach unten und die gezupften Augenbrauen nach oben. Dann geht sie mit einem

herabschätzenden Pfüffffffton aus dem Zimmer, ohne die Augenbrauen wieder in den Urzustand zurück zu bringen.

Alles bleibt beim Alten und somit auch beim SIE. Das DU muss man sich bei Theresia auch erschleimen, indem man sie als schön, jung, schlank, modisch und intelligent bezeichnet. Schlank und modisch lasse ich gelten, aber intelligent geht gar nicht. Theresia verdient sich ein kleines Taschengeld, indem sie halbtags als Miederwaren-Fachverkäuferin im teuersten Schlüpferladen der Stadt tätig ist. Die Verarschung von hochwichtigen Tussis ist eines meiner Lieblings Hobbys. Also mache ich mich am Tag vor der Hochzeit auf den Weg zu Theresia, in den Laden. Ein paar Kundinnen sind schon im Geschäft und suchen nach modernen Schlüpfern und Büstenhaltern. Interessiert frage ich Theresia, ob die Kollektion der neuen, aktuellen Klitoris bei ihr auch schon eingetroffen ist. Die Schwiegermutter schaut mich mit leicht verblödetem Gesichtsausdruck an und verneint wichtig:

„Die erwarten wir aber spätestens nächste Woche und dann können SIE die gerne mal anprobieren."

Lächelnd flöte ich in ihre Richtung:

„Bitte legen SIE mir ein Teilchen davon zur Seite, ich komme demnächst zur Anprobe her."

Dann bedanke ich mich bei der Mutter meines Dieters und verlasse den Laden.

Aus den Augenwinkeln beobachte ich noch, wie zwei Damen mittleren Alters auf Theresia schauen und sich zuflüstern:
„Ist das wirklich eine Fachverkäuferin?"
Theresia werde ich bis an mein, oder ihr Lebensende SIEZEN, so viel geballte Intelligenz kann man doch einfach nicht mit einem schnöden DU belästigen.
Die Hochzeit am kommenden Tag findet in kleinstem Kreis statt. Mein schwarzes, langes Designerkleid glänzt wunderschön im Sonnenlicht neben Dieters weißem Anzug. Vor Freude drehe ich mich im Sonnenschein, vor dem Standesamt im Kreis herum und einer der Chiffon Ärmel reißt sich an der oberen Naht völlig raus. Tränen fließen reichlich und ich ziehe nach der Zeremonie im Standesamt ein kleines schwarzes Etuikleid an und heule weiter. Es wird kein weiteres Foto an diesem Tag von uns geknipst. Wir haben nur dieses eine Hochzeitsfoto und das ist auch gut so. Auf jeder weiteren Fotografie, wäre eh nur eine junge, heulende Frau in schwarz gekleidet zu sehen, wie auf einer Beerdigung.
Wer will sowas schon sehen.
Dieter will mich trösten, weil ich so heule, aber ich laß mich nicht bedauern. Mir dämmert es, dass ich mir das ja alles selbst ausgesucht habe und beginne, darüber nachzugrübeln, was ich wohl aus dieser Situation lernen soll. Vor lauter Grübelei bekomme ich drei Tage zu früh meine

Periode und die Hochzeitsnacht verbringen wir frisch getraut auf dem Balkon. Jeder sitzt mit einer riesigen Tasse Chai Latte in seiner Betthälfte. Etwas Latte muss einfach sein, wenn Dieters geladene Latte nicht zum Einsatz kommen kann. Lebendige Gedanken, gestalten die Welt um dich herum. Ich beginne damit und darum gestalte ich nun ziemlich lebendig und spontan unsere Hochzeitsreise. Geplant ist keine und darum muss sie jetzt unbedingt stattfinden. Auf so eine beschissene Alptraum Hochzeit darf ein Traumurlaub folgen. Einige Telefonate werden geführt und die Grundausstattung für einen Campingurlaub steht. Wir sind da nicht so Anspruchsvoll. Wir packen noch nachts unsere Koffer und das 2 Raum Steilwandzelt, das wir noch abends bei Freunden abholen. Teppiche, Kochtöpfe und Gardinen fürs Vorzelt, packen wir ebenfalls auf den Dachgepäckträger unseres cremefarbenen Käfers. Ich schmeiße den alten Autoatlas auf den Küchentisch und schlage irgendeine Seite auf. Blind tippe ich darauf und lande mitten im Gardasee. Dieter möchte nur 100 km an die Nordsee fahren, aber ich winke ab. Da besteht die Ungeheuerlichkeit, daß seine Eltern aufkreuzen und uns einen Besuch abstatten. Kotztüten stehen aber nicht auf der Checkliste meiner Urlaubsplanung. Um Mitternacht düsen wir dann völlig überladen ab in Richtung Gardasee. Da wir nichts gebucht haben, gebe ich meine Wünsche während der Fahrt, in einem heißen Draht nach oben ins Universum ab. Für die Anreise der 1215,4 km nach Pesciera, haben wir mit Übernachtung 2 Tage eingeplant. Meine Blase hat sich aber nach dieser derart beschissenen Hochzeit stark entzündet und wir halten an jeder Raststätte, weil ich ins Klo zum Pinkeln rennen muss. Unser geliebter Käfer hat Probleme beim Starten. Dieter kriecht bei jeder Pinkelpause unter das Auto, um mit einem Hammer auf den Anlasser zu klopfen, damit wir weiterfahren können. Nach 72 schlaflosen Stunden fahren und auf den Anlasser klopfen, landen wir mittags um 13:02 Uhr, total genervt und erschöpft in der Einfahrt des Campingplatzes Bella Italia. Dieser Platz ist der erste, auf den wir am Gardasee treffen und da wollen wir uns niederlassen. Der Platzwart schließt gerade die Pforte und winkt uns zu: „Tornerò alle tre!!!!!!" Um Drei bin ich zurück!!!! Na toll, geile Nummer.

Wir parken unseren völlig verstaubten Wagen unter einer künstlichen Palme und machen uns auf die Suche nach einem Imbiss. Einen kleinen Gemischtwaren Laden machen wir auf dem Platz ausfindig und siehe da, er hat sogar geöffnet. Hinter der kleinen Theke lümmelt sich eine ältere, braunäugige Schmalzlocke mit Schnurrbart und scannt Dieter von oben nach unten ab. „Haben sie Wurst und frisches Brot?" frage ich die Locke mit dem Namensschild Peppino.

„Waaas iiis Wuast?" fragt das Männchen mit hochgezogenen Augenbrauen und pfeift zwischen den Worten durch seine Zahnlücken.
„Häh??? Wurst ist Wurst, Salami, Mortadella, vom Esel, Rind oder Schwein."
Das versteht der italienische Stupido und wirft einige Würste auf den Tresen. Mit frischem Baguette und einer sauleckeren. Salame Secondigliano, Qualitätsstufe inferiori, verlassen wir das Geschäft, um die Wartezeit am Ufer des Gardasees abzusitzen. Herrlicher Sonnenschein, azurblauer Himmel und hunderte, grölende Gören erwarten uns am seichten Ufer. Die Zeit verläuft wie im Fluge und um 15 Uhr dürfen wir unsere 30 qm große Parzelle bestücken. Die Probleme beim Aufbauen des neuen Steilwand Zeltes bewältigen wir locker, indem wir uns gegenseitig die Schuld geben, wenn etwas nicht klappt. Nach 4 Stunden steht das Zelt und wir hängen total kaputt in den Seilen. Hilfe naht urplötzlich aus der Nachbarparzelle. Ein 89 jähriger Franzmann namens Pierre, kommt Arm in Arm mit seiner 28 jährigen Brischitt und einer halbleeren 5 Liter Flasche Rotwein in unser Vorzelt.
„Bonschur und ahllo ihr sswei Süßen,"
werden wir begrüßt, wie alte Bekannte. Pierres Hosenstall steht offen, ein behaartes Osterei hängt gequetscht im Schlitz und schnappt nach Luft. Brischitt hat ihr Bikini Oberteil als Stirnband um den hochroten Kopf gebunden und ihren

Tangaslip als Pulswärmer ums Handgelenk gewickelt. Dieter glotzt fasziniert auf ihren durch-
sichtigen Minirock und lässt ein Stück Schokolade vor Brischitt auf die Kokosmatte fallen. Er
hofft wohl, dass sie sich danach bücken wird.
Die schlanke, angeheiterte Madame bückt sich
tatsächlich danach und ihr Pierre klatscht mit
seinen dicken Wurstfingern auf die sichtbar
gewordenen Arschbacken.
„Chèri, je te veux,"
stöhnt er und greift fester zu. Wir wissen nicht,
was er gerade stöhnt, aber das müssen wir auch
nicht. Pierre zieht Brischitt aus unserem Vorzelt
hinaus in Richtung seines Protzmobils. Beide
verschwinden darin und hinterlassen neben mir
einen völlig verwirrten Dieter, der mich blöde mit
offenem Mund anschaut.
„Was war das denn????" fragt er mich.
„Glaub ja nicht, dass ich mich jetzt auch so ver-
kleiden werde. Entweder bist du scharf auf mich
in meiner Yogahose mit Schlabberbluse, oder du
kannst dir einen runterholen!!!"
pfeife ich ihn an. Dieter schaut mich an, überlegt
und ist der Meinung, dass wir erstmal irgendwo
schön was essen gehen. Damit ist die Lage aus
seiner Sicht vorerst geklärt. Wir ziehen unsere
bequemen Zehenlatschen an und begeben uns
in Richtung Ortschaft. Ich beginne eine stundenlange, unnötige Diskussion über NICHTS und
oder Unwichtiges, aber das ganz intensiv.

Dieter sagt nur einen Satz:
„blöde Kuh, halt die Fresse!!!!!"
Mit bösem Blick maule ich und halte meine Klappe. Das wunderschöne Dinner im Sternenlicht am Ufer des Gardasees, geht mit der am Boden liegenden Stimmung gemeinsam in einem Schweigeseminar unter. Wir gehen stumm zurück zum Zelt. In der Dämmerung sehen wir das gleichmäßige Geschaukel des Protzmobils und können uns plötzlich ein Lächeln nicht mehr verkneifen. Meine Hand gleitet in Dieters Shorts hinein und landet auf seiner rechten Arschbacke. Meine Lippen saugen sich an seinem Ohr fest und ich flüstere dort lüstern hinein:

„lass mich dich fühlen, schmecken,
streicheln, spüren
in Verbundenheit eine Einheit sein
die Liebe öffnet alle Türen
es zählt das WIR, nicht mein oder dein
meine Fühlseitigkeit
paart sich mit deiner Vielseitigkeit
lieben wir uns durch zeitlose Räume
leben dort unseren verborgenen Träume"

Dieter ist hin und weg von meiner Dichtkunst und schmeißt mich auf unseren neuen, unbenutzten Schlafsack. Eine weiche Matratze hat er grad nicht zur Hand. Wer braucht schon sowas. Wir knuddeln und lieben uns durch die laue

Augustnacht. Dieter steckt mir seine verschwitzte Socke als Knebel in den Mund, damit ich auch beim Liebesakt die Fresse halte. Schließlich befinden wir uns auf einem gut besuchten Campingplatz und die Grashalme haben Ohren. Am Ende ist doch immer alles gut, und wenn noch nicht alles gut ist, dann ist es noch nicht zu Ende, oder doch? Nö, ist mal Ende heute hier.

Für heute ist endlich mal wieder Alles gut!!!!! Heute war gestern und es folgt der nächste, frühe Morgen im sonnigen Heute. Ich bin ein Morgenmensch und stehe immer gerne Arm in Arm, zusammen mit der Sonne auf. Um meinen gute Laune Level hoch zu halten, benötige ich umgehend 1-3 Becher Milchkaffee. Wir haben im Vorzelt eine kleine Reise-Kochstation eingerichtet und da tragen mich meine Füße ohne Umwege hin. Das Wasser steht im Minitopf auf dem Gaskocher und Blasen steigen auf. Ich fülle den Pulverkaffee in einen Becher und schaue aus dem kleinen, mit Gaze verkleideten Fenster auf die Wiese.
„Hiiiiiiiiiiilfe!!!!!!!!! Neiiiiiiiiiiiin!!!!!!!!! Ich sterbe!!!!!!!!!!!" brülle ich los und schmeiße den heißen Becher in hohem Bogen auf Dieters zerknitterten Schlafsack. Dieter springt hoch und stürzt ins Vorzelt. Er hält meinen zitternden, schlotternden, völlig ausgerasteten Körper fest und will wissen, was los ist.

„Hier bleibe ich nicht, auf und im Zelt sitzen Vogelspinnen, so groß wie deine Autofelgen." schreie ich. Dieter schüttelt mich und brüllt: „RUUUUUUUUHE!!!!!!!!!!! Krieg dich mal wieder ein, ich sehe hier keine Vogelspinnen."
„Im Fenster sitzt eine große Spinne!!!!!" wimmere ich und fange an zu heulen. Dieter geht zur kleinen Fensterluke, greift mit spitzen Fingern die Spinne und hält das Monster direkt vor meine Augen. Jetzt ist Schluss mit lustig. Nun reicht es mir, ich schmeiße den noch dampfenden Wasserkocher in seine Richtung.
Die Spinne hat ebenfalls genug von dem Theater und springt auf meine weiße Bluse, um mich näher kennen zu lernen. Das hat zur Folge, dass ich Schnappatmung bekomme und ganz schlimm hyperventiliere. Dieter zieht mir eine Brottüte über den Kopf und drückt mich auf den kleinen Campingstuhl. Unter der gut riechenden Brottüte reguliert sich langsam meine Atmung und ich kriege mich wieder ein.
Die Spinne hat derweil die Schnauze voll, läuft auf die Wiese vor dem Zelt, um ihrer italienischen Verwandtschaft von den bekloppten Allemanias zu erzählen. Dieter kocht mir einen frischen Kaffee und ich ziehe die Brottüte bis über die Augenbrauen nach oben, um die Lage zu peilen. Kein Glieder-Füsser ist zu sehen, nur Dreibein Dieter ist in meiner Nähe. Er will nach dem Frühstück mit mir in den Ort fahren, um ein

Anti Spinnenspray zu besorgen. Sollten wir das nicht bekommen, werde ich umgehend die Heimreise antreten, notfalls als Anhalterin.

Vor dem Zelt wird es laut. Die aufgehübschte Brischitt und eine weitere Hundertschaft von Campern steht rund um unser Zelt. Wohl in der Annahme, dass hier ein Tatort ist. Mit meiner Brottüte auf dem Kopf, leichenblass und in der Hand den Kaffeebecher, trete ich vor das Zelt. Die Meute jubelt, wie nach einem gewonnenen Elfmeterschießen. Der herbeigerufene Platzwart bestellt die Carabinieri und den Dottore wieder ab. Er fragt, ob ich Vorfahren in der Provinz Trient habe, weil mein Geschrei ziemlich trentinisch klingt. Alle lachen, klatschen im Chor und ich denke, `die haben doch alle einen an der Klatsche, diese trotzdem irgendwie lustigen Camper. Der Franzmann Pierre rückt an, mit dem Rest des Rotwein unterm Arm. Die Flasche wandert von Mund zu Mund und Brischitt lässt zwei Tüten mit krossen Reisschips in der Runde kreisen. Das ist einmal ein besonderes Meeting. Ein Abendmahl zum Frühstück, im Sonnenschein am Gardasee. Da kann doch der nette Mann einmal vom Kreuz herunter steigen und mitmachen. Halleluja, Amen, Namaste, OM.

Einer der Zuschauer holt eine Gitarre aus seinem Wohnwagen und stimmt das Lied:

„Bello bello e impossibile"
von Gianna Nannini an. Alle singen mit und oder tanzen auf dem Rasen herum. Die gesellige Runde hält durch bis zur Mittagspause und mein Geschrei im Zelt, wegen einer Minispinne, bleibt Gesprächsstoff für die nächsten Tage und Wochen im Camp Bella Italia. Wir verbringen wunderschöne 10 Tage am See und erkunden die wirklich sehenswerte Umgebung. Der Gardasee hat seinen Namen ja von der Gemeinde Garda, die am Ostufer liegt. Seit 200 vor Christus bis etwa 800 nach Christus wurde er mit dem antiken Namen Lacus Benacus betitelt. Benacus ist der Name einer alten Wassergottheit. Der Benacus hat dem Vernehmen nach die blauhaarige Nymphe Engadina verführt. Die Tochter der beiden bekam den Namen Garda. Den Gardasee durchläuft der Fluss Mincius und der Gott Benacus wird auch als sein Vater bezeichnet. Es ist halt nur eine Sage, aber es fühlt sich einfach traumhaft an, daran zu denken und oder sich die Geschichte aufzurufen, wenn man hier so entspannt am Ufer sitzt. Gelegentlich setze ich mich nachts ganz alleine an den See und lausche in die Stille. Dann höre ich den Fluss Mincius im Gardasee leise fließen und meine Gedanken formatieren sich zu einem Gedicht:

Die Stunden des Lebens
sind ein langer Fluss
der an dir vorbeifließt
versuche ihn anzuhalten
du verpasst dein Leben
lerne schwimmen
er trägt dich nicht nur im Sonnenschein
nach einem Wolkenbruch
sind seine Arme kräftiger
die Luft ist gereinigt
du erkennst die Schönheiten
an den vorbeiziehenden Ufern

Alle diese und weitere Gedanken schreibe ich in ein kleines Büchlein rein. Versuche meinerseits, Dieter etwas vorzutragen scheitern meist. Dieter ist total unromantisch, überhaupt nicht für Poesie und liest gern die Blind Zeitung, weil die so große Buchstaben hat. Diese Zeitung holt er sich auch heute, so wie jeden Morgen im Lädchen auf dem Platz ab. Normalerweise kommt Dieter schon introvertiert und intensiv lesend zum Zelt. Ich darf ihn bei dieser intellektuellen Tätigkeit absolut nicht stören. Was ist denn da los? Ich kann es kaum fassen. Dieter kommt rasend auf mich zugelaufen und hinter ihm laufen an die 100 Camper in meine Richtung, alle mit einer Zeitung in der Hand. Relaxt genieße ich das Sonnenlicht im Liegestuhl vor dem Zelt. Am Leib trage ich meinen weißen Designer Bikini, der mich 3 Monatsgehälter gekostet hat. So einen Bikini hat vor unserer Abreise die Schauspielerin María Koch auf einer Titelseite zur Schau gestellt. Das klitzekleine Badeteil ist raffiniert geschnitten und ich sehe darin aus, als wenn ich nackt bin. Minibänder und Tüllstreifen halten nur das Notwendigste zusammen. Vor unserer Hochzeitsreise habe ich mich darin für eine `Wahl zur Nixe´ fotografieren lassen. Das Foto habe ich an Dieters Blind Zeitung geschickt, weil diese die Vorauswahl trifft. Die Hundertschaft der Zeitungsträger bremst scharf ab vor meinem Stuhl, kreischt und wedelt mit der Zeitung. Alle halten die Zeitung hoch und ich sehe mich hundert mal, fast nackt in diesem weißen Bikini. Ich prangere auf einem riesigen Titelfoto, welches die halbe Seite einnimmt. Jeder möchte nun ein Foto mit mir aufnehmen und ich muss auf jede Zeitung meinen Namen schreiben. Selbst der Platzwart möchte ein Autogramm und sagt mir: „schreibben sie bittä: Peppino ti amo ReNaTe.“ Bis zum Mittagessen ist der Fanclub dann abgespeist und wir genießen den ruhigeren Nachmittag auf einem Ponton mitten im See. Im Sonnenschein liegend, fühle ich mich wie Engadina. Es bleibt abzuwarten, ob Dieter den Benacus im Sonnenschein für mich macht.

Unsere Reise geht langsam zu Ende. Ich packe unsere Sachen zusammen, während Dieter unserem Käfer eine Dusche verpasst und den

Hammer zurechtlegt, falls der Anlasser streikt. Unsere französischen Nachbarn möchten gerne noch eine Abschlußfeier mit uns veranstalten. Am Abend vor der Abreise grillen wir dann vor unserem Zelt Hähnchen und Bratwurst für Dieter und Pierre. Brischitt isst ein Salatblatt mit einer Nacktschnecke drauf und ich mache mich über ein paar gegrillte Paprika her. Wir trinken roten und jeden verfügbaren anderen Wein und oder denken mit Wehmut an die morgige Abreise. Dieter ist in großer Sorge, dass unser Käfer wieder streikt, wenn wir mal anhalten müssen. Meine Blase hat die Entzündung aber gut überstanden und wir beschließen, ganz früh zu starten und ohne Aufenthalt durchzufahren. Alles ist bereits gepackt und verstaut. Brischitt will uns gegen morgen noch meine Thermosflasche mit frischem Kaffee übergeben. Gegen 21 Uhr machen wir dann auch Schluss mit lustig und begeben uns ins leere Zelt, um in den einsamen Schlafsack zu kriechen. Um 3 Minuten nach 4 Uhr springt Dieter hoch und schält sich panikartig aus dem Schlafsack. Er reißt den Verschluß des Vorzeltes auf und sprintet in der Unterhose auf die Wiese. Ich renne hinterher und will wissen, was los ist. Statt einer Antwort krümmt sich Dieter und geht in die Hocke. Er schafft es gerade noch, die Hose etwas an die Seite zu ziehen und kackt sich dann die Seele, oder besser gesagt, das Hähnchen aus dem Leib. Mitten auf den

Rasen, denn das 300 Meter weit entfernte Klo ist unerreichbar. Dieter stöhnt laut und ist schweißgebadet. Brischitt taucht mit einer Stange frischem Baguette auf und reicht Dieter unter tiefem Bedauern ein Häppchen Brot zu einem heißen Becher Kaffee mit Milch.

Dieter wünscht sich aber eine Schaufel und einen Eimer, um den Rasen zu putzen, bevor er Frühstück einfahren will. Pierre rückt schon mit dem Putzeimer an, aber bevor Dieter den Haufen entsorgen kann, setzt er einen weiteren in den bereitgestellten Eimer hinein. Er hat fürchterliche Bauchschmerzen, wird immer blasser und das Wasser läuft ihm schon fast fließend über die Stirn, das Gesicht und den Brustkorb.

„Bitte iss etwas," sagt Pierre und Dieter gehorcht. Das Brot ist noch nicht ganz im Magen, da kommt es Hinten, Unten und Oben wieder heraus.

Diese Nummer läuft noch 3 x und Dieter schmeißt sich danach völlig entkräftet auf den Schlafsack im Zelt.

„Du musst zurück fahren," stöhnt er und dann kotzt er die Reste der letzten Brotscheibe in hohem Bogen vor und auf meine Füße.

„Ich soll fahren? Von Italien nach Norddeutschland ohne Stop? Hast du sie noch alle beisammen? Wir bleiben einfach hier, basta!"

Plötzlich hören wir die Stimme von Peppino aus dem Lautsprecher brüllen:

„Attenzione, il dottore è arrivato.
Attention the doctor has arrived.
Attention au docteur est arrivè.
Achtung der Doktor ist eingetroffen"

Das hört sich gut an, aber wie kommen wir trockenen Arsches bis zu Peppino ins Büro, wo der Doktor seine Sprechstunde abhält. Pierre wirft Dieter eine Klorolle auf den Schlafsack und sagt aufmunternd zu dem blassen Krankmann: „Stopf dir dein Arsch ssu isch farr disch."
Wir tragen die leere, sterbende Hülle meines kranken Ehemannes auf den Beifahrersitz des Protzmobils. Eine Stunde später kommen beide zurück. Dieter geht wieder gerade, hat Farbe im Gesicht und ist motiviert, unseren Käfer und mich nach Hause zu fahren. Wir umarmen die Franzosen, Peppino und einige neugierige Camper, die wissen wollen, wo denn die Kuhherde hin ist, die den Rasen zugeschissen hat.
Unser Käfer ist startbereit und wir treten mit etwas Wehmut und Unbehagen die Rückreise an. Die gesamte Heimfahrt verläuft sehr ruhig, problemlos und friedlich. Dieter hat mir ein Salami Baguette quer in den Mund gesteckt und meinen Sitz in die Schlafposition gestellt. Auf diese Weise halte ich die Klappe und er kann ohne meine Ansagen fahren. Damit die Unterhaltung nicht zu kurz kommt, singt er für mich das Lied von Roy Black:

„Dein Weg durch die Welt"….und: „Hier mit Dir".
Alles ist total relaxt. Das ist bestimmt die Ruhe
vor dem kommenden Wirbelsturm.

Ziemlich ent-spannt kommen wir nach 3 Tagen
Zuhause an. Die Alte Leier wird wieder rausge-
kramt und gespielt. Wir kriegen uns wie vorher,
täglich in die Haare, diskutieren und palavern
und oder sind nie einer Meinung. Wie auch.
Dieter nennt mich wieder blöde Kuh, oder halt
die Fresse. Das hat zur Folge, daß auch er endlich einen neuen Namen bekommt und fortan
ZANK heißt. So verhält er sich ja auch und er
macht seinem neuen Namen alle Ehre.

Das ist wirkliche Liebe, ehrlich. Es ist doch total
normal, wenn jeder eine eigene Meinung hat und
die auch vertritt. Sich zu verbiegen geht nur eine
Weile gut. Wer sich ständig verbiegt, der bricht
irgendwann. Wenn Zank eines Tages mal Süße,
oder Baby zu mir sagt, werde ich mich von ihm
trennen. Immer wenn wir uns streiten, lächelt die
Wahrheit und lässt uns gewähren.

Eines ist jedenfalls sicher.

Die lauten und manchmal bösen Worte, die wir
uns zuwerfen, sind nicht so entzweiend wie die
nicht gesprochenen, die einer vom anderen vergeblich erwartet. Das können wir an vielen anderen Paaren beobachten und darum bleibt alles
so, wie es ist. Ich fürchte mich nicht vor denen,
die streiten, sondern ich habe die im Auge, die
mir ausweichen.

Die Ausschmückung unserer ersten, gemeinsamen Wohnung gestaltet sich recht harmonisch. Wir beide wissen genau, was wir nicht wollen und gestalten unser Nest gemütlich, aber nicht spießig. Leider wird die Gestaltung immer wieder von Theresia, Zanks Mutter unterbrochen. Überall mischt sie sich ein und gibt ihren Senf dazu, wenn wir lieber Ketchup möchten. Da ist sie bei mir an der falschen Adresse. Klipp und klar erkläre ich meinem Ehemann, dass ICH meine Wohnung gestalte, nach meiner Vorstellung. Wenn ihm das nicht gefällt, kann er wieder in sein Kinderzimmer ziehen und sich von Theresia wickeln lassen. Fronten geklärt, ich dekoriere, organisiere, gestalte und richte unser Nest nun alleine ein. Theresia, empfehle ich, ihre Tranquilizer weiter einzunehmen, damit aufkommende Spannungszustände unterbunden werden. Zusätzlich holt sie sich regelmäßig bei ihrem Psychologen eine Imap Spritze ab. So gestärkt, kann sie losgelöst meine Abfuhr verarbeiten. Theresia respektiert mich nicht, daher ist es eine Bereicherung für mich, sie nicht in meiner Nähe zu wissen. Meinen inneren Frieden, wird das Verhalten einer schnöden Schwiegermutter nicht stören.

In meiner Kindheit bin ich über den Boden gekrochen und habe im Dreck gesessen und diesen gefressen. Endlich bin ich bereit dazu, den Gipfel zu erklimmen und mich in den Sonnenstrahlen zu wärmen. Zum Erfolg gibt es aber keinen Fahrstuhl, da muss man schon die Treppe rauflaufen. Meine Tätigkeit als Plakatmalerin gewährt mir Einblick in eine Werbeagentur an der Alster, im Herzen von Hamburg. Meine beiden Chefs sind nicht nur die Inhaber der Firma, sondern sie sind auch privat ein Paar. Ich komme aus der Provinz und hier lerne ich, daß das Leben lebendig und wie ein Fächer sein kann. Die bunten Facetten breiten sich nach und nach vor mir aus. Ein Chef benutzt meine Wimperntusche, während der andere wie ein Maurerpolier die Mitarbeiter zusammenscheisst. Sie sind wie Feuer und Wasser, bilden aber eine geniale Einheit. Der Polier brüllt gerne rum, ist aber im Herzen ganz weich. Oftmals arbeite ich die Nächte durch, wenn eine Messe angesagt ist. Da ich kein Auto habe, fährt er mich dann gegen morgen einfach nach Hause und benutzt mich als Paartherapeutin.

Die Kolleginnen und Kollegen sind nett, manche eingebildet überheblich. Dann sind da noch die Unscheinbaren, die man erst bemerkt, wenn sie schon monatelang nicht mehr in der Firma arbeiten. Die abwechslungsreiche, kreative Arbeit schätze ich sehr. Die lockere, unkomplizierte Art der meisten Kollegen und Kolleginnen bietet hier eine angenehme Arbeitsatmosphäre.

Mich hält es aber nie allzu lange an einem Arbeitsplatz und ich wechsle in unterschiedliche Firmen, um immer wieder neue Herausforderungen zu finden und diese auch zu meistern. Mein Sternzeichen ist der Skorpion, ich begebe mich täglich aufs Neue auf die Suche nach dem Sinn des Lebens. Durch meine instinktive Ader zieht mich alles Mysteriöse und Geheimnisvolle magisch an. Probleme kenne ich nicht und auf Herausforderungen reagiere ich, wie die Motte auf das Licht. Ich ziehe sie an, untersuche, seziere und ehe ich mich daran verbrenne, setze ich sie ganz schnell um. Meine Devise ist immer schon: „Nicht lange reden…..einfach machen!!!!!!!!" Wäre da nicht die Spaßbremse namens Zank. Er ist Sternzeichen Widder, sehr bodenständig, läßt mich aber als bunten Luftballon über den Wolken schweben. Zank war nach seiner Lehre bei der Bundeswehr. Danach wechselte er den Beruf und ist nun Drucker. Er ist fleissig und arbeitet in 12 Stunden Schichten. Lottoscheine und Kassenbons für Gaststätten und Warenhäuser kommen aus seinem Druckstock. Das ist eine nervenaufreibende, anstrengende, stressige Tätigkeit. Damit das alles im Gleichgewicht bleibt, legt er sich 2 ausgleichende Hobbys zu.

Hobby 1: Frauen
…jede weibliche Person unter 40, die bei 3 nicht auf dem Baum ist, vögelt er und erzählt ihr, ich sei seine Schwester.

Hobby 2: Waffen

...Zanks Vater Gustav ist Jäger. Zank nimmt ein Gewehr, oder eine Waffe in die Hand, um sie wie den vollen Busen einer Porno Darstellerin zu betätscheln.

Zank legt sich in den ersten Jahren unserer Ehe eine umfangreiche Waffensammlung zu. Ich glaube, dass er mich damit in Schacht halten will, wenn ich von den Vögeleien erfahre. Das bleibt aber nicht aus, da ständig fremde Frauen bei Tag und selbst in der Nacht anrufen, um nach meinem Bruder zu fragen. Mein mir angetrauter Dreibeiner schwört, dass alles anders ist als es sich anhört und gelobt Besserung. Er bessert sich wirklich und um seinen Testosteron Spiegel konstant zu halten, legt er sich eine Konkubine zu. Diese Konkubine entpuppt sich als meine Freundin Athene. Diese benutzt ein penetrantes, personifiziertes, unverwechselbares Parfüm. Athene duftet bis über die Landesgrenzen hinaus, wenn sie durch eine der 5 mittelsten Städte in Deutschland, Niederdorla, Flinsberg, Silberhausen, Landstreit, oder Krebeck wandelt. Das bleibt nicht unbemerkt und ich erwische beide in der Mittagspause, als er gerade mit seiner olympischen Fackel ihren Ofen anheizt.

Mit mir kann Zank nicht zu Mittag essen, da er einen dringenden Auftrag drucken muss. Ich fahre mit meinem Fiat 500 zum Imbiss in den Nachbarort, um alleine etwas zu futtern.

An der Einfahrt zum Friedhof sichte ich Athene auf ihrer Mofa. Auf dem Rücksitz klammert sich Zank an ihre gepolsterten Hüften. In rasantem Tempo fahren die zwei auf den Parkplatz am Friedhof und verschwinden im Gebüsch hinter einem Grabstein des unbekannten Soldaten. Ich kann mir nicht vorstellen, daß die zwei dort Blumen begießen wollen, oder sich einen Platz fürs Alter suchen. Mein Fiat bekommt einen Parkplatz und ich bekomme einen Föhn, als ich hinter den Grabstein schaue. Mein Zank liegt auf Athene und es sieht aus, als wenn er einen asthmatischen Anfall hat. Er stöhnt, schnappt nach Luft und hat spastische Zuckungen am ganzen Körper. „Mahlzeit." sage ich leise und verschwinde von der Bildfläche. Da die beiden mich nicht bemerkt haben, warte ich einmal ab, wie sich der Abend so mit dem hart arbeitenden Zank gestalten wird.

Völlig überarbeitet und ausgelaugt von der stressigen Arbeit, kommt der Dreibeiner am Abend verspätet nach Hause. Seine liebevoll, dekorierten Häppchen stehen auf dem Eßtisch und er legt auch gleich total gestreßt los:

„man, war das ein Tag, ich bin völlig fertig. Hoffentlich ist es morgen etwas ruhiger in dieser beschissenen Firma."

Zank ißt genüsslich sein liebevoll zubereitetes Abendbrot und will es sich vor dem Fernseher gemütlich machen. Das gelingt ihm genau

3 Minuten und 25 Sekunden.

Er blickt auf und sieht mich im Sessel, ihm genau gegenüber sitzen. In der Hand halte ich eine offene Flasche Weinbrand der Marke: `Mariaskrone.' In einem Zug leere ich ein Drittel der Flasche und rufe:

„Prost, Zank-Dieter! Ich weiß, dass du aus einer Familie kommst, wo Ehrlichkeit als Schwäche definiert wird und wo die Lügner einen Heiligenschein tragen. Ich werde aber niemals mit jemandem streiten, der seine eigenen Lügen glaubt." Dann leere ich die Flasche um ein weiteres Drittel und kippe über die Sessellehne hinunter auf das Parkett. Zank pult sich echauffiert die letzten Essensreste aus seinen vorderen Zahnlücken und fragt dann:

„Welche Sau hat dich denn gebissen? Wie bist du denn drauf?"

Drauf bin ich gerade nicht, eher drunter. Ziemlich duselig im Kopf ziehe ich mich wieder zurück auf den Sessel und antworte:

„Heute in der Mittagspause war ich auf dem Friedhof und habe hinter den Grabstein des unbekannten Soldaten geschaut. Du lagst da mit Athene und hattest Schnappatmung. Ging es ihr schlecht und du hast sie wiederbelebt? Oder hast du bei ihr Fieber gemessen? Das fleischfarbene Thermometer steckte ja noch drin."

Zank steht jetzt breitbeinig vor mir und sagt ziemlich überzeugend:

„Also, so war das alles nicht, was du da so gesehen hast."

„Neee ist klar," lalle ich und sage dann:

„Es sah auch eher danach aus, als wenn ihr gerade Unkraut zupft, oder Grashalme zählt!"

Mit der Flasche unter dem Arm schwanke ich ins
Schlafzimmer und verschließe die Tür. In dieser
Nacht möchte ich Diskussionen vermeiden. Die
Flasche ist leer, als ich sie neben meinem
Nachtschrank abstelle. Der Schlaf nimmt mich in
Empfang und beschert mir eine Nachtruhe, die
einer Stinkfrucht gleicht. Durch meine Gehirn-
windungen geistert der Spruch:

„Das Gefühl, welches du am Abend spürst, ist
die Frucht aus der Blüte des Tages,"

Nach eine Narkose liegt man im Aufwachraum
und findet langsam zu sich. Ich liege in meinem
Schlafzimmer und suche den Anschluss an diese
Welt. Ein Pressluftbohrer arbeitet in meinem
Kopf. Aus dem Schminckspiegel glotzt mich ein
ungekämmtes Monster mit rotgrünen Augen und
gelbgrüner Haut an.

`wie heiße ich, wo wohne ich, wie alt bin ich?´
frage ich mich selbst und bekomme keine Antwort. In diesem Moment rüttelt jemand an der
Klinke und eine Stimme schleimt durch den
hölzernen Türrahmen:

„Hallo, Dicke!…mach auf und komm frühstücken,
der Tisch ist gedeckt und Kaffee ist auch fertig."

Dicke nennt er mich nur wenn, `halt die Fresse,`

oder `blöde Kuh` grad nicht angebracht sind. Das ist ein Kosename, den Zank nur benutzt, wenn er ahnt, dass ich ziemlich sauer auf ihn und oder eine seiner Handlungen bin. Da das zur Zeit den Nagel auf den Kopf trifft, lasse ich ihn noch 2 Minuten vergeblich bitten. So unappetitlich wie noch nie, ungekämmt, Schminke verlaufen und ungeduscht, setze ich mich dann zu ihm an den Frühstückstisch. Zank hat wirklich an alles gedacht und ein kleiner Blumenstrauß steht auch noch mitten auf dem gedeckten Frühstückstisch. Dieser völlig überarbeitete Mann, muss in der letzten Nacht mindestens 30 cm geschrumpft sein, er kann kaum über die Tischkante gucken. Seine Augen liegen tief in den Höhlen und dunkle Augenringe machen sein Gesicht nicht schöner. Leise und mit Dackelblick flüstert er in meine Richtung:

„Herzlichen Glückwunsch zum Geburtstag,"
um danach äußerst verlegen, das Rührei noch weiter zu rühren. Geburtstag habe ich total vergessen und ich antworte ihm:

„Mein Geburtstag wurde gestern schon auf dem Friedhof beerdigt, er wird nicht wiederbelebt."
Die Brötchen duften verführerisch und der Kaffee gibt auch sein Bestes. Essen kann ich immer, egal was mir widerfährt und so beginne ich nun, mein Frühstück einzunehmen. Ich halte dabei die Fresse und denke mir, wenn er was zu sagen hat, kann er loslegen. Zank überlegt, sieht mich

an, überlegt wieder und sagt dann:
„Es war doof von mir und es tut mir leid."
Ich frühstücke weiter und halte meine Fresse.
Der Mann am Tisch macht auf zerknirscht und
startet einen weiteren Versuch der Annäherung:
„Es war saudoof von mir und es tut mir wirklich
extrem leid."
Mein Brötchen wird gekaut, gespeichelt, noch
mal gekaut und ich antworte dann langsam:
„Du bist wirklich saudoof und tust mir nicht leid.
Ich glaube fest an Karma und das ist das Einzige, was mich im Moment beruhigt. Heute Nacht
war ich auf der Suche nach einem WARUM und
gefunden habe ich ein EGAL. Es ist mir egal,
warum du das machst, es ist mir nicht egal,
wenn du mich anlügst. Denk drüber nach, heute
Abend reden wir darüber, wie es weitergeht."
Mein Frühstück ist beendet und ich überlasse
das Wegräumen des Geschirrs heute mal dem
zerknirschten Fremdgeher. Eine Stunde lang
verschwinde ich in der Hübschmacherei und
dann fahre ich an meinen Arbeitsplatz, um mich
abzulenken. Dort werde ich schon mit Umar-
mungen und wirklich herzlichen Glückwünschen
empfangen. In der frühen Mittagspause sitzen
alle Kolleginnen und Kollegen mit mir zusammen
um meinen Schreibtisch herum. Wir essen gerade reichlich Butterkuchen, als mein Telefon klingelt. Kollege Peter sitzt dicht am Apparat, stellt
ihn auf laut und reicht mir den Hörer.

„Herzliche Glückwünsche zu deinem Ehrentag heute, meine liebste ReNaTe,"
flötet Athene in den Raum. Die Kollegen essen gelassen ihren Kuchen weiter, bis sie meine Antwort hören:
„Hallo und vielen Dank, meine liebste Freundin Athene. Sag mir doch bitte einmal, wie es sich mit meinem Mann so in der Mittagspause fickt. Ist er gut, mittelmäßig, oder nur so lala?"
Peter verschluckt seine Kuchengabel und die anderen Kollegen hüsteln verlegen und oder glotzen mich aus riesigen Augen an.
Athene legt auf und ich sage in den Raum:
„Ich hab die beiden gestern Mittag übereinander im Gebüsch überrascht, sonst ist nicht los, ihr könnt weiter essen, guten Appetit!"
„Oh mein Gott, was machst du denn nun?" fragt mich die frisch geschiedene Karin.
„Abwarten" sage ich. „Zur Not benutze ich meinen neuen, hellgrünen Dildo und andere Mütter haben ja auch noch hübsche Jungs."
Mein Gesichtsausdruck lässt in dieser Runde, zu diesem Thema, zu diesem Zeitpunkt, keine weitere Diskussion zu. Alle akzeptieren das und lassen mich in Ruhe. Ich widme mich meiner Arbeit und bin schon sehr gespannt auf den heimischen Feierabend. Zank steht überraschend am Ausgang der Firma, holt mich ab und sieht aus wie ein ausgekotztes, leichenblasses Fragezeichen.

„Athene hat mich heute Mittag heulend angerufen, warum hast du so etwas zu ihr vor allen Leuten gesagt?" werde ich empfangen.

„Nun wissen alle Bescheid und ihr müsst euch nicht mehr hinter Gräbern verstecken." antworte ich und weiter: „Außerdem wissen jetzt auch alle meine männlichen Kollegen, daß ich nicht mehr in allzu festen Händen bin und auf dem Markt wieder zur Verfügung stehe."

Fassungslos latscht Zank neben mir her zum Auto und teilt mir mit: „Ich habe das mit Athene beendet, du kannst beruhigt sein! Da ist nichts mehr und da kommt nichts mehr, wirklich."

Da ich so eine blöde Kuh bin, halte ich erstmal zu dem Thema meine Fresse und glaube Zank. Er ist nun immer pünktlich und manchmal auch ein wenig liebevoll. So tritt das Thema Athene nach und nach ein wenig in den Hintergrund. Der Hintergrund möchte aber im Vordergrund stehen und meine Freundin bleiben. Athene lässt nicht locker und ködelt sich immer wieder an, bis ich ihr die Fortdauer unserer Freundschaft bestätige. Meine Freundin Athene, stammt aus einer Region in Griechenland, wo Männer noch denken, dass sie beim Ziegenficken ihre Eier in der Sonne besser bräunen können, als bei Mama im Bett. Athene ist von Natur aus mit pechschwarzen Haaren am ganzen Körper bestückt. Sie hat Augenbrauen, die wie ein Beet aus gemeiner Rispe gezüchtet sind. Große braune Kuhaugen und ein Mund wie ein erstickender Barsch, runden das Profil ab. Athene ist aber nicht nur weiter meine Freundin, sie bleibt auch weiter die liebste Kollegin von Zank. Nach ein paar Wochen fängt sie an mich zu kopieren. Sie sieht dann auch plangemäß irgendwann aus wie mein genetischer Zwilling. Honigblond gelockt ist sie inzwischen und nach und nach trägt sie auch dieselben Klamotten wie ich. Ich brauche fortan keinen Spiegel mehr, denn ich stehe überall direkt vor, neben und hinter mir, wenn Athene in meiner Nähe weilt. Da kann ich es Zank doch gar nicht übel nehmen, dass er Athene erneut beglückt und sie bei jeder Gelegenheit vernascht. Er schont mich doch, weil er mich so sehr liebt. Zank und Athene schwören zwar beide, daß sie sich nicht mehr täglich in der Mittagspause ineinander verkeilen. Fremdgehen ist aber eine Entscheidung und kein Fehler. Ein Fehler passiert doch unüberlegt und das hier sieht anders aus. Hat Zank vielleicht nicht gewusst, dass sein Schwanz ein Universalschlüssel ist, der in jedes Loch reinpasst? Wieso hat er mich geheiratet? Egal, jetzt habe ich ihn an der Backe und erwarte, dass er den Schlüsseldienst als Nebentätigkeit aufgibt. Zu spät, Athene ist auf einmal so was von schwanger und in höllischer Panik. Da ich darüber informiert bin, dass ihr Christo sterilisiert ist, steht nun mein Zank im Fokus, ihr den Braten in die Röhre geschoben zu haben.

Um einem Messerangriff von Athenes Ehemann Christo zuvor zu kommen, müssen Maßnahmen ergriffen werden. Nun fahren die werdenden Eltern in spe, mit Athenes und Christos 2 jähriger Tochter Lena zu Hagenbecks Tierpark. Dort werden sie sich ein Elefantenrennen ansehen, welches gar nicht stattfindet. Athene und Zank fahren natürlich nicht zu Hagenbeck. Der Tierpark muß für die Fahrt in die Abtreibungsklinik als Alibi herhalten. Das können sie gerne dem Christo weismachen, aber: lüge nie die Frau deines Lebens für die Schlampe an, die sie kopiert.
Ich bin die Frau seines Lebens und reagiere wie eine Milch. Wenn man mich zu lange stehen lässt, werde ich sauer. Diese, zum Himmel stinkende Situation, die ich mal wieder völlig anders sehe, als sie angeblich stattfindet, buddelt mein Selbstwertgefühl so an die 10000 Meter tief ins dunkle Erdreich. In einer Schlaf-Meditation treffe ich mein pubertierendes Ego und wir beide beschließen, eine wunderschöne Reise auf der Retourkutsche anzutreten.
Nicht lange reden…einfach machen.…
ist nun sowas von aktiviert…und es geht los:
Die Reiseroute wird kreativ berechnet. Ich suche mir coole, junge, gut aussehende, neutral duftende, aber sexuell agile Männer für meine Reise raus. Dann lasse ich nichts aus, warum auch? Nach monatelangen Kurzreisen auf der Retourkutsche und den daraus resultierenden Erfah-

rungen, wächst mein Selbstbewusstsein. Wie eine zarte Pflanze sprießt es aus dem Erdreich hervor und blüht wundersam wieder auf. Zank wird während der Tour immer von mir über alles informiert, was und wie ich es erlebe. Er findet das natürlich alles scheisse und zieht mich von der Retourkutsche herunter. Auf Knien erhalte ich von ihm die Mitteilung, daß er ab sofort monogam mit mir leben wird. Zum Abschied fängt Zank sich aber noch bei seinem letzten Pausenspielchen mit Athene, ein paar Matrosen am Mast ein. Er ist stinksauer und beendet die Pausenspiele abrupt und endgültig. Penetrant duscht er sich Athenes Parfümreste vom Leib, widmet sich ab sofort nur noch seiner Selbst und sonnt sich in meiner Aura.

Gelegentlich treffen wir im Park Athene und ihren Mann Christo, mit der kleinen Lena. Wir grüßen sie immer noch, denn Christo ist ebenfalls eine kurze Strecke mit mir auf meiner Kutsche gereist. Das verbuchen wir aber ab sofort unter: `gesammelte Erinnerungen fürs Alter!!!´

Zank findet mich manchmal etwas kompliziert und dann flüstere ich ihm zu:

„Ich bin überhaupt nicht kompliziert, ich habe ein System, welches du nie verstehen wirst.

Ich bin eine Frau!"

Streiten…vertragen…sich anschreien und auch mal kurz hassen…sich aber trotzdem noch immer zu lieben….Wir sind in einer ernsthaften Beziehung und machen alles so, wie wir es für richtig halten und wobei wir uns wohl-fühlen.

Meine Schwiegereltern stellen nach 1 Jahr unserer kinderlosen Ehe eine schriftliche Anfrage bei dem Haus- und Hofgynäkologen, wann mal Nachwuchs zu erwarten ist. Der hässliche, voreingenommene, befangene, gynäkologische Spitzbube, untersucht mich extrem aufwendig über Stunden. Er ist fasziniert von meiner schwarzen Brusthebe und dem minikleinen Tangaslip in Pink. Mit klemmender Hose und kollabierendem Reizhusten, teilt er mir danach mit, dass ich keine Kinder bekomme, weil meine Gebärmutter zu klein ist. Er kann mal versuchen, die Gebärmutter zu weiten, indem er in mich geht. Ich verzichte dankend und sage:
„Macht nichts, Zank will sowieso keine Kinder mit mir. Er hat sich gerade mit seinen Entscheidungen, von einem komplett familiären Leben entfernt." Kinder möchte er auch wirklich nicht. Er braucht meine alleinige Aufmerksamkeit. Wir haben uns so ein wunderschönes Nest gebaut, aber der geschwisterlose Zank denkt nicht im geringsten daran, seine hyperaktiven Spermien in meine Gebärmutter zu platzieren.
`Coitus Interruptuś!
So steht das Mantra leuchtend, in einem Bilderrahmen auf unserem Nachtschränkchen.

Als verwöhntes Einzelkind spekuliert Zank darauf, konkurrenzlos bei mir die erste Geige zu spielen. Da mir mein Job viel Freude bereitet, lasse ich mich darauf ein und lege mir ein Sammelsurium an Verhütungsmitteln zu. Gegen Gummi und die Pille bin ich allergisch und vorrangig nehme ich darum kontrazeptive Substanzen. Ich tränke z.B. Schwämmchen oder Wattebäuschen in Honig, Salzlake, Essig, Ingwer, oder Olivenöl und schiebe sie bis kurz vor die Gebärmutter. Es kommt nach dem Akt auch ein Trunk aus süßem Bier, Sellerie und Öl zum Einsatz. Krokodildung soll sich auch gut als Verhütungsmittel eignen. Der zerstoßene Kot, in gegorenen Pflanzenschleim getaucht und eingeführt, kann das chemische Scheidenmilieu verändern und die Beweglichkeit der Spermien blockieren. Da wir kein Krokodil als Haustier wollen, komme ich auf die Empfehlung einer rothaarigen weisen, alten Frau aus der katholischen Männerbadeanstalt zurück, die mir rät, den Samen durch heftiges Auf- und Abspringen nach dem Akt wieder aus dem Uterus zu schleudern. So komme ich zusätzlich zu einer sportlichen Aktivität und kann mein Gewicht halten. Wir sind gerade richtig gut im Training, da treffe ich Theresias Gynäkologen auf einer Grillparty. Hinter vorgehaltener Hand flüstert er mir nochmal aufdringlich zu:
„Sie müssen wirklich nicht verhüten, Ihre Gebärmutter ist doch viel zu klein. Sie können leider

definitiv keine Kinder bekommen."

Okay, wir setzen alles auf Null und haben viel Spaß mit unseren gemeinsamen Freunden und Bekannten. Wir veranstalten Pyjama Partys mit Flaschendrehen und verbringen ganze Wochenenden nackt feiernd am nahen Baggersee. Dieses bunte Treiben ist wie eine lange Faschingszeit. Wir glauben, daß wir am Ende von Etwas angekommen sind und wissen noch nicht, daß wir bereits am Anfang von etwas anderem, viel Größeren stehen. Die rothaarige, weise, alte Kartenlegerin meines Vertrauens, liest mir Anfang September aus den Blättern, dass ich nunmehr doch schwanger bin.

`Wenn du denkst, du denkst, dann denkst du nur du denkst,´ denke ich und bin voller Erwartung auf Zanks Reaktion.

Wir sind nun fast 5 Jahre verheiratet und ich erinnere mich genau, wo und wie wir unseren zu erwartenden Nachwuchs gezeugt haben. An einem heißen Tag im Juli 1975. Drehort ist eine Kuhwiese, in der Nähe eines Baggersees im Nachbarort. Die Klappe fällt: Wir laufen nackt im warmen Sonnenschein vom See her über die Wiese, tanzen über hoch aufgewühlte Maulwurfshügel. Verliebt wie am ersten Tag, versinken im hohen Gras, zanken nicht, weil wir knutschen und überprüfen unsere psychische Energie, die mit den Trieben der Sexualität verknüpft ist. In diesem Moment passiert das WUNDER.

Meine Eizellen umarmen die Spermien und
Coitus Interruptus hat Urlaub eingereicht. Das ist
auch gut so, jedenfalls in meiner Wahrnehmung.
Zanks Reaktion auf das Ultraschall Bild hält sich
extrem in Grenzen. Er wünscht sich weder Sohn
noch Tochter, sondern ein neues Auto und meine
ungeteilte Aufmerksamkeit. Zank bekommt ein
älteres, neues Auto und wird meine Aufmerksamkeit nach der Geburt unseres Kindes zu
99,99% abgeben. Mein gesundes, erwartetes
Baby ist ein Junge, kommt im April zur Welt und
ist ein Widder. Der Knabe sieht direkt nach der
Geburt total süß und knuddelig aus. Niemand
bemerkt und schneidet seine langen Fingernägel. Mit diesen zerkratzt sich das schreiende,
hungrige Kind in der Nacht das ganze Gesicht.
Am Tag darauf findet die Sippschaft bei der
Kinds Beschauung ein blutiges Steak im Baby-
körbchen vor. Das Steak erholt sich aber in den
nächsten Wochen und wird im Standesamt vorläufig unter dem Namen Meatlove eingetragen.
Erstmal vorläufig, weil wir uns auf keinen endgültigen Namen einigen können. Man kann nichts
weitergeben, was man nicht in sich hat. Meine
Mutterrolle ist eine kurze Einlage und spielt sich
ganze 8 Wochen lang nach der Geburt im Mutterschutz ab. Danach weiß ich genau, daß ich
ein Einzelkind habe, welches ich abgöttisch liebe, welches aber ein Einzelkind bleiben wird.
Noch mehr Kinder können mich als Mutter nicht

ertragen und mich als Mutter möchte ich ihnen auch sehr gern ersparen. Jeder macht das, worin er seine Erfüllung findet und bei mir ist das nicht Windelwechsel, Brei handwarm zubereiten und des Nachts auf Schnullersuche gehen. Ein Maurermeister steht auch nicht am Ofen einer Bäckerei und es heißt doch auch:
´Schuster bleib bei deinen Leisten.´
Darum werde ich die Pinsel in der Hand halten und nicht die Peitsche der Erziehung. Ein Kind kriege ich grad noch hin, aber weitere würden mich total überfordern und einschränken. Zank weiß nach den 8 Wochen ebenfalls genau, daß er und sein Ego keine Konkurrenz wollen. Sein Weg führt ihn zu einem Urologen und dort macht er einen Termin zur Sterilisation, den er aber aus Angst gleich wieder absagt.
In den Wochen nach der Geburt, stelle ich zusätzlich fest, dass man sein Kind lieben und seine Arbeit trotzdem sehr vermissen kann.
1976 ist das Jahr der Übermütter. Krabbelgruppen haben Hochkonjunktur und Spielgruppen am Sandkasten sind so IN, wie Schlaghosen aus Jeansstoff mit 10 cm breitem Ledergürtel. Für mich ist das alles nichts. Meine saubequeme Haremshose kommt täglich zum Einsatz mit ausgelatschten Zehensandalen. Ich trage XXXL große Oberteile, weil ich alles hasse, was mich einengt. Ständig werde ich gefragt, ob es wieder geklappt hat und wann ich mein 2. Kind erwarte.

„Mein großes Herz benötigt viel Platz," antworte ich und hefte einen Zettel an den Kinderwagen, mit dem Text:

`Ich bin ein Einzelkind und dabei bleibt es auch. Hund zum Spielen gesucht. Katze geht auch.'

Krabbelgruppe und Sandkasten lasse ich hinter mir und meinem glücklich, auf 7 Schnullern nuckelnden Einzelkind. Unser Kind ist noch immer namenlos. Das Ordnungsamt droht mit einer Beugehaft, falls wir nicht innerhalb einer gesetzten Frist einen kindgerechten Namen liefern. Für mich steht fest, daß mein Kind bereits eine eigenständige Persönlichkeit ist und diese will ich ihm nicht aberkennen, durch das Missionieren der Behörden. Mein Kind bekommt keine Konfession, kein Parteibuch, oder farbig passende Kleidung zum Geschlecht, es soll sich alles selbst aussuchen, am liebsten auch seinen Namen. So etwas läuft leider nicht ohne Probleme mit den Ämtern ab. Unser Kind hat immer noch keine Geburtsurkunde, weil wir keinen endgültigen Namen eingereicht haben. Es muß also schnellstens ein Vorname gefunden und eingereicht werden, damit aus der Geburts Bescheinigung eine Geburtsurkunde wird.

Mein erster Vorschlag ist Solarfried, weil der an den Zeugungstag auf der Kuhwiese erinnert. Er wird ebenso wie Summerkid vom Standesamt abgelehnt. Utz wird anerkannt, aber von Zank abgelehnt. Zank vermutet, dass das Kind den

Spitznamen Wutz in der Schule bekommt, was nicht gerade förderlich fürs Selbstbewusstsein sein wird. Somit beantrage ich den Ritternamen Gawain im Amt und bekomme die Zulassung. Gawain bedeutet: der Gütige. Meine ganze Hoffnung liegt darin, dass Gawain seinem Namen alle Ehre macht. Sollte er selbst mal eine Familie gründen, wäre es toll, wenn dann nicht die Gene seines Erzeugers vorrangig agieren. Gawain der Ritter, soll seine Ehefrau ritterlich behandeln und beschützen. Gawain ist ein sehr spezielles Kind. Er legt sich nicht in die Wiege ohne seine 7 Schnuller und eine vollgekotzte Windel. Alle Versuche, diese Windel gegen ein gewaschenes Tuch auszutauschen, enden in einer Apokalypse der Selbstzerfleischung eines unerzogenen Göres. In unendlich vielen schlaflosen Nächten, die ich damit verbringe die 7 Nuckel vom Parkett in die Wiege zu transportieren, wächst in mir der Wunsch, Gawain möge sich auf ein Pferd setzen und wie ein guter Ritter zu einem jahrelangen Kreuzzug in den Orient aufbrechen.
(Erinnerungen an Opa tauchen wieder auf).
Das Kind eines Widders, selbst ein Widder, hat noch kein richtiges Kinderzimmer. Seine Wiege steht in Zanks Jagdzimmer, zwischen gefühlt 300 ausgestopften Tieren. Andere Babys schauen auf Rasseln, Luftballons, Tapeten mit Clowns und Mobiles aus Plüschtieren. Gawain sieht einen riesigen Wildschweinkopf mit Hauern, wie

zwei Laternenmaste in sein Körbchen glotzen. So etwas löst ein Trauma aus und unser Kind bekommt mit der Zeit überall am Körper Hautausschlag und spuckt rund um die Uhr in seine Kotzwindel. Den Geruch der Kotzwindel übertünche ich dezent mit Zitronensaft, Channel Nr. 8 und lande zum gefühlt 99. mal mit Gawain im Notarztwagen in der Klinik. Dort wird die idiotische Diagnose:
`allergische Reaktion auf Kotzwindel´ gestellt. In meinem Hinterkopf formieren sich als Allergieauslöser aber das Formaldehyd und das Arsen, welche in den präparierten Tieren im kindlichen Jagdzimmer vorhanden sind. Maßnahmen des Umzugs werden ergriffen. Alle toten Tiere ziehen zu Theresia und Gustav in den Palast. Gawain bekommt ein tolles, helles, grünes Kinderzimmer mit niedlichen Gardinen, Plüschtieren und kunterbunten Tapeten. Hier fühlt Kind sich wohl und bastelt sich aus Brötchen, Keksen, Gummibärchen und Windeln WAFFEN und schießt die Plüschteddys vom Mobilé. Er hat halt die Gene seines Vaters. In den nächsten Monaten stellt sich dann auch noch heraus, dass Gawain hochgradig allergisch auf Pferde, Vögel, Meerschweinchen, Nieweacreme, Aufräumarbeiten im Kinderzimmer und Erziehungs Massnahmen im Allgemeinen, reagiert. Mein seit Jahren überfälliger Besuch beim Dermatologen wird zusammen mit Gawain in die Wege geleitet.

Kind wird auf diverse, alltägliche Dinge positiv getestet und in der Klinik desensibilisiert.
Ich bekomme einen Allergiepass, der sich wie eine Lexikothek des Grauens liest. Die Liste meiner Allergien veranlasst mich, meine gesamten Essgewohnheiten umzustellen. Neben den Duftstoffen bin ich auch noch gegen: Hefe, Farbstoffe, Vanille, Konservierungsmittel, Koffein, Cola-Getränke, Zemente, Farben, Kunststoffe, Mineralölprodukte , Bohr-, Kühl-,und Schleifwässer, Keramikfarben, Emaillefarben, Metallsalze, Druckfarben, Metalllegierungen, alle Gummiartikel, Salben, Tinkturen, Hämorrhoidial-Zäpfchen, Brillantine, Tabakwürze, Aromastoffe und diverse Gewürze allergisch.
Zank ist raus aus dieser Nummer, er hat keinerlei Allergien, reagiert aber mit Pickeln am ganzen Körper, wenn ich mal nicht seiner, angeblich immer einzig richtigen Meinung bin. Seiner Meinung nach, bin das sowieso fast nie und da muß ich ihm endlich mal zustimmen.
Wir sind endlich einmal einer Meinung!!!!!!!!!
So habe ich es doch schon seinerzeit gewagt, im Standesamt zu sagen, daß ich wohl mit ihm durch dick, dünn, gute und miese Zeiten gehen werde, aber nicht bereit bin, für ihn zu kochen.
Dieter, alias Zank zögert sein `JA ich WILL´ daraufhin solange hinaus, bis auch ich mein `JA ich WILL´ zurücknehmen will.
Erst auf 7 maliges, extrem ungeduldiges Nach-

fragen der Standesbeamtin, würgt er sich dann
doch noch ein:
`OKAY, ich denke doch, vielleicht ´JA, raus.
Da ich eine eigene Wahrnehmung habe und
nicht unbedingt auf der Suche nach einer har-
monischen Beziehung bin, die nur harmonisch
ist, weil ich immer klein beigebe, donnert und
blitzt es bei uns schon am Frühstückstisch.
Mein Skorpion mit Ego im Stachel, gegen bocki-
gen Widder mit 2 egozentrischen Hörnern treffen
sich zum täglichen Duell. Zum Glück wird nie jemand ernsthaft verletzt. Den hellhörigen Nachbarn legen wir gelegentlich eine Tüte mit Ohr-
stöpseln auf die Fußmatte, oder laden sie in die
Sauna in unseren Keller ein. Dort geben wir ihnen in lockerer Stimmung einen Einblick in die
Art und Weise unseres Zusammlebens. Die
Nachbarn finden uns sehr speziell und gewöh-
nungsbedürftig. Komischerweise bekommen wir
aber zu allen Feiern in unserem Umfeld immer
eine Einladung. Dem Vernehmen nach lockern
wir die Stimmung immer auf und Langeweile
bleibt auf dem Abstellgleis. Langeweile kenne ich
als Kind eines Proletariers nicht. Wenn man sich
als Kind durchschlagen muß, ist das harte Arbeit.
Ich scheue keine Arbeit und meine berufliche
Tätigkeit füllt mich wieder voll aus. Einzelkind
Gawain kommt nach dem Mutterschutz in die
Obhut der Großmutter Theresia. Diese bewohnt
ja immer noch mit ihrem Diktator Gustav, eine

5 Zimmer Wohnung in der obersten Etage, ihres eigenen Altbaus mit 6 weiteren Wohnungen. Kind Gawain lernt dort sehr viel über Männer, Frauen, Mieter, Politik, Kirche und warum man andere Menschen zusammenscheißt, wenn sie eine andere Meinung haben. Theresia gibt ihr bestes in punkto Erziehung und hält sich total raus, indem sie Gustav das Feld überläßt. Sie wird nun täglich von 2 Herrschern in Trab gehalten und geht in eine Therapie zum Psychologen, die sie bis ans Lebensende nicht aufgeben wird. Es kommt ihr aber auch nicht ungelegen, daß sie sich Spritzen und Pillen in riesigen Mengen reinschieben darf, weil sie dadurch weniger ißt und ihre Kleidergröße 32+ halten kann.

Theresia ist nicht die hellste der Schönen und weiß nicht, dass man sich sogar selbst die Haare waschen kann. Sie nutzt die Gunst der Stunde, geht 3-5 x wöchentlich zum Star Friseur der Stadt und stellt sich ein Feldbett in der teuersten Boutique auf, um dort rund um die Uhr zu shoppen. Gawain gefällt es im Herrscherpalast. Er entwickelt sich zu einem Egomanen und wird zum Spiegelbild seiner hochwohl geborenen Vorfahren. Er ist mein Kind, ich liebe ihn, so wie er ist. Auch wenn ich seine kleinen Hände tagsüber nur eine Weile halte, sein Herz halte ich bis in alle Ewigkeit in meinen Händen.

Allen geht es gut. Mir auch. Ich dekoriere Schaufenster, baue Messestände, entwerfe Plakate, gestalte Werbezettel und lebe meine Kreativität voll aus. An den Wochenenden und im Urlaub sind wir mit unserem Camping Bus auf Achse. Mit Hubdach, eingebauter Küche, Sonnenvordach und einem Mini Portaklo für mich und meine angezickte Blase, sind wir super ausgestattet. Die Dreibeiner benötigen kein Portapotti, sie stellen sich einfach an den nächstgelegenen Baum, oder scheißen in die Botanik. Ihre Exkretion und Defäkation betrachten sie als natürlichen Dünger. Wir ziehen durch die Lande und genießen die große Freiheit an Gewässern und in Wäldern. Gelegentlich parken wir in der Nähe eines Camping Platzes, um die Duschen zu nutzen und werden von den Campern schon mal als `Heckenscheißer' beschimpft.

Unser ständiges Wohn - Nest befindet sich etwas außerhalb der Stadt und wir beschließen umzuziehen in die Nähe des Herrscherpalastes. Oma Theresia nimmt nochmal ein paar Fahrstunden und legt sich ein kleines Stadtauto zu, um Gawain in die Schule zu fahren. Diktator Gustav hat die Familienkutsche für solch schnöde Fahrten nicht freigegeben. Der Opa Gustav ist ein dogmatischer Sonntagsjäger und hat neben seiner gepachteten Jagd auch noch einen überquellenden Forellenteich.

Jeden Freitag nachmittag bis Sonntag Abend fährt er mit Theresia und dem Jagdpudel Merlin in seine Jagdhütte aufs Land.

Der Jagdpudel Merlin hat längere, schwarze Locken auf dem Kopf und Theresia klemmt diese mit einer goldenen Brosche zu einem Dutt zusammen. Im städtischen Anzeiger steht gelegentlich eine Reportage über heimische Jäger. Darin wird schon mal erwähnt, daß es sich in Jäger Gustavs Revier manchmal so anhört, als wenn Rehe und Wildschweine vor Vergnügen kichern und lachen, wenn sie Gustav und Merlin sehen. Opa Gustav nimmt Einzelkind Gawain oft mit ins Revier und leistet seinen Beitrag zur Erziehung, indem er Gawain das
kleine ein x eins im Jägerlatein lehrt.

Was haben Opa Gustav und ein Gewehr gemeinsam?
`Beide haben einen Schuss!´

Was haben Theresia und Regenwolken gemeinsam?
`Wenn sie sich verziehen, wird es noch ein schöner Tag!´

So richtig warm werde ich nie mit Theresia und Gustav, aber weil Einzelkind dort gut versorgt und aufgehoben ist, hänge ich meinen Minirock eben so weit es geht, in den Wind. Wenn man sich erst anpassen muß, um gemocht zu werden, sind die falschen Menschen in deinem Umfeld. Die Schwiegereltern sind aber nun einmal da, dann dürfen sie auch eingesetzt werden. Wie sagt man? Unverhofft kommt oft? Genauso ist es und mit meiner angeblich zu kleinen Gebärmutter werde ich nun in regelmäßigen Abständen schwanger. Genauso regelmäßig breche ich die Schwangerschaften wieder ab. Beim 3. Abbruch fragt mich die Dame im Vorgespräch bei Pro Familia, ob ich eine Dauerkarte beantragen möchte. Nein Danke, eher nicht. Zank ist mal wieder gefragt und nimmt einen neuen Anlauf, um sich sterilisieren zu lassen. Diesen Vorsatz kann er leider nicht in die Tat umsetzen. Bereits Wochen vor dem geplanten OP Termin bekommt er Alpträume, nächtliche Schweißausbrüche, Migräne und Panikattacken. Er hat wieder eine mega Angst vor der Vollnarkose. Ich erkläre ihm, dass sein Schwanz dran bleibt und seine Libido nicht darunter leiden wird, aber sein Leiden steigert sich zu einem Exzess und die OP wird abgesagt.

Pro Familia wird mir keine Dauerkarte ausstellen, denn ich nehme die Familienplanung nun selbst in die Hand und lasse mich in einer Privatklinik sterilisieren. Nach der OP muss ich 3 Tage in der Klinik bleiben und nutze die Zeit dazu, die Räumlichkeiten zu verschönern. Die Türen werden mit kunstvoll gestalteten Nummern versehen und ein ungemütliches Wartezimmer verwandle ich in eine Wellness Oase. Der Chefarzt will meine Entlassung verhindern, bis ich alle Räume erneuert habe, aber ich lehne lachend und dankend ab. Meine berufliche Tätigkeit gefällt mir so sehr, dass ich mich selbständig mache und noch sehr viel mehr arbeite. Zum Kochen fehlt mir nicht nur die Zeit, sondern ich hab da immer noch überhaupt keinen Bock drauf.

Zank hat den Job gewechselt und ist nun auf einer Raffinerie tätig als Oil-Controlling-Manager. Er verdient gut, hat nette Kollegen und moderate Arbeitszeiten. Das Essen in der Werkskantine ist in Ordnung. Die Damen aus der Küche und dem Service, sind auch nicht von schlechten Eltern. Gawain vertilgt seine Nahrungsmittel nach der Schule bei Theresia. Sie kocht täglich vitaminreich, frisch, gesund und auch mal deftig, also leidet er nicht an Skorbut. Sowie er aufs Wirtschafts-Gymnasium wechselt, schließe ich ein Abo beim Koreaner um die Ecke ab. Dort hole ich immer Samstags sein Asia-Food für die ganze Woche tiefgefroren ab. Ihm schmeckt es und gesund ist es auch. Mein Magen wird überall dort gefüllt, wo ich gerade arbeite, denn ich esse sowieso völlig unkompliziert. Manchmal hole ich mir vom Portugiesen eine Dose Ochsenhoden in Tomatencreme, oder besorge mir im thailändischen Imbiss eine Schale gegrillte Heuschrecken mit Topinambur zum wegknabbern.

So läuft die Zeit ohne Langeweile neben mir her und ich bemerke, dass meine kreative Ader sich allmählich zu einer Krampfader formatiert.

Krampfadern kann man veröden lassen, aber was hilft gegen plötzlich auftretende, chronische Bocklosigkeit? Eine Auszeit muss her und da Dieter bereit ist, für unseren Lebensunterhalt alleine zu sorgen, schmeiße ich das Handtuch und stelle sämtliche berufliche Tätigkeiten ein. Das halte ich auch locker 2 Wochen durch.

Alle Schränke sind aufgeräumt, die Wände sind neu tapeziert, ich beginne zu kochen und bekomme sogar Bratkartoffeln extrem kross und lecker aus der Pfanne auf die Teller. Die Dreibeiner sind glücklich, aber ich habe so ein komisches Gefühl im großen Zeh, dass das alles nur die Ruhe vor einem großen Sturm sein kann.

Die Wochenenden verbringen wir nun regelmäßig in unserem Mobilheim an der Ostsee. Der Campingbus wurde verkauft, denn mir ist nicht mehr nach Portapotti. Ich brauche jetzt eine stabile, saubere Toilette und eine fest installierte, funktionierende Dusche.

Unser Mobilheim ist sehr geräumig und hat ein Wohnzimmer, eine Eßecke, ein Schlafzimmer und ein Kinderzimmer. Gawain findet schnell Freunde und nach der Anreise am Freitagabend, sehen wir ihn immer erst kurz vor der Abreise am Sonntagabend wieder.

Wer braucht da schon Geschwister, mit denen stets Zoff vorprogrammiert ist. (Eddy).

Ich liege relaxt im Gartenstuhl und genieße die Ruhe, denn Zank ist mit seinem Katamaran auf der Ostsee, bei Windstärke 3-4 nicht auf meine Gesellschaft erpicht. Er dümpelt mit seinen Segelfreunden über seichte Wellen.

Meine Anwesenheit ist immer bei einer Regatta erwünscht und wenn mal stärkerer Wind bläst. Dann darf ich als Vorschoter das Vorsegel bedienen. Durch mein gezieltes Gewichtstrimm sorge ich für aufrechtes, schnelleres Segeln.

Bei einer Tasse Cappuccino und selbst gebackenen Brötchen mit Haferflocken ohne Hefe, lese ich gemütlich die Kreiszeitung von hinten nach vorne durch. Traueranzeigen lese ich immer mit großem Interesse. Einige der Verstorbenen kennt man persönlich und dazu auch das familiäre Umfeld. Dazu kommt, daß oft auch Charakterzüge, oder Missetaten bekannt sind, welche die Verstorbenen zu Lebzeiten inne hatten oder begangen haben.

Auf wundersame Weise haben alle nach ihrem Tod einen Heiligenschein in ihrer Vita. Natürlich soll man über Verstorbene nicht schlecht reden, aber warum darf es nicht die Wahrheit sein.

Zum Beispiel:

Er hat mich zeitlebens nicht zu Wort kommen lassen, nun hat er seine verdiente Ruhe

Sein Tod kam plötzlich, aber genauso plötzlich finden sich die verschollenen Erben Zuhause ein

Wir werden unseren Vater mit all seinen guten, aber auch mit all seinen schlechten Seiten niemals vergessen

Xxxxxxx , hinterlässt einen erleichterten Ex-Mann, welcher den zukünftig eingesparten Unterhalt nun auf Kreuzfahrten verprassen wird

Er hatte stets viel Humor, dann kam der blöde Tumor

Sie hat's geschafft, wie sie immer alle geschafft hat

Ich finde, solch ein Text ist ehrlicher und man schickt die Verstorbenen nicht mit einer Lüge in die geistige Heimat zurück. Dort werden sie sich dann ja mit dem karmischen Rat ihren gegangenen Lebensweg ansehen. Gemeinsam werden sie ihn bewerten und beraten, welche selbst gestellten Aufgaben nicht erfüllt worden sind. Mit dem karmischen Rat, der ja aus Buddha, Jesus, Mutter María, eigenen verstorbenen Verwandten und vielen aufgestiegenen Meistern besteht, plant man neue Aufgaben und nach einer angemessenen Ruhepause auf Wolke 7, wird man inkarniert und kann erneut durch die irdischen

Lande ziehen, um zu lernen, zu lehren, auf die Schnauze zu fallen, aufzustehen und oder in Trägheit, ohne Eigenverantwortung zu verdrecken und zu verblöden. In den Traueranzeigen findet sich heute mal kein Bekannter, somit fällt das rumgeschludere aus. Dafür lese ich auf Seite 24 eine Stellenanzeige, die meine volle Aufmerksamkeit erfordert. Die größte Detektei der Stadt, in der keine Männer, sondern nur (36) Frauen arbeiten, sucht in einer Anzeige:

`Detektivin für telefonische Ermittlungeń
2 Schreibkräfte......und eine Putzhilfe..........

Die Cappuccino Tasse fliegt in hohem Bogen auf den Wimbledon like gepflegten Rasen unserer Parzelle. Ich rase zum Geräteschuppen, binde unser kleines Surfbrett auf meinen Oberschenkel und fahre wie vom Blitz getroffen, auf dem klapprigen Bonanza Rad an den Strand.
In weiter Ferne sehe ich Zanks Segel im Sonnenschein auf dem blauen Wasser und surfe umgehend in seine Richtung. Da wenig Wind weht, kreuze ich ständig und erreiche den Katamaran nach gefühlten 148 Minuten.
„Hast du was geraucht, oder ist einer der Maulwürfe vom Regenwurm schwanger?" empfängt mich der selten so gut gelaunte Gatte. Die Seite mit der Zeitungs Annonce fliegt aufs Boot und ich flattere aufgeregt hinterher.

„Ich werde wieder arbeiten. Findest du, daß ich eine gute Detektivin sein kann?" frage ich.

„Wieso sein können? Du machst doch den ganzen Tag nichts anderes, als anderen Leuten hinterher zu spionieren, sie zu bewerten, oder ihnen was anzuhängen," sagt Zank.

Da hat er ausnahmsweise einmal recht und ich kann es kaum erwarten, mich in dieser Detektei zu bewerben.

Ich spüre in jeder Körperzelle, daß da etwas ganz Großes auf mich zukommt. Detektivin ist mein 2. Vorname und wenn ich in den Spiegel schaue, sehe ich Sherlock Holmes mit blonden Locken, unter einem karierten Hut.

Im Mutterleib, in der Plazenta, wusste ich es schon genau, daß es nicht immer mein Erzeuger ist, der da gelegentlich mal nachschaut, wie es dem Fötus so geht. Mich sollte man nicht anlügen, denn ich genieße es, jemandem beim Lügen zuzuhören, wenn ich die Wahrheit kenne.

Die Heimfahrt vom Mobilheim an der Ostsee verläuft für Zank und Gawain extrem unruhig. Ich sülze den beiden eine Frikadelle ans Ohr und das hat für mich einen Stop auf dem Grünstreifen zur Folge. Zank setzt mir eine Skibrille mit einem stecknadelkopf großem Loch zum Durchsehen auf und verfrachtet mich auf die Rückbank. Ein Knebel lässt mich verstummen und meine Hände werden hinter dem Rücken mit einem Kabelbinder gefesselt.

Die Rückfahrt verläuft nun sehr einsilbig. Das Radio vibriert zwischen den Frequenzen und plärrt verlegen vor sich hin:
„Time to Say Goodbye."
Vater und Sohn kauen schmatzend auf einem Center Shock Kaugummi herum. Sie ziehen in herablassendem Tonfall über sogenannte Schnecken her, die angeblich mit einer umhäkelten Klorolle in der Heckkonsole und einem häßlichen Wackeldackel daneben, über die Autobahn kriechen. Diese Schnecken tragen eine Prinz- Heinrich Mütze. Der maritime Look dieser Schirmmütze ist nach dem kaiserlich-deutschen Großadmiral Prinz Heinrich von Preussen benannt und ein absolutes Muss aller über 70 jährigen Opelfahrer. Es heißt nicht nur:
`jeder Popel fährt nen Opel,´ sondern passend dazu trägt er auch dieses Gehirnkondom.
So manch einer setzt einen zusätzlichen Booster und raucht eine stinkende Meerschaumpfeife hinterm Steuer. Viele Kinder dieser Epoche leiden an Asthma, welches sie ihren qualmenden Vätern zu verdanken haben.
Wie ich hier so auf dem Rücksitz vor mich hindöse, kommen mir wieder die tollsten Infos zugeflogen. In der letzten Zeit befasse ich mich häufig mit dem chinesischen Yin und Yang. Leider muß ich feststellen, dass ich als Yin, gegenüber meinem Mann Yang in den meisten Punkten weitaus schlechter abschneide.

Von wegen, es muss immer alles im Gleichgewicht sein. Die Daoisten des Yin und Yang sind äußerst frauenfeindlich eingestellt. Wie kann es sein, dass alle negativen Dinge immer Yin, also weiblich und die schönen Seiten des Lebens Yang, also männlich sind? Heute und hier prüfe ich mal, ob das Gleichgewicht im sexuellen Bereich ausgewogen ist. Da gibt es also den verlängerten Penis des Mannes, sein Auto, sprich:

`PS und Steuerknüppel = hart, groß und schnell´

Ich sehe sie vor mir, die kernigen, Kippe in der Zahnlücke hängenden, 3 Tage bärtigen, coole Musik hörenden, zu Hause sagenden:
„ich fahre mal eben Tanken!"
und dann die Sau rauslassenden, im Bett immer müden, aber sich in ihren Metall-Konkubinen auf 4 Rädern befriedigenden, Ehemänner.
Es lebe die Onanie.
Geil so eine Fahrt auf der Autobahn.
Bleifuß, Lichthupe, Stinkefinger, verbale Sprüche wie: „mach mach, komm komm, jahhhhh und jetzt fick ich Dich!!!"
Dann, nach beendetem Manöver, der Seitenblick zur kotzenden Beifahrerin:
„Na wie war ich?"
Die Antwort, der sich vor Angst im Armaturenbrett unter Stöhnen festgebissenen, schweißgebadeten Beifahrerin:

„Ich kann nicht mehr, ich sterbe gleich!"
wird gar nicht registriert, weil sich ein unbekanntes Fahrobjekt in rasanter Geschwindigkeit von hinten nähert und somit eine Wiederholung der obigen Maßnahme erfolgen muß.
Nach der Auslegung des Yin und Yang ist die Küche dann wohl die ausgelagerte Vagina der Frau, sprich:
„Spüle und Herd = feucht und heiß?"
Es ist doch ein toller Gegensatz und völlig im Gleichgewicht, wenn die Frau sich dann allein in ihrer Küche betätigt. Es liegt allein in ihren Händen feucht und heiß zu werden, indem sie stundenlang Geschirr spült und die Herdplatten anstellt. Wenn sie dann noch alle Lampen auf ON stellt und nackt putzt, leistet das auch seinen Beitrag dazu, so richtig heiß zu sein.
Frustration, oder Masturbation? Keine Frage!
Es gibt doch diese 2 kleinen, chinesischen Kügelchen an einem Band, zu handhaben wie ein Tampon. Sie zaubern ein ständiges Lächeln auf das Gesicht der emsigen Hausfrau, wie bei einer Geisha. Wenn dann der Power gepuderte, rasante Gatte einmal im Quartal nach der Mahlzeit gestärkt, sein Sprüchlein aufsagt:
„Nach dem Essen sollst du rauchen, oder deine Frau gebrauchen,"
stelle man ihm mit einem Lächeln auf den Lippen den Ascher hin und gönnt sich selbst eine große Praline zum Nachtisch.

Nicht im Gleichgewicht hingegen ist Eines. Männer müssen immer die neuesten, schnellsten, teuersten und mit den protzigsten Felgen bestückten Autos fahren. Eine Küche bekommt die Frau zur Hochzeit. Sie kostet meist soviel wie die Felgen eines Fahrzeugs. Diese Küche hat die Frau oft auch noch bei der goldenen Hochzeit, während der Gatte zwischenzeitlich mindestens 50 Autos und 200 Felgen verbraucht hat. Ich rufe alle Frauen zu einem Streik auf. Beim nächsten Autokauf bestehen Sie darauf, daß keine Sonderfelgen ans Auto kommen, sondern dass der eingesparte Betrag in einer neuen Küche investiert wird. Wetten, daß es da heftige, wochenlange Diskussionen gibt? Da hat Frau keine Chancen und sollte es wie ich machen. Wasserrohrzange aus der Garage holen, Schraube am Rohr unterm Wasserhahn lockern. Klempnernotruf wählen, warten bis dieser eintrifft und im Tangaslip, ohne Büstenhalter die Notlage erklären. Augen schließen und genießen, wenn der Klempner in deiner körperlichen Feuchtzelle arbeitet und dabei die Stimme des eigenen Mannes hören:

„Mach mach, komm komm, jahhhhhhhhh, jetzt fick ich dich."

Es ist alles im Gleichgewicht, denn Balance ist alles. Alles hat ein Ende, nur die Wurst hat zwei. Meine beiden Wurstzipfel Dieter und Gawain holen mich aus dem Vorhof zum Nirvana zurück in

die irdische Meckerzone. Die vollgepackten Ta-
schen und Beutel im Kofferraum, überlasse ich
dem Widder-Duo. Zeitung und Kekstüte schnap-
pe ich mir und beabsichtige, umgehend eine
Bewerbung für die interessante Detektei aufzu-
setzen. Zank schaut grad nicht in meine Richtung und darum kippe ich die Kekstüte schnell
noch auf dem Rücksitz aus. Tausende Krümel
werden ihn mir jetzt mindestens 30 Minuten vom
Hals halten, da er sofort mit dem Auto Staubsau-
ger einen Toeloop hinlegen wird. Wie immer.
Meine Bewerbung schreibe ich aus meiner Sicht
richtig gut. Für mich war und ist immer das gut,
was in mir ein Wohlfühl-Gefühl auslöst. Noch am
Sonntagabend stecke ich einen, mit Zitronen-
schale bestäubten Umschlag in den Briefkasten.
Dienstag Mittag bekomme ich einen Anruf und
einen Termin für ein Vorstellungsgespräch am
kommenden Freitag um 10 Uhr 30, aber bitte
pünktlich. Die nächsten 4 Tage dauern gefühlte
10 Jahre und nehmen kein Ende. Vorsorglich
fahre ich täglich 3-5x die Strecke von unserem
Nest bis zur Hochburg der Miss Marple ab, um
mir schon mal einen Eindruck zu verschaffen. In
der Nacht von Donnerstag auf Freitag liege ich
dann in einer, mit Lavendelöl angereicherten Ba-
deoase und lasse alle 10 Minuten heißes Wasser dazu einlaufen. Gegen 8 Uhr bin ich so relaxt
wie nach einer 4 wöchigen Ayurveda Kur und
fühle mich, als wenn ich eine leck mich am Arsch

Spritze intus habe. Dezent geschminkt, drücke ich Punkt 10:30 Uhr den Klingelknopf an der Tür der Detektei. Mir öffnet der einzige Mann, der in dem großen Sicherheitstrakt arbeitet und das Sagen hat. Herr Otto Broll, Präsident vom BDE, Bund Deutscher Eruierer. Neugierig und voller Ehrfurcht nehme ich vor ihm an einem überdimensionalen Schreibtisch aus Eichenholz platz, der dem Schutzpatron der Detektive würdig ist. Mein Gegenüber scannt mich von Unten nach Oben, von Rechts nach Links und von Innen nach Außen. Ich frage mich, ob er wohl in der Lage ist, das Ganze nach dem Gespräch als Röntgenbild auszudrucken. Broll ist sehr attraktiv und ich stelle ihn mir gerade nackt vor, wie er vom Kreuz steigt und mich rettet. Nun schaut er mir direkt in meine Pupillen und sagt mit leicht rauchiger, sehr erotischer Stimme:

„Sagen Sie mir bitte einmal spontan, warum ich gerade Sie auf dem Arbeitsplatz für telefonische Ermittlungen platzieren soll."

Wie aus der Piste geschossen, landet meine Antwort direkt in Brolls Ohr:

„Weil ich die einzige, weibliche Person in der BRD bin, die sich zu Weihnachten und zum Geburtstag Telefoneinheiten schenken lässt. Die ihre Mitmenschen zu den unmöglichsten Zeiten anruft, um ihnen unangenehme Fragen, angenehm ins Ohr zu transportieren. Meine Begabung liegt darin, dass sie mir Geheimnisse anvertrauen, von denen sie selbst meist noch nicht wissen, dass diese Real sind."

Broll ist hin und weg, zieht meinen Arbeitsvertrag aus der Schublade und am kommenden Montag beginne ich meine Tätigkeit als neugierige, ermittlungsbereite Wirtschaftsdetektivin.

Warum arbeiten in dieser Detektei nur Frauen? Ist doch klar! Weil Frauen besser lügen können als Männer! Telefonische Recherchen sind auf Lügengeschichten aufgebaut. Du kannst keinen Schuldner ermitteln, ihn ausfragen nach Pfändungsmöglichkeiten, wenn du dich als Detektivin bei ihm vorstellst. Nun beginnt wieder meine kreative Ader zu pulsieren, oder besser gesagt, zu sprudeln wie ein Geysir. Meine Tätigkeit besteht darin, telefonisch zu eruieren, wie Inkassobüros, Rechtsanwälte, Banken, Versicherungen und Leasing Firmen an das pfändbare Geld der Schuldner kommen. Zahlungsunwillige Männer, die den Unterhalt verweigern und sich unsichtbar machen, werden durch mich wieder sichtbar und pfändbar. Versicherungsbetrüger flüstern mir hinter vorgehaltener Hand zu, mit welcher Masche sie den Betrug eingefädelt haben.

2 Jahre, 6 Monate , 5 tage und 3 Stunden bleibe und arbeite ich in der Detektei mit den klügsten und besten Detektivinnen. Die Tätigkeit ist toll, das Betriebsklima unterirdisch. Hier muß man sich sogar zum Luftholen ausstempeln. 40 Frauen Seite an Seite, bedeutet aber auch 39 x

Stress und Zickenalarm an der Seite zu haben.
Ich kündige also und überlege, daß ich vielleicht
mal so 2-3 halbe Tage von Zuhause aus arbeiten
werde. Das Now How der besten Ausbildung einer Wirtschaftsdetektivin und mein freier Wille im
Seelenrucksack, bereiten mir den Weg für meine
eigene Detektei.
„Du bist die Beste der Besten,"
loben mich die Auftraggeber und ein Großteil der
zurückgelassenen Banken, Versicherungen,
Inkassobüros, Rechtsanwälte, Vermieter,
Leasingfirmen und viele andere, die durch mich
an ihr Geld kommen wollen. Viele möchten, daß
ich für sie weiterhin so erfolgreich arbeite. Meine
Aufklärungsquote liegt bei 92 % positiv und ich
eruiere 24 Stunden täglich, bei Tag und auch
gern mal bei Nacht, wenn niemand vermutet,
daß eine Detektivin anruft.
Mein Arbeitstisch ist ein Phänomen,
7594 Akten und 3 Telefone.
Drumherum 182 ausgebreitete Telefonbücher.
Mein Arbeitstag ist wie eine Frischzellenkur für
die Gehirnzellen. Diese Telefonbücher und meine unendliche Fähigkeit Lügengeschichten auf-
zutischen, lassen mir Flügel wachsen bei der
Arbeit. Ständig andere, neue Geschichten aus-
denken, passend zu den jeweiligen Schuldnern.
Nur die richtige Fragestellung wird mir die erforderliche Antwort in mein Ohr am Telefon
zaubern. Ist wohl doch nicht so übel, daß Mutti

mit Münchhausen irgendwie verwandt ist.
Eine gute Wirtschaftsdetektivin braucht ein Telefon, ein Telefonbuch, den Namen des Schuldners und sein Geburtsdatum. Ich bin die Beste!
Gib mir eine Stunde Klausur und ich sage dir,
wie lang deine Nabelschnur bei der Geburt war,
ermittle die Anzahl deiner Reinkarnationen und
finde den Namen deines leiblichen Vaters, falls
du ein Kuckuckskind bist. In der Stunde, wenn
ich eruiere, werden zusätzlich sämtliche Pfändungsmöglichkeiten ermittelt wie, die aktuelle
Adresse, Arbeitgeber, Grundeigentum, Bankver-
bindungen, sowie all das, was der zu Ermittelnde
so verschleiert, weil er seine Schulden nicht begleichen will. Nun ruf mal einen Schuldner an,
melde dich als Detektivin und versuche ihn auszufragen. Das Telefon wird sich um deinen Hals
schlingen und dich erwürgen. Ein wenig Amts-
anmassung, oder auch etwas mehr, kann da
durchaus hilfreich sein. So wie bei Thomas
Hübeldal. An einem trüben Tag, mit Ostwind und
Nieselregen, liegt der Thomas Hübeldal aus
Chemnitz in einer dicken Akte auf meinem
Schreibtisch. Auftraggeber ist ein Berliner Inkas-
sobüro. Thomas H. ist bei seinem Arbeitgeber,
einer Dachdeckerei in Frankenberg vor Wochen
ausgeschieden und ein neuer Arbeitgeber oder
andere Pfändungs-Möglichkeiten müssen eruiert
werden. An seiner Meldeadresse ist T. H. nicht
mehr erreichbar. Der Gerichtsvollzieher hat

erfolglos sein Bestes gegeben. Umgemeldet hat
Thomas H. sich wohlweislich nicht. Er hat keinen
Festnetz-Anschluss und kann vorerst nicht selbst
befragt werden. Mit Vorliebe werfe ich nämlich
Schuldner Punkt 7 Uhr morgens, mit dem Läuten
der Telefonklingel aus dem Bett. Nun muss ich
mal schauen, ob in der Nachbarschaft ein Tele-
fonanschluss eingetragen ist. Nada, leider nichts
eingetragen. Ich schaue nach Einkaufsmöglich-
keiten und finde einen Konsumladen, mit Telefon
in der Ortsmitte. Punkt Acht nimmt Frau Konsum
den Hörer ab. Mit festem, bestimmenden Tonfall
lege ich los:
„Hier ist die Deutsche Rentenversicherung, mein
Name ist Koch und ich brauche dringend ihre
Hilfe." (Ich fühle durch das Telefon, wie Frau
Konsum die Waden ihrer, mit grauen Stütz-
strumpfhosen bestückten Beine zusammen knallt
und plötzlich ganz grade steht.)
„Es geht in einer dringenden Angelegenheit um
Thomas Hübeldal, aus der Poststrasse 2.
Meine gesamte Post kommt zurück, er ist nicht
erreichbar. Kennen Sie ihn, Verwandte, oder wo
arbeitet er? Ich habe einen Datenausfall und
wenn ich ihn nicht umgehend erreiche, wird er
Probleme bei der Bewilligung seiner Massnahme
bekommen, die er beantragt hat. Das möchten
wir doch nicht, oder?"
Frau Konsum ist die lebende Lexikothek des Be-
zirks. Sie ist richtig heiss drauf, mir Informationen

zu geben. Ich spüre und rieche ihre Wichtigkeit durch den Apparat. Sie teilt mir mit, daß Thomas H.s Vater letzten Herbst verstorben ist und T. H. daraufhin zu seiner Mutter in den Nachbarort gezogen ist, in die Lindenallee 3.

Auf dem Dach in der Lindenallee 3, hat Konsum den Angefragten noch vor ein paar Tagen gesehen, als er eine kaputte Dachpfanne ausgewechselt hat.

„Aber Telefon haben die da nicht," sagt Konsum. Ich spüre ihre unendliche Hilfsbereitschaft und mache sie mir zugute.

„Dann fahren Sie bitte mit ihrem Auto in der Mittagspause, wenn sie schließen, in die Lindenallee 3. Teilen Sie bitte Thomas, oder seiner Mutter mit, daß er, oder sie morgen Früh um Punkt 8 im Konsum sein müssen, um mit mir zu telefonieren. Wenn H., oder seine Mutter das nicht hinbekommen, kann ich für nichts garantieren und werde einen negativen Vermerk in seiner Akte hinterlassen."

Frau Konsum hat leider gar kein Auto.

„Dann geht's auch mit dem Fahrrad," sage ich ihr und sie stimmt zu. Da Konsum die Dringlichkeit der Angelegenheit versteht, schließt sie umgehend für eine halbe Stunde den Laden und fährt mit dem Fahrrad zu Familie H. in die Lindenallee, um den dringlichkeits Bescheid an Thomas H. zu übermitteln. Geht doch! So soll es doch laufen! Pünktlich am nächsten Morgen um 8:01 Uhr, rufe ich im Konsum an. Der erste Klingelton ist noch nicht ganz in der Leitung, da meldet sich Mutter Brunhilde Hübeldal mit Blutdruck 387 und hohem Puls, wie eine Dampflok am Apparat.

Konsum hat die Mutter schon bestens informiert über die Sachlage und Mutter H. hat Schnapp-atmung:

„Der Ronny ist doch mit seinem Wohnmobil, sei-ner Freundin Chantal und dem Schäferhund Artus unterwegs zum Angeln."

Mutter Hübeldal weiß nicht, wann das Trio zu-rückkommt, was kann man da nur machen? Erstmal setzen, Contenance bewahren, danach meine Fragen wahrheitsgemäß beantworten.

„Alles kein Problem, das bekommen wir hin. Sagen Sie mir jetzt einfach, wo Thomas kran-kenversichert ist und wo er jetzt arbeitet, dann kann er weiter angeln," sage ich.

„Na, immer noch in der Innungs-Krankenkasse, da bekommt er doch sein Krankengeld her," sagt mir die besorgte Mutter eifrig.

„Thomas hatte vor 13 Wochen einen schlimmen Bandscheibenvorfall und das kann noch dauern, bis er wieder arbeiten wird."

„Den Bandscheibenvorfall habe ich hier schon vermerkt," sage ich wichtig zu Frau H.,

„das Krankengeld wird weiter gezahlt. Ich muss nur noch dazu eintragen, ob der Thomas wieder in seiner alten Firma anfängt, wenn er wieder gesund ist."

„Niemals wird er das tun," sagt Mutter H.
„Der Thomas wurde da nur ausgenutzt. Er hat sich schon im Arbeitsamt einen Antrag geholt, um Arbeitslosengeld zu beantragen."
Mutter Hübeldal schimpft ganz fürchterlich über den Ex-Chef ihres Sohnes und läßt kein gutes Haar an diesem. Zu guter Letzt erzählt sie mir dann auch noch, dass das Wohnmobil ihr gehört. Ihr verstorbener Mann hatte es gefahren und da sie keinen Führerschein besitzt, darf der Sohn es nutzen, weil er kein eigenes Fahrzeug besitzt. Diese Information ist für mich wichtig, das erspart mir eine umfangreiche KfZ - Ermittlung für eine Pfändung. Mütter wollen immer nur das Beste für ihre Brut. Am liebsten spreche ich mit ihnen, denn sie sind immer gern bereit, für ihren Nachwuchs die Angelegenheiten möglichst positiv und vorteilhaft zu regeln.
„Nun trinken sie erstmal mit Frau Konsum eine Tasse Kaffee und alles ist gut," beruhige ich sie und lege nach einem Gruß an die nette Frau Konsum auf. Mein nächster Anruf gilt dem ehemaligen Arbeitgeber von Thomas Hübeldal.
„Guten Tag, mein Name ist Koch von der IKK, es geht um Thomas H., ihren erkrankten Mitarbeiter. Dieser hat nach seinem Bandscheibenvorfall einen Kurantrag gestellt. Durch einen Datenausfall ist ein minimaler Überschuss auf dem Rentenkonto des H. eingegangen, der nicht verrechnet werden kann. Geben Sie mir bitte die Bankver-

bindung von Thomas H. damit ich ihm den Betrag auszahlen kann."

Ich bekomme die Bankverbindung des Schuldners und sogar dazu die Rentenversicherungs-Nummer, da ich diese ja zur Zeit durch den Datenausfall angeblich nicht einsehen kann. Der Ex-Chef legt Wert darauf, mir mitzuteilen, daß er Thomas H. gekündigt hat und ihn nicht wieder einstellen wird. Ich bedanke mich und es folgt noch ein Anruf im Arbeitsamt als Rententräger. Die vorhandene Rentenversicherungs-Nummer ist behilflich und der zuständige Sachbearbeiter gibt bereitwillig Auskunft. Thomas H. hat bereits eine Stammnummer im Arbeitsamt, die mir für meine Unterlagen zur Verfügung gestellt wird. Sofern T. H. sich nach Ende der Krankenzeit im Arbeitsamt meldet, kann er sofort gepfändet werden. Zunächst wird aber sein Krankengeld oberhalb der Pfändungsgrenze gepfändet und sein Konto bei seiner Hausbank steht auch ab sofort unter Beobachtung. Petri Heil, Thomas. Angeln ist wohl deine Auszeit von der Realität. Laß Dir den Fisch gut schmecken, aber verschlucke keine Gräte. Reguliere bitte Deine Schulden, damit ich Dich nicht wieder auf den Schreibtisch bekomme, bevor Du ein Festnetz Telefon bei deiner Mutter besitzt. Ich hätte Dich gerne selbst am Apparat gehabt.

Jeder Tag meiner Arbeit ist vollkommen anders. Wenn es einem Schuldner wirklich wichtig ist, seine Schulden zu tilgen, findet er einen Weg. Wenn nicht, findet er eine Ausrede und ich komme zum Einsatz. Es geht mal wieder los.
An diesem wolkenverhangenen Montagmorgen, sitze ich wie immer hellwach, um halb 7 am Schreibtisch. Um mich herum liegen gut sortiert die Akten von 35 Schuldnern. Etliche, notorische Montags-Blaumacher wollen bestimmt mal wieder ausschlafen. Keiner, der 35 Schuldner, die da unten vor mir auf dem frisch gefeudelten Parkett ausliegen, rechnet um diese frühe Zeit mit meinem penetranten:
„guten Morgen, Frau Koch hier."
Ich spiele russisch Roulette und schmeiße mein Pfefferminz Kaugummi blind auf die Akten. Der Kandidat hat 100 Punkte!!!!! und sein Name ist?
Mit meiner grossen, gelb lackierten Zehe, ziehe ich den Auftrag genau in dem Moment an meinen Stuhl heran, als das Fax anspringt. Mein Zeh erstarrt, ich stecke ihn in den Mund, um nicht zu schreien, wie bei meiner Geburt und ich sehe dann, wie das Wort:
„EILAUFTRAG"
aus dem Fax klettert. Der beliebte Rechtsanwalt Dr. Brütenbach aus der Anwaltskanzlei Bafaria in München-Mitte, schießt mir einen seiner berüchtigten Spezialaufträge direkt in mein frisch gewebtes Ermittlungsnetz.

Angefragt wird, eiligst wie immer, ein gewisser Heiner Puhvogel, Geburtsdatum ist nicht bekannt. Bekannt ist aber, daß Heiner P. vor etwa 8 Jahren an einem unbekannten Ort in der Nähe von München verstorben ist. Der Mandant des Rechtsanwalts möchte wissen, wann und wo Heiner P. verstorben und wo er beerdigt ist. Dazu dann auch bitte die Lage des Grabes mit der genauen Beschreibung und der verzeichneten Grabnummer eruieren. So fängt die Woche genial an. Diese Aufträge liebe ich. Nun ist meine Phantasie gefragt. Mein Drittes Auge, welches zwischen den Augenbrauen liegt und als Sitz der Intuition bezeichnet wird, öffnet sofort seine Jalousetten. Fließend bekomme ich Inputs, wie ich an die Angelegenheit herangehen muss. Ich rufe umgehend die ersten Puhvögel in und um München herum an. Es ist inzwischen geschlagene 07:02 Uhr, da werden einige Puhvögel noch in ihrem Nest sitzen. Nun wecke ich nach und nach die weit verzweigte Gemeinschaft der Puhvögel auf. In bester Morgenlaune, flöte ich dem ersten Zuhörer meine Fragen ins Ohr: „Guten Morgen, entschuldigen Sie bitte den frühen Anruf. Mein Name ist Maria Koch aus Germering. Der Grund meines Anrufs ist ein Heiner Puhvogel. Die Eltern des Heiner muss ich dringend erreichen." Es kommt selten vor, aber der Angerufene schmeißt den Hörer auf die Gabel, ohne mir zu antworten.

„Schon mal was von Karma gehört, Alter?"
pfeife ich mit zusammen gekniffenen Augen in
den toten Hörer und wähle die nächste Nummer.
Die Reaktionen sind unterschiedlich. Mal sauer,
verschlafen, neugierig, oder auch überlegend.
Anruf Nr. 6. ist dann mein Glückslos. Frau Steffi
Puhvogel, ist die Cousine des Heiner. Sie zwitschert mir zu, dass Heiner doch tot sei und seine
Eltern in Garching noch immer schwer drunter
leiden.
„Ja, das ist sehr traurig und extrem schlimm für
die Familie," sage ich voller Anteilnahme.
„Der Heiner war vor 8 Jahren ja noch so jung,
erst 27 Jahre alt."
„Neeeee, Neeeeee, Neeeeeee; Heiner ist 3 Tage
vor seinem 38. Geburtstag mit dem Fahrrad in
Füssing unter einen LKW gekommen," zwitschert
mir die Cousine Steffi wichtig zu.
„Natürlich, so war es," sage ich mit leiser Stimme. „Ich bin immer ganz konfus, wenn ich an
diese schlimme Situation denke und bringe alles
durcheinander." Steffi P. gibt mir die Rufnummer
der Eltern in Garching und sagt, ich darf gerne
wieder so früh anrufen, weil ich eine so nette,
aufmunternde Stimme habe. Vielen Dank und
Tschüss, nett bin ich, da hat sie recht.
Die Eltern des Heiner Puhvogel in Garching,
sitzen schon am Frühstückstisch, als ich sie gern
beim Kaffeetrinken störe. Heiners Mutter Barbara
ist am Apparat.

„Guten Morgen Frau Puhvogel, Maria Koch hier,"
sage ich mit verhaltener, höflicher Stimme.
„Kennen Sie mich noch? Ich bin unendlich traurig
wegen Heiner. Er saß in der Schule eine Zeitlang
neben mir. Wir planen nun ein Klassentreffen
und sind so betrübt, dass Heiner nicht dabei sein
kann. Die ganze Klasse möchte am Nachmittag
des Treffens, oder auch gerne mal an Heiners
Geburtstag, an das Grab von Heiner gehen und
einen Blumenstrauß niederlegen, um Seiner und
der schönen Schulzeit zu gedenken."
Barbara P. Ist sehr gerührt, sie freut sich un-
glaublich darüber und ist den Tränen nahe.
Umgehend nennt nennt sie mir den Namen des
Friedhofs, auf dem Heiner liegt. Eine genaue
Wegbeschreibung, von der Eingangspforte zum
Grab folgt. Frau Puhvogel beschreibt mir den
Grabstein und nennt das Todesdatum, so daß
ich Heiners Geburtsdatum errechnen kann, er
starb ja 3 Tage vor seinem 39. Geburtstag.
In der zuständigen Friedhofsverwaltung, rufe ich
als nächstes an. Ich gebe mich als Mutter des
Verstorbenen aus und sage, ich möchte einen
Gärtner mit der Grabpflege beauftragen, finde
aber grad die Grabnummer nicht. Da ich das
Geburts- und auch das Sterbedatum vorweisen
kann, bekomme ich alles, was ich noch an feh-
lenden Informationen benötige. Nun habe ich:

Geburtsdatum und Sterbedatum,
sowie Unfallursache
Friedhof, Grabnummer und Lagebeschreibung
Namen und Adresse der Eltern.
Ich klopfe mir selbst auf meine Schulter und lobe
mich. Nach dieser Recherche habe ich mir einen
riesigen Becher Cappucino mit einem Butter-
hörnchen verdient. Der Rechtsanwalt bekommt
schnell noch vor dem Mittagessen den Bericht
per Fax auf seinen Schreibtisch.
RA Dr. Brütenbach ist mal wieder schwerst
begeistert von meiner Arbeit und ruft mich noch
einmal persönlich an, um mir das mitzuteilen.
Es gibt halt immer wieder Sachen, die er nicht
selbst erledigen kann, aber:
`dafür hat er ja mich, eine der Besten von den
Besten.´ Willst du die Beste sein, wirf das Beste
über Bord, denn du bist der, die das BESTE.
Geilo, auf ein Neues! Ich bin sowas von motiviert. Übermütig spucke ich einen Mohnkern des
Butterhörnchens auf die Akten vor meinen Füs-
sen. Ich bin schon gespannt, wer sich mir nun
nähern wird, aus dem Tal der Schuldner.
Jeder, der den Weg zu mir auf den Sektionstisch
findet, hatte mehrere Möglichkeiten, seine
Schulden zu zahlen, bevor er bei mir landet.
Mein Mitleid mit begleichungsresistenten
Schuldnern, habe ich aus diesem Grund schon
vor Jahren in eine Bananenkiste gelegt und die
Elbe aufwärts geschickt.

Je näher die angepeilte Akte meinem Stuhl ent-
gegenkommt, desto stärker schreit die Kundalini
in meiner unteren Wirbelsäule nach Aufmerksamkeit. Die gebe ich ihr unverzüglich.

Durch das Aufsteigen der Kundalini Energie von
der unteren Wirbelsäule nach Oben hinauf, kann
sich meine Seele mit der kosmischen Seele ver-
einen. Meine Sinne nehmen Frequenzen wahr,
durch die ich mich besser in die Lage der
Schuldner hinein versetzen kann. Blockaden in
mir werden gelöst und ich finde schnell in meine
Mitte, um aus dieser heraus effektiv zu arbeiten.
Die Kundalini schlängelt sich an der Wirbelsäule
aufwärts in Richtung Kronenchakra und kündigt
mir gerade sehr harte Arbeit an. Das freut mich,
dafür bin ich immer zu haben, ich bin doch Prole-
tarier. Nur die Harten kommen in den Garten. Am
liebsten ermittele ich ja Unterhaltspflichtige, die
nicht zahlen wollen, aber können. Mein 3. Auge
beginnt leicht zu tränen und mein Kronenchakra
vibriert. Adelbert Ginsch aus Wiesloch, flattert
wie eine tibetische Gebetsfahne, direkt vor meine Augen und bleibt auf meinem Schreibtisch vor
dem Telefon liegen.

Ginsch, 56, hat seine 29 jährige Ehefrau Janina
und die gemeinsamen Kids, 5 und 7, wegen einer 18 jährigen Bauchpiercing-Tussi mit Kunsttit-
ten, namens Schakki, verlassen. A. Ginsch hat
seinen gut bezahlten Manager Job geschmissen
und sich mit seiner Barbiepuppe in den Vorruhe-

stand verpisst. Unterhalt zahlt er nicht, keiner weiß, wo beide jetzt wohnen und wo der Ginsch seinen Sparstrumpf vergraben hat. Unauffindbar ist auch der Jaguar XJ-S Coupé und die Harley des plötzlich verarmten, Testosteron gesteuerten, VIAGRA schluckenden Familienvaters im Sexil. Janina Ginsch hat einen Rechtsanwalt beauftragt, den Noch -Ehemann und zahlungsunwilligen Vater ihrer Kinder ausfindig zu machen. Die persönlichen Daten der Janina Ginsch bekomme ich von ihrem Anwalt, meinem Auftraggeber. Interessiert rufe ich Frau G. sofort an. Janina Ginsch ist stinksauer auf den Ex. Sie gibt mir sofort die Krankenkasse, RV-Nummer, sowie weitere Versicherungsnummern seiner Lebensversicherung und alles, was sie vorliegen hat. Eine Rufnummer von ihrer Schwiegermutter Hermine Ginsch, gibt Janina nur ungern heraus. Sie bittet mich darum, nicht bei Hermine Ginsch anzurufen, da diese die Nabelschnur ihres Sohnes seit 56 Jahren als geknotete, glänzende Perlenkette um den Hals trägt.

„Diese Frau sagt Nichts, sie findet alles völlig in Ordnung, was ihr Wunderknabe verzapft und fördert auch noch die Aktionen ihres einzigen, heilig gesprochenen Wunder-Knaben,"
sagt mir Janina Ginsch ärgerlich. Hermine G. legt keinen Wert darauf, Janina, oder ihre Enkel zu sehen und hat jeglichen Kontakt abgebrochen. Diese Infos wecken meinen Jagdinstinkt.

Meine Hände kleben feucht am Telefonhörer und ein Kribbeln in der Kehle versetzt mich in die euphorische Laune eines Jägers, dem das Wild direkt vor die Flinte läuft. Janina G. gibt mir noch das Kennzeichen des Jaguar und dann vertiefe ich mich in die Abgründe eines unterhaltspflichtigen Nichtzahlers.

Meine Bettlektüre besteht an diesem Abend aus der Akte Ginsch und ich mache mir Notizen, mit welchen Notlügen ich die Mutter Hermine aus der mütterlichen Reserve locken will.

Am nächsten Morgen um 7 Uhr früh, ist die Welt noch in Ordnung, jedenfalls für mich und meine Arbeitswut. Zielstrebig rufe ich Hermine Ginsch noch früher als gewohnt, an. Nach gefühlten 67 Sekunden meldet sich eine mürrische, alte Frau am Apparat und stöhnt in den Hörer:

„Wasn nuu looos?"

Ein paar Sekunden Ruhe, dann folgt ein klägliches Stöhnen. Danach ist endgültige Stille im Hörer. Ich greife ein, bevor die Dame am Telefon wieder einschläft:

"Guten Morgen Frau Ginsch, ich hoffe, daß ich Sie nicht geweckt habe, aber das hier ist ein wichtiger Notfall. Es geht um ihren Sohn, den Adelbert Ginsch. Mein Name ist Diana Koch, ich rufe von der zuständigen Krankenkasse an, weil ich Ihren Sohn derzeit nicht erreichen kann."

Hermine G. Ist plötzlich hellwach und will wissen, warum ich ihren Sohn erreichen möchte.

„Wir hatten einen Datenausfall. Nun führen wir Adalbert 2 x mit unterschiedlichen Adressen, an denen wir ihn aber nicht schriftlich und auch nicht telefonisch erreichen können. Durch eine Fehlüberweisung des letzten Arbeitgebers muss die Summe von 538,23€ nunmehr an Adelbert ausgezahlt werden. Ihr Sohn muss eine Einverständniserklärung für die Überweisung abgeben und ich muss ihn dringend in dieser Angelegenheit noch einmal persönlich sprechen."

Schnappatmung durchflutet meine Gehörgänge. Mutter Hermine hechelt mit Blutdruck 268, verwertbare Informationen in den Apparat:

„Der Adelbert wohnt doch auf Gran Canaria mit seiner neuen Lebensgefährtin. Er kommt aber in 6 Wochen zu meinem 80. Geburtstag ganz, ganz sicher zu Besuch."

„OK," sage ich und schleime Hermine das Kompliment durch die Leitung, dass sie so eine tolle jugendliche Stimme hat.

„Dann geben Sie mir jetzt bitte die Adresse auf Gran Canaria, Adelberts Rufnummer und die Rufnummer seines Vermieters, oder gehört ihm das Objekt dort?"

Hermine erklärt mir, dass das große Haus in ihrem Besitz ist und Adelbert dort natürlich immer umsonst wohnen kann.

„Auf Granny bin ich auch gerne im Urlaub. Wir mieten uns dort immer ein Moped, oder einen Kleinwagen," erzähle ich und werfe Hermine einen Knochen für weitere Infos hin.

„Das hat mein Sohn nicht nötig. Er hat dort eine Harley Davidson und sein Jaguar steht in meiner Garage, bis er zurück kommt,"

flötet Hermine stolz in die Leitung.

„Da hat er ja die beste Mutter der Welt bekommen," bestätige ich ihr und verabschiede mich mit ein paar Floskeln, daß sie gesund und munter bleiben soll, damit es ihrem Sohn auch weiterhin im Leben gut gehen kann.

Den Adelbert rufe ich nach dem Gespräch mit seiner Mutter umgehend auf Gran Canaria an und bestelle ihm Grüße von seiner Mama. So komme ich seiner Frage zuvor, wo ich seine Rufnummer her habe. Er ist gut gelaunt und in Erwartung auf eine Rückerstattung gibt er mir bereitwillig seine aktuelle Bankverbindung. Ich erzähle ihm, daß nach einem Datenausfall die Daten seiner Lebensversicherung irrtümlich bei mir in der Krankenkasse gespeichert wurden.

„Die besteht nicht mehr, hab ich mir doch schon mal auszahlen lassen," sagt er locker.

„Hab aber 2 Neue Verträge für meine süße, kleine Puppe abgeschlossen."

Er glaubt mir, dass ich für die Löschung dann seine neue Lebensversicherung eintragen muß. Nachdem er mir die neue Versicherungsnummer durchgegeben hat, verabschiede ich mich von Adelbert und teile ihm mit, dass ich in meinem nächsten Gran Canaria Urlaub auf ein Käffchen bei ihm hereinschauen werde.

Ach Adelbert, ich hoffe, du bist nicht allzu traurig, wenn nach deiner geplanten Rückkehr, dein geliebter Jaguar nicht mehr in Mamas Garage schläft. Der wird vom Gerichtsvollzieher beschlagnahmt, verkauft und der Erlös geht für nicht geleisteten Unterhalt an Janina und die Kinder. Die brauchen es und bekommen es. Nicht geleistete, offene Unterhaltszahlungen von derartigen Schuldnern, lösen bei mir ein Henker Trauma aus und ich sehe im Telefonhörer eine geschliffene Guillotine, die zum Einsatz kommt. Meine Freundin Gesa, Therapeutin und eine ganz spezielle Heulpaktikerin, meinte doch neulich zu mir, ich hätte wohl ein Problem mit Rachegedanken……….

…….Stimmt gar nicht!!! Habe ich wirklich nicht. Aber so etwas zu sagen, wird ihr noch leidtun.

Der nächste Auftrag ist eine echte, richtig große Herausforderung. Ich ermittle Anfang der 1990 er, zu einem Zeitpunkt, als es in den neuen Bundesländern kaum Telefonanschlüsse gibt. Der Schuldner Ronny Finsterbaum, ist Vater von 3 Kindern mit seiner Ehefrau Cindy und hat sich nach der Wende umgehend einen großen, 250 PS starken Sportwagen zugelegt. Der schikki-mikki Kinderwagen des letztgeborenen Sprößlings, welcher eine Ausstattung hat, wie ein mini Bentley, läuft noch auf Kredit. Ronny denkt nicht daran, den Kinderwagen abzuzahlen, weil der kleine Finsterbaum sowieso herausgewachsen ist. Der Kinderwagen steht schon zum Verkauf in der örtlichen Tageszeitung. Die Raten des Sportwagens setzt er ebenfalls auf 0, weil die Beulen, die er beim letzten Familienausflug an die Kotflügel des Fahrzeug tätowiert hat, den Wagen nicht grad verschönern. Der im Ort bekannte Name Finsterbaum, wird vom Briefkasten in der Bahnstrasse 26, Bitterfeld entfernt. Ronny ist der Meinung, daß er damit für den Gerichtsvollzieher unsichtbar ist. Ein Festnetzanschluss besteht nicht und zur Verdunkelung hat sich Ronny zwei Handys mit Prepaid Karte zugelegt. Kurz vor 06:00 Uhr setze ich mich kerzengerade in Position an den Schreibtisch. Aus dem alten CD-Player ertönt in sanften Klängen eine Brain Music für Körper, Geist und Seele. Wie schon vor Tausenden von Jahren, ist die Harmonie von Körper, Geist und Seele auch in diesen Minuten, die Basis für das schöne wohlfühl Gefühl auf allen Ebenen. Ich fühle in meinen Körper hinein, fülle jede einzelne Zelle mit Licht und kann mit Leichtigkeit an meine Arbeit gehen.

So gestärkt greife ich dann an diesem grau nebligen Montagmorgen, zwanzig Minuten vor 7 Uhr, zum Telefonhörer. In der Nachbarschaft des Finsterbaum besteht weit und breit kein Telefon Anschluss. In diesem Fall greife ich gerne auf Friseur, Bäcker, Postboten, Bezirks-

Schornsteinfeger, Kioske, Imbisse, oder auch Bahnhofs-Vorsteher zurück.

Ene, Mene, Mopel, die Wahl fällt auf Nr. 3 und ich rufe im Bahnhof von Ronnys Heimatstadt in Bitterfeld an. Der Stationsvorsteher nimmt den Hörer nach 28 maligem Klingeln ab, nervt den Namen: `Klink' in mein Ohr und ich scheiße ihn daraufhin umgehend zusammen:

„Hier ist die Rentenkasse Berlin, mein Name ist Koch, geehrter Herr Klink. Haben sie einen Hörfehler? Finden Sie ihren Rollator nicht? Mein Gott, ich habe noch nie sowas von unendlich lange warten müssen, bis jemand abnimmt. Haben Sie gerade eine Rolle Dachpappe auf dem Klöchen abgeseilt? In einer wirklich extrem dringenden, nicht aufschiebbaren Renten Angelegenheit muss ich den Ronny Finsterbaum in der Bahnstrasse 26 erreichen. Sie kennen ihn doch bestimmt!!!"

Klink knallt die Hacken zusammen, ich spüre, wie er salutiert und dann sehr schnell sagt:

„Ja den kenne ich natürlich. Der Ronny ist aber erst 30, was will die Rentenkasse von ihm? Der arbeitet doch nie, der sitzt immer im Garten und grillt, oder er fährt illegale Autorennen mit seinem Freund dem Olli."

„Genau das ist es, Herr Klink. Der Ronny zählt wohl grad die Grashalme in seinem Garten. Sein Telefon ist ausgeschaltet und die Post kommt zurück. Darum werden Sie bitte heute Abend zu

Ronny fahren und ihn mir ans Telefon, hier im Bahnhof bestellen. Morgen früh um Punkt 7 Uhr rufe ich an. Der Ronny muss dringend an den Hörer kommen und mit mir sprechen. Seine Fehlzeiten auf dem Rentenkonto müssen geklärt werden, damit eine fehlgeleitete Einzahlung eines früheren Arbeitgebers wieder gutgeschrieben werden kann. Außerdem muss ich Ronny eine Überschußzahlung anweisen und aus diesem Grund seine Bankdaten aktualisieren."
Körperlich spüre ich, wie sehr es in Klink arbeitet. Der Mann setzt sehr, sehr langsam alles um und ich frage ihn:
„Bekommen Sie das hin? Ich zähle auf Sie und werde mir als Gegenleistung ihre Rentenakte mal ansehen. Eventuelle Ungereimtheiten durch die Wiedervereinigung kläre ich dann ab. Das kann für sie nur von Vorteil sein. Nennen Sie mir mal ihren Vornamen, Geburtsdatum und ihre aktuelle Melde-Adresse."
Klink ist begeistert und macht Meldung. Dankbar trage ich ihn gleich in meinen PC ein, falls er mal ermittelt wird, erspare ich mir viele Umwege. Bahnhofs-Vorsteher Klink ist hoch motiviert, wächst mindestens 17 cm, fühlt sich in dieser Sekunde als VIP und ist Feuer und Flamme, mir zu helfen.
„Der Ronny ist morgen früh um 7:00 Uhr hier, da können Sie sich zu 100% drauf verlassen,"
sagt der Herr Klink und schlägt nochmals hörbar

die Hacken zusammen. Am nächsten Morgen klingelt es nur 2 x um 7 Uhr im dunklen, spärlich beleuchteten, Bitterfelder Bahnhof. Klink meldet sich ausgeschlafen, motiviert und als hochwichtiger Vermittler am Hörer:

„Es ist alles zu ihrer Zufriedenheit erledigt, ich übergebe an Ronny Finsterbaum."

Der Schuldner wurde von Klink bereits darüber informiert, was und wer ihn am Apparat erwartet. Er erzählt mir, dass sein Sprössling den Namen immer vom Briefkasten reißt. Dann kommt fließend alles aus ihm heraus, was ich benötige, um seine Gläubiger zufrieden zu stellen. Wie ein Gebet murmelt Ronny mir die Stammnummer des Arbeitsamtes und seine neue aktuelle Kontoverbindung ins Ohr. Er erzählt mir, dass er in 5 Wochen eine Arbeit annimmt als Mitarbeiter in einer Sicherheitsfirma namens Hoktor, mit Hauptsitz in Hamburg. Einen Arbeitsvertrag hat er auch bereits unterschrieben. Seine Adresse bestätigt er mir nochmals. Ronny F. will seinen Namen sofort wieder sichtbar am Briefkasten anbringen. Im Notfall kann die Post auch zu seiner Mutter Ines in die Bahnstrasse 29, genau gegenüber gehen. Ronny F. setzt alles daran, weiterhin für mich erreichbar zu sein. Er gibt mir seine Funknummern durch. Bei weiteren Rückfragen zu eventuellen Fehlzeiten, darf ich gerne darauf anrufen und ohne Umwege mit ihm sprechen. Die bereits zu erwartende Zahlung des

eingezahlten Rentenüberschusses versetzt ihn in Feierlaune. Ronny darf nun den netten Klink umarmen, sich wieder in seinen Garten setzen zum Grillen, oder um ein Autorennen mit seinem besten Freund Olli zu planen. Schon die Legende Steve McQueen sagte seinerzeit im Film.
`Le Mans`: „Rennen fahren heißt leben.
Die Zeit dazwischen ist nur warten."
Mir schwant, dass Ronnys Wartezeit diesmal etwas länger ausfällt, weil der 250 PS starke Wagen demnächst konfisziert wird.
Ein Sportwagen bietet halt die einzige Sitzgelegenheit, von ganz unten auf andere runter zu schauen. Da muss sich der 3 fache Vater wohl mal etwas anderes einfallen lassen, sein Ego spazieren zu fahren. Ein Fahrradrennen mit Olli zu planen, ist bestimmt nicht Ronnys Ding. Seiner Frau Cindy und den gemeinsamen Kindern, wird schon etwas einfallen, wie sie eine gemeinsame, schöne Freizeit gestalten können. Viel Spaß dabei Ronny und bleib bitte gesund.

Der nächste Auftrag erfordert mal wieder meine volle Konzentration. Schuldner Herbert Böllke aus Süke ist kein unbeschriebenes Blatt. Böllkes Gläubiger hat eine Dauerkarte im Abo bei mir und ich lege mir schon einmal die 8 umfangreichen Vorberichte zurecht. Lieber Gott vergib Böllke seine Schuld, der Gläubiger weigert sich, dieses zu tun.

Böllke ist 46, ledig, gelernter Maler und ein guter Stukkateur, aber leider unbelehrbar, völlig aus der Spur und telefoniert gerne ausgiebig mit mir. Böllke reagiert auf meine Komplimente zu seiner Person mit hirnlosen Antworten, wie etwa:

„Ich krieche gleich durch den Hörer in Sie rein."

Oder:

„Ihre Stimme macht mich so heiß, ich steige gleich in die kalte Wanne, um mit meinem Tauchsieder das Wasser anzuheizen."

Meine Antwort darauf ist ein mädchenhaftes Gekicher, denn der Herbert wird sehr redselig, wenn ich nicht abweisend reagiere. Für eine gute Auskunft hänge ich da auch schon mal meinen virtuellen Büstenhalter vor den Hörer.

Diesmal ist aber alles anders als erwartet. Herbert B. ist weder auf dem Festnetz, noch auf einem seiner 3 Handys erreichbar. Aktuelle Arbeitgeber sind eher selten verzeichnet. Böllke kassiert nach einer beendeten Liaison als ange- stellter Maler gerne mal Krankengeld bis kurz vor der Aussteuerung und meldet sich dann im Arbeitsamt. Nebenher malt und stukkateurt er privat herum, um seinen Lebensstandard auf ei- nem zumutbaren Niveau zu halten. Letzteres hat mir seine Großmutter ins Ohr geflüstert. Böllke bewohnt die Souterrain Wohnung in Oma Hildes Häuschen. Oma Hilde sagt mir immer, auf wel- cher Baustelle Herbert grad legal, oder schwarz arbeitet. Sie ist immer sehr besorgt, weil ihr

Hebbi noch keine dauerhafte Frau an seiner Seite hat. Nachdem ich ihr gesagt habe, daß meine Schwester in ihrem Nachbarort lebt und ich diese des öfteren mal besuche, stehe ich auf der Liste ihrer möglichen Kuppel-Kandidatinnen ganz oben. Zuerst versuche ich mein Glück in Herberts Krankenkasse. Bei dem Umfang von Informationen in seiner Akte, finde ich sogar eine Durchwahl zu seiner Sachbearbeiterin.

Als Mitarbeiterin des Sozialamtes in Süke, erfahre ich ohne Probleme, dass Herbert Böllke seit 3 Monaten ohne Versicherungsschutz ist. Der letzte Arbeitgeber hat ihn abgemeldet und es ging bisher keine Krankmeldung ein. Das Arbeitsamt hat ihn ebenfalls nicht angemeldet. Die nette Dame ist ratlos, gibt mir aber noch den letzten Arbeitgeber des Versicherten durch.

Der letzte Arbeitgeber hat Insolvenz angemeldet und kann telefonisch nicht mehr erreicht werden. Nun werde ich mir Oma Hilde an mein offenes Ohr holen, rufe sie an und erreiche sie wider Erwarten ebenfalls nicht in ihrem Zuhause.

In einem der Vorberichte steht die Rufnummer eines älteren Herrn aus der direkten Nachbarschaft. Herr Mangolt sieht so ziemlich alles, was in der Nachbarschaft vor sich geht, oder liegenbleibt. Das Glück ist auf meiner Seite, Mangolt ist ziemlich schnell am Apparat.

„Frau Koch hier, lieber Herr Mangolt. Wie geht es ihrer Hüfte? Was macht die Katze mit der abgerissenen Zehe?" lege ich sofort los.

Da ich mir immer Infos zu den Gesprächen notiere, kann ich sofort Vertrauen aufbauen. Herr Mangolt berichtet von seiner Hüfte, seiner zwischenzeitlich genesenen Katze und seinem zu hohen Blutdruck. Ich gebe ihm zwei Minuten meiner Zeit und dann frage ich ihn, ob Herbert Böllke ausgewandert ist. Weder ihn, noch seine Großmutter kann ich erreichen und es ist mal wieder ganz dringend, wie immer.

Herr Mangolt fragt mich, ob heute Mittwoch ist und ich bejahe das.

„Dann besucht seine Oma ihn doch immer im Knast, da sitzt der doch seit 3 Monaten,"
teilt mir Mangolt wichtig mit.

„Was hat Böllke denn verzapft?" frage ich wissbegierig und hoffe auf nähere Infos zum Sachverhalt der Inhaftierung.

„Seine Großmutter hat gesagt, er sitzt unschuldig ein," flüstert Mangolt zweifelnd in den Hörer.

„Die ganze Straße weiß aber, dass er seinen Schwanz nicht in der Hose halten konnte und wegen einer Vergewaltigung nun Urlaub hinter schwedischen Gardinen macht."

„Da müssen Sie schon nach Brämen fahren, wenn Sie den mal sprechen wollen," rät mir Herr Mangolt fürsorglich.

„Kein Problem," antworte ich ihm, „das bekomme ich hin", nochmals vielen Dank. In der Haftkartei der JVA Brämen melde ich mich dann mit:

„Koch, Staatsanwaltschaft Leineburg. Mein Azubi war heute etwas übereifrig und hat das Schriftstück mit dem Aktenzeichen des Herbert Böllke geschreddert. Jeder fängt mal an, ich werde ihn nicht köpfen, lach! Böllke sitzt bei euch ein und ich benötige nochmals das Aktenzeichen, sowie das Datum zum Haftende."

Die Bestätigung kommt prompt.

Böllke wurde nach §177 (Sexueller Übergriff, sexuelle Nötigung, Vergewaltigung) zu einer Freiheitsstrafe von 15 Monaten verurteilt.

Ich notiere mir das Aktenzeichen und das Ende der Haftstrafe. Die nette Dame in der Haftkartei erzählt mir noch, daß Böllke nicht mit einer Entlassung nach 2/3 rechnen kann, da er bereits 2 weitere Vorstrafen hat. So ein schlimmer Finger, dieser Herbert. Gespannt bin ich schon auf das Gespräch mit ihm, nach seiner Entlassung. Mich interessiert, wie sich seine Version des Sachverhalts, aus seiner Wahrnehmung heraus anhört. Die Akte Böllke stelle ich nicht zu weit in die Tiefen meines Aktenschranks. Der Gläubiger des Testo-Herbert wird sein Abo bestimmt bald wieder in Anspruch nehmen. Dann wird Böllke am Telefon mit mir flirten, wenn ich neue Infos zu seinen Pfändungsmöglichkeiten eruieren muss. Da bekommt dann wieder mein Lieblingsspruch zum Einsatz:

„Ich liebe es, Jemandem beim Lügen zuzuhören, wenn ich die Wahrheit kenne!"

Manche dieser Schuldner können wirklich Nebenwirkungen verursachen, Kopfschmerzen, Bauchweh oder Herzklopfen. Gelegentlich auch Brechreiz. Die Zeitgenossen zeigen mir immer wieder, wie man Selbst im Leben nicht sein soll.

Neuer Auftrag, neue Inspirationen zur Ermittlung sind gefragt. Meine Augen scannen die recht kargen Infos zum Schuldner. Der Gerichtsvoll-zieher kann mal wieder an der angegebenen Adresse niemanden ausfindig machen. Gesucht wird Nicola Mohrena aus der Brautstrasse 128 in Kölln. Geburtsdatum unbekannt. Beruf wird nicht genannt. In der Brautstrasse 128, finde ich 15 Festnetz Einträge. Mein Magen beginnt sich unrund zu drehen, wie die Schleuder einer kaputten Waschmaschine. Mein Kronenchakra vibriert und kündigt Stress an. Meine Hand er-greift den Hörer und die alte Frau am anderen Ende der Leitung sagt mir, dass sie in einem Hochhaus mit 15 Etagen wohnt. In jeder Etage befinden sich 6 Wohnungen. Mohrena kennt sie nicht. Wenn ich von der Verwaltung bin, soll ich den Hausmeister schicken, ihre Terrassentür klemmt und aus dem Wasserhahn kommt graues Blubber Wasser heraus geschossen.
„Der Hausmeister kommt in den nächsten Tagen und schaut bei Ihnen mal nach," beruhige ich sie und wünsche einen schönen Tag. Die nächste Rufnummer ist auf einen Peter Jirisch eingetra-

gen und wieder und wieder besetzt. Der Hörer liegt wohl nicht auf der Gabel. Die Nummer notiere ich mir für den kommenden Morgen an oberster Stelle. Ohne einen doppelten Kaffee mit Ziegenmilch, ist für mich jetzt um halb 11 kein effektives arbeiten mehr möglich.

Eine Pause muss her und die wird außer der Reihe einfach mal ausgedehnt bis 13 Uhr nachmittags. Ein ausgedehnter Spaziergang durch die Baumschule hinter unserem Nest, soll mich wieder in meine Mitte beamen. Ein ganz spezielles Ritual sorgt für einen Chakren Ausgleich in mir. Ich umarme die Bäume und flüstere ihnen meine Bedürfnisse in die Rinde. Barfuß wandele ich im Slalom, mit geschlossenen Augen um sie herum und lasse mich in ihre Frequenz einlullen. Bäume sind heilsame Zuhörer und man hört ihre weisen Antworten, wenn man nichts bewertet und alles zulässt. Nach meinem ausgiebigen Rundgang bin ich neu formatiert und kann konzentriert und strukturiert weiter arbeiten.

Bei diesen Spaziergängen hänge ich meine Ungeduld immer an die Zweige der geduldigen Bäume und ernte die Frucht der Geduld.

Meine Arbeit für diesen Nachmittag besteht aus schnöder Büroarbeit. Meine Voodoo Puppe, die ich über dem PC platziert habe, wird abgestaubt und mit neuen Infos und Aufgaben für den kommenden Tag strukturiert. Der Telefonhörer wird desinfiziert, damit die aufgestaute Energie des

Tages von ihm abfällt. Nun lege ich mir noch die Aufträge für den kommenden Tag zurecht, lese mich darin ein und deponiere wichtige Termine in einen Kreis um meinen Schreibtisch herum.

Nicola M. wird mir den frühen, kommenden Tag einläuten. Alles werde ich daransetzen, diesen interessanten Auftrag spätestens nach 3 Stunden, mit mindestens 90 % erfolgreichen Ergebnissen abzuschließen. Seine Akte lege ich zur Nacht unter mein Kopfkissen ins Schlafzimmer. Oftmals bekomme ich nachts auf diese Weise gute Inputs, die ich morgens dann sofort umsetzen werde.

Gut geschlafen ist halb ermittelt, so lautet das Mantra der erfolgreichen Detektivinnen.

Nur mit munteren Gehirnzellen und einem wachen Geist sind effiziente Ermittlungen einzufahren. Halt!!!!! Da fehlt noch etwas, jedenfalls bei mir. Nur nach mindestens 3 Tassen starkem Kaffee beginnt auch mein träger Darm zu arbeiten und ich kann richtig gut kacken. Das ist so extrem wichtig für den Level meiner stets guten Laune, weil die sonst ihr Feldbett im Keller aufsucht und niemand in meiner Nähe kann mich mehr ertragen. Kaffee intus, Klobesuch positiv abgelaufen. Gut gelaunt gehe ich noch kurz in die Maske. Ich bin keine Morgenschönheit, sondern ich sehe morgens aus wie das ungemachte, zerknitterte Bett, in dem ich geschlafen habe. Eine Plakatmalerin kann sich nicht ungeschminkt im Spiegel anschauen, da muss erst mal Farbe auf Augen, Wangen und Lippen.

Ich würde eher ohne Schlüpfer zum Discounter laufen, als ungeschminkt zum Mülleimer. Meine gesamte Tusche ist natürlich parfümfrei, ohne Konservierungsmittel und bestimmt nicht an Tieren getestet.

Los gehts. Es ist Punkt 7 Uhr und ich wähle in der Brautstrasse 128 in Kölln, die Rufnummer des Peter Jirisch. Es läutet genau 6 x, dann fliegt mir der Hörer vor Schreck aus der Hand.

„Verdammt nochmal, wer stört mich denn zu dieser gottlosen Zeit????"

brüllt eine männliche Stimme durch den Hörer. Nun gebe ich alles und flüstere mit der himmlischsten Stimmlage des Universums zurück:

„Entschuldigung, ich möchte Sie nicht stören, sondern den netten, hilfsbereiten Herrn Jirisch sprechen. Meine Armbanduhr ist wohl defekt, sie steht auf halb 9, ich rufe später noch einmal an, wenn Herr Jirisch da ist."

„Jetzt bin ich hellwach, was gibt es denn so früh?" sagt der müde Peter in einer wesentlich netteren Verfassung, als kurz zuvor.

„Guten Morgen, mein Name ist Koch vom Bundes-Erbschaftsamt in Bonn. Ich benötige dringend ihre Hilfe, Herr Jirisch. In einer äußerst wichtigen Angelegenheit, betreffs einer offenen Erbschaft, muss ich die Frau Nicola Mohrena in ihrem Hause erreichen. Meine Post kommt zurück mit dem Vermerk: Empfänger unbekannt. Wenn ich Frau Mohrena nicht erreiche, verliert sie ihren Anspruch und das wäre doch tragisch. Bitte schauen Sie doch einmal auf das Klingeltableau und auf die Briefkästen, dann kann ich dem Zusteller die Etage mitteilen."

„Beste Frau Koch oder wie sie heißen. Ich bin noch nicht gewaschen und völlig nackt. Außerdem wohne ich in der 11. Etage. Wie stellen Sie sich das vor?" fragt mich der Jirisch leicht pikiert. „Wie schade, daß mir jetzt jetzt kein Bildtelefon zur Verfügung steht," necke ich ihn und sage: „Bitte, bitte, bitte lieber Herr Jirisch, ziehen Sie sich einen Bademantel an und fahren Sie ins Erdgeschoss, um nachzuschauen. Bis heute Mittag muss ich erneut eine Zuschrift senden und um diese Zeit ist doch kaum jemand im Fahrstuhl bei ihnen im Haus. In 10 Minuten. melde ich mich wieder bei ihnen, oder soll ich 15 Minuten warten?"

Jirisch grunzt in den Hörer: „Ich glaub ich spinne, ich weiß auch nicht warum, aber ich mach das jetzt für Sie. Rufen Sie in 15 Minuten wieder an, Sie Nervensäge."

Das nenne ich jetzt mal SSSSSSSSSupipeter! Das Beste daran ist, er macht es wirklich. Der Peter Jirisch steigt in seinen Bademantel und fährt in diesem aus der 11. Etage, bis runter ins Erdgeschoss und inspiziert die Briefkästen und das Klingeltableau. Auf die Sekunde, exakt nach

15 Minuten, rufe ich wieder an und höre mir gespannt den Bericht an. Peter Jirisch`s Stimmlage klingt leicht genervt, aber irgendwie auch erfreut, mich wieder am Hörer zu haben. „Wegen Ihnen gehe ich hier im Haus noch als Exhibitionist durch, Frau Koch. Ich bin im Bademantel runter und die alte Frau Bayer aus der 5. Etage fiel vom Glauben, als sie zustieg. Ich kann ihr aber erklären, dass es ein Notfall ist. Die Bayer kommt also mit ins Erdgeschoss und hilft mir bei der Suche des Namens. Ein Klingelschild ist da draußen nicht dran, aber auf einem Briefkasten finden wir den Namen Nicola Mohrena. Es ist in der Reihe 8, also muss es die Wohnung in der 8. Etage sein. Ich bin sofort mit der Bayer rauf und wir haben da geklingelt. Die Wohnung ist direkt am Fahrstuhl. Ein junger Mann hat geöffnet und ich habe ihn gefragt, ob eine Nicola Mohrena da wohnt. Der junge Mann hat laut gelacht und gesagt, er sei Nicola Mohrena. Er ist in Italien geboren und da heißen Männer Nicola. Der muss ganz früh heute zur Arbeit, er arbeitet bei der Stadt als Busfahrer und hat mir seine Funknummer gegeben. Sie können ihn um 13 Uhr anrufen, dann hat er Mittagspause." Die Rufnummer wird notiert. Die Infos sind hervorragend und Peter Jirisch bekommt den goldenen Busser durch den Hörer auf sein Haupt geschüttet. Ich lobe ihn für seine gute Tat, dann plaudere ich noch ein paar Sätze mit ihm und

verabschiede mich mit einem Gruß an die hilfs-
bereite Nachbarin Frau Bayer.

Mit den gesammelten Infos im Hintergrund, rufe
ich Mohrena Punkt 13 Uhr an. Als Mitarbeiterin
des Nachlassgerichts In Bonn stelle ich mich vor.
Ich muss aus Datenschutzgründen sein genaues
Geburtsdatum abfragen:

„Wegen eines Datenausfalls erscheint mir immer
der 11.11.1911, als Geburtsdatum, weiblich,"
sage ich ihm und er lacht darüber.

„Nein, es ist der 18.09.1982, ich bin in Torini geboren und zudem ein gut aussehender Mann,"
raunt er mir in mein offenes Ohr.

„Sie haben dazu noch eine mega erotische
Stimme," halte ich ihn bei Laune. Geschmeichelt
gibt er mir als Dank seine aktuelle Bankverbindung, für eventuelle, noch zu erwartende
Auszahlungen.

„Sind Sie eigentlich auch in einer guten Betriebs-
krankenkasse der Stadtverwaltung versichert?"
frage ich Mohrena. „Meine Tante hat mal dort im
Personalbüro gearbeitet und die Kasse immer
gelobt." Er verneint, ist aber in Plauderstimmung
und nennt mir seine aktuelle Krankenkasse.

„Busfahrer kommen ja fast überall umsonst hin."
necke ich ihn. „Da brauchen Sie ja kein eigenes
Auto, oder doch? Falls Sie einen tollen roten Alfa
Romeo fahren, lade ich mich schon einmal bei
Ihnen zum Kaffeetrinken ein.

„Wenn Sie auch in einen niegelnagelneuen

gelben Fiat steigen, haben wir kein Problem,"
flirtet er lachend in den Hörer.
„Ich wette, Sie haben das Auto Kennzeichen:
KÖ -NM 82, oder?"
„Das wollte ich wirklich haben, es war aber
schon vergeben," lacht er und sagt:
„aber nun habe ich KÖ-NM 18, geht doch auch."
Ein wenig plaudere ich noch, dann lasse ich
mein zweites Telefon klingeln, verabschiede
mich und bedanke mich nochmal bei dem netten
Herrn Mohrena. Bei meinem kommenden Anruf
in der Krankenkasse, werde ich mir die Renten-
Versicherungsnummer notieren. Nun noch ein
weiterer Anruf im Personalbüro der Stadtverwaltung als Rententräger und ich bekomme nicht
nur die die Bestätigung des Arbeitsverhältnisses,
sondern auch noch die Personalnummer, unter
der Herr Nicola Mohrena geführt wird. Eine Bestätigung über den PKW, erhalte ich mit den
angegebenen Daten dann auch noch in der
Kartei der zentralen Autoversicherer.
Nun habe ich alles erforderliche für meinen Auftraggeber eruiert und bin zufrieden.
Aktuelle Adresse und Lage der Wohnung für den
Gerichtsvollzieher. Bankverbindung, Arbeitgeber,
Funknummer und PKW. Sehr gute Arbeit, lobe
ich mich und gönne mir sofort einen Becher
Cappuccino mit extra viel Diätsahne. Dazu ein
dickes Stück Butterkuchen mit Leberwurst drauf.
Diese BuLette ist meine Belohnungs-Lieblings-

stulle nach einer erfolgreichen Recherche. Nicht jedermanns Sache, aber ich bin ja auch nicht Jedermann, sondern eine Frau und dazu noch eine erfolgreiche Wirtschaftsdetektivin.

Mein Job ist mein Leben und ich liebe und lebe meinen Job. Das wirkt sich natürlich auch auf mein Privatleben aus. Es ist ein Ehrenkodex, dass man keine Bekannte oder Verwandte ermittelt. Zum Glück bin ich auch noch nie in diese missliche Lage gekommen. Mein Instinkt und meine Wahrnehmung versauen aber jeden Fernsehabend, besonders wenn ein Krimi läuft. Die Story beginnt und ich sage nach spätestens 5 Minuten detailliert, wer der Täter ist und was ihn zu der Tat veranlasst hat. Ich mache eine Familienaufstellung der Täterfamilie und seziere das gesamte Umfeld. Zank ist darüber immer stinksauer und natürlich anderer Meinung. Seine üble Laune fällt ins Bodenlose, wenn ich dann am Ende des Films in allen Punkten recht habe. Mein armer, gebeutelter Ehemann wird von allen männlichen Personen aus unserem Bekanntenkreis furchtbar bedauert. Angeblich habe ich ihn immer im Auge und er kann keinen Schritt machen, ohne dass ich ihn überwache. Das stimmt so nicht. Ich überwache ihn nicht nur beim schreiten, sondern auch, wenn er irgendwo rumliegt, oder sitzt. Schließlich gab es Zeiten, da habe ich für seine Treue meine Hände ins offene Feuer gelegt. Wenn ich mir nun meine total

verkohlten Finger und verbrannten Arme ansehe,
denke ich:
„Isch hab disch im Auge, alter Falter!!!!!!!
Isch bin ja deine Schwesta!!!!!!!"
Das vergesse ich nicht. Mein Mitleid mit Zank
hält sich in Grenzen, denn hinter jeder Ecke
kann eine Athene auf der Matratze liegen.
Um von solchen Gedanken abzulenken, arbeite
ich immer mehr und mehr und noch viel mehr.
Zeitweise halte ich noch bis nachts um 3 meine
Akten im Bett mit der linken Hand, mit der rechten Hand streichle ich Zanks verkümmertes,
trauriges Schwänzchen. Diese blöde Eifersucht
sitzt in meinen Zellen, weil ich ein Skorpion bin.
Es muss mal etwas geschehen, dass ich einiges
loslasse und mich auf wichtige Dinge im Leben
konzentrieren kann. Wir haben zwischenzeitlich
tolle Urlaube gemacht, haben unter anderem
auch ganz Asien bereist und es ist an der Zeit,
gelerntes zu integrieren und zu leben.

Eines meiner selbst geschriebenen Gedichte, die
ich oft mitten in Nacht schreibe, habe ich hier
noch einmal nieder geschrieben, es lautet:

die Streichelstraße des Glücks

****

laß es dir doch einmal vorlesen

räum dein Zimmer und deine Seele auf
werf unnötigen Ballast auf einen Hauf
streich Unnötiges von der Liste deiner Ziele
gönn dir Ruhe, bereite dir angenehme Gefühle
lass davonziehen alles Böse und Trübe
erfüll dein Innerstes mit Hingabe und Liebe
drück dich mal, nimm in die Hände dein Herz
investier deine Kraft in Liebe, nicht in Schmerz
finde zu deiner wahren Intimität zurück
schau nicht nur nach Oben
auch Unten wartet das Glück
lausche auf die Worte deiner inneren Wahrheit
im Gespräch mit deiner Seele erhältst du Klarheit
sei offen für neue Möglichkeiten
die dir die Schätze aus deinem
Innersten bereiten

Gesagt, getan. Während meiner informativen
und lehrreichen Reisen durch Asien, sagt mir
einmal ein weiser Mann, aus seiner bunten
Hängematte heraus:
„Arbeit ist die Faulheit des Westens!!!"
Mein ungläubiges Gesicht erfreut ihn und er
spricht lächelnd zu mir:
„Das wirst du irgendwann in späteren Jahren
wieder aus deinem Gedächtnis kramen und dann
verstehst du mich."
`Der tickt doch nicht richtig,' denke ich und bin

gedanklich wieder bei meiner Arbeit, die schon Zuhause auf mich wartet. Es sind seit dieser Aussage des Mannes, viele viele Jahre an mir vorbeigezogen, oder mit mir zusammen lehrreich abgearbeitet worden. Heute sitze ich hier und die Worte des Weisen werden wieder lebendig und ich verstehe sie.

Wer zu viel arbeitet, vergißt sich selbst und die Arbeit mit und in sich selbst. Diese Arbeit ist aber ist der schwierigste Part im Erdenleben.Vor meinem inneren Auge erscheinen Bilder und Situationen, von einer unserer Reisen nach China.

In Peking tanze ich auf einem Marktplatz mit hunderten Chinesen Thai Chi. Aus einem Lautsprecher tönt passende Musik und ich stehe fasziniert am Rand der Gruppe. Ein alter Mann sieht mich und zieht mich in die tanzende Gruppe hinein. Mein Körper passt sich den Bewegungen der Anderen an und ich mache einfach mit.

Thai Chi lockert die Muskeln, fördert das Gleichgewicht, die Beweglichkeit und kann Blutdruckwerte normalisieren. Wunderschöne, fließende Bewegungen, diese körperliche Einheit der vielen anderen Menschen ist in jeder Körperzelle spürbar und es geschieht etwas seltsames.

Aus meinen Fingerspitzen kommt ein Lichtstrahl heraus, wie ein Laserstrahl. Mit meinen fließenden Bewegungen und dem Laserstrahl, male ich ein Bild aus Lichtern in den Himmel und auf die Körper der tanzenden Menschen um mich herum. So etwas Wunderschönes habe ich noch nie gesehen, gespürt und erlebt. Zank bleibt am Rande des Platzes stehen und macht Fotos. Für so etwas ist er absolut nicht zu haben. Später erzähle ich ihm von dem Erlebnis und bekomme ein Knurren zu hören:

„Pass auf, dass du nicht durchknallst bei soviel Licht. Baue dir lieber mal einen Dimmer ein." Momentan ist mir aber gar nicht nach Dimmer, sondern ich finde es total spannend, was da so abgeht zwischen Himmel und Erde, in meiner wahr-Nehmung. Es ist so Toll und einmalig. Ohne spirituelle Lichter, aber im Sonnenschein auf einem Fahrrad, gestalten wir den nächsten Tag. Wir fahren mit dem Rad durch Peking und lernen in den alten Stadtvierteln Menschen kennen, die noch nicht mit dem westlichen Konsumvirus infiziert sind. Am geilsten finden wir in einem öffentlichen Park eine große Senioren Fitnessanlage. Da stehen Geräte in der Sonne, wie man sie bei uns nur im besten Fitnessstudio vorfindet. An jedem Gerät turnt eine ältere Person herum, die mindestens 80-100 Jahre alt ist. Wir sehen aber nirgendwo einen Gehstock, Rollator, oder Rollstuhl stehen. Die Alten sind alle fit wie ein Turnschuh. Genial finde ich das, einfach vorbildlich. Ein Turner winkt mir zu. Er war gestern Abend neben mir beim Thai CHI auf dem Marktplatz und hat mich wieder erkannt. Auf meine Frage, wie alt er ist, antwortet er:

„einhundertundsieben Jahre."
„Du bist aber nicht mit deiner Mutter, oder mit deinem Vater hier, oder doch?"
frage ich ihn in meinem Schulenglisch.
Er kugelt sich vor lachen, während er seine alten Beine in der Beinpresse trimmt und antwortet lustig und kichernd:
„Nein, die sind Zuhause und hüten meine 82 jährige, pupertierende Tochter."
Solche humorvollen Menschen mag ich. Mit denen kann ich stundenlang ohne Worte kommunizieren. Bei uns Zuhause haben die meisten Menschen einen Stock im Arsch und glauben, dieser ersetzt ihnen ein Rückgrat. Es gibt aber auch Ausnahmen wie meine Oma, die hat zwar keine eigenen Zähne mehr im Mund und auch keinen Stock im Arsch, dafür aber ein Rückgrat wie ein riesiger Dinosaurier.
Ruhe in Frieden liebe Oma, wir sehen uns in der geistigen Heimat wieder und umarmen uns.

der Tod hat dir deinen Körper
für eine zeitlang geliehen
du erfülltest unsere gemeinsamen Momente
vor der Ewigkeit
mit Leben und Liebe
wenn er nun deine Hülle zurückfordert
möge sie zerschlissen sein
deine Seele aber bleibt durch die Liebe
in Ewigkeit jung

Dieses Gedicht habe ich für Oma geschrieben.
An ihrem letzten Tag auf Erden, habe ich es ihr
vorgelesen und ihre Hand gehalten, als sie in die
geistige Heimat zurück gegangen ist. Ich werde
meine Oma in der geistigen Heimat gar wieder-
sehen und darauf freue ich mich schon sehr.
Bis dahin muss ich aber noch viel lernen in der
Schule des Lebens. Erst einmal versuche ich,
beruflich etwas kürzer zu treten und dafür mehr
für mich und meinen Körper da zu sein. Die VHS
in der Kreisstadt bietet einen Thai CHI Kurs an
und den buche ich umgehend. Die Lehrerin des
Kurses ist sehr speziell und gar nicht mit den
Chinesen in Peking zu vergleichen.
Thai CHI ist eine Frequenz, in der ich die Seele
in meiner Aura tänzeln sehe. So war es in Peking
und so ist es in der VHS absolut nicht. Die junge
Lehrerin hat eine Stimme wie Rod Stewart nach
einer durchzechten Nacht und leitet die Gruppe
an, als wenn sie Kühe auf die Alm treibt.
Nichts kann man ihr recht machen, sie ist nur
mies drauf. Nach der 4. Unterrichtsstunde ist für
mich Schicht im Schacht und ich werfe das
Handtuch. Im Internet rufe ich mir nun die besten
Thai CHI Meister auf und übe ganz allein vor
dem Fernseher. Das Unerwartete tritt wieder ein
und ich sehe die Laserstrahlen aus meinen Fingerspitzen heraus leuchten. Es ist erneut so
schön magisch und ich muss der Sache endlich
einmal auf den Grund gehen.

Ich erinnere mich daran, dass ich schon als kleines Kind in meinem Zimmer Lichter sehe und manchmal auch über den Köpfen der anderen Menschen um mich herum. Es kommt vor, daß da einfach fremde Leute in meinem Zimmer sitzen und mich ansehen. Sie sind immer so freundlich, friedlich und Angst habe ich nie. Manchmal spreche ich sie an und frage etwas. Sie sehen mich lächelnd an und ohne daß sie die Lippen bewegen, ist die Antwort in meinem Kopf. Das finde ich völlig normal und ist so in Ordnung. Einmal erzähle ich meiner Mutter aufgeregt davon und sie wiegelt alles ab: „erzähl keine Märchen ReNaTe, aber wenn du sie nochmal siehst, schick sie in die Küche zum Kartoffeln schälen."

Das war's. Der erzähle ich nichts mehr und behalte solche Dinge erstmal als mein Geheimnis für mich. Bis Opa sehr krank wird und aus dem Bett nicht mehr herauskommt. An einem Abend soll ich Opa seinen Tee ans Bett bringen. Ich betrete das Schlafzimmer und sehe eine alte, fremde Frau auf der Bettkante bei Opa sitzen. Sie hält seine Hände und streichelt diese. Den Tee stelle ich auf das Nachtschränkchen und setze mich auf die andere Seite des Bettes. Über Opa und der fremden Frau ist eine Wolke aus Licht, das sieht wunderschön aus.

„Wieso bist du hier bei Opa, wo kommst du her?" frage ich neugierig die alte, lächelnde Frau.

Ihre knitterigen, faltigen Augen sehen mich auf so wundersame Weise an und sie flüstert:

„Ich bin die Helga, Opas Schwester und deine Großtante. Dein Opa hat seine Aufgaben erledigt auf der Erde und ich hole ihn bald ab. Er freut sich schon sehr darauf, nun wieder mit seiner Familie, in der geistigen Heimat zusammen zu sein." Das verstehe ich nicht so ganz, finde es aber okay und gehe eilig zurück zu Oma und Mama in die Küche.

„Hast du Opa den Tee gebracht? Benötigt er sonst noch etwas?" fragt Oma.

„Ich glaube, er braucht nichts mehr, die Helga ist doch da und nimmt ihn mit nach Hause," antworte ich wichtigtuerisch. Oma und Mama klappen ihre Unterkiefer auf die Brust und Oma verliert fast ihr Gebiss dabei. Sie glotzen mich richtig blöd an und fragen zeitgleich:

„HELGA???"

„Ja, seine Schwester ist doch da, habt ihr sie nicht gesehen?" sage ich wichtigtuerisch.

Oma klammert sich an den Küchentisch und will einen Schnaps. Mama pult sich 3 Tranquilizer aus der Tasche ihrer Kittelschürze, holt die Schnapsflasche und spült ihre Pillen mit mit zwei Korn runter. Beide kriegen sich aber wieder ein, nehmen mich an die Hand und wir gehen zu dritt ins verdunkelte Schlafzimmer.

„Wo ist hier eine Helga?" fragt Mama und zeigt auf den friedlich daliegenden Opa.

„Die ist mit Opa schon weggefahren, ich sehe sie nicht mehr und Opa ist ja sowieso tot,"
sage ich überzeugt.

Mutter und Oma stürzen ans Bett und fangen laut an zu jammern und zu heulen. Beide sehen mich an, als wenn ich Schuld an Opas Tod bin und schicken mich aus dem Zimmer.

Draußen auf dem Flur treffe ich auf Tante Berta. „Opa ist tot, sage ich ihr. Die Helga hat ihn eben abgeholt und mitgenommen, jetzt heulen Oma und Mama ganz doll. Warum weiß ich nicht, Opa wollte doch mit der Helga nach Hause gehen."

"Die Helga kann nicht da gewesen sein," sagt Tante Berta. „Helga ist seine Schwester und seit über 30 Jahren tot."

„Dann eben nicht, frag doch Mama und Oma." sage ich und damit ist die Sache für mich erledigt. In meinem bisherigen, kurzen Leben wurde in der Familie nie eine Helga erwähnt und Oma und Mama können sich nicht erklären, warum ich sie an Opas Bett sehen kann. Das müssen sie sich auch nicht erklären können, für mich ist das völlig normal, real und total in Ordnung, jetzt und zukünftig solche Situationen zu erleben. Tante Helga ist ja nicht die erste Person, die nur ich ganz alleine Zuhause sehen kann.

In meinem Zimmer stehen ganz oft Menschen, die ich nicht kenne, die mir aber irgendwie nicht fremd sind. Manchmal sehen sie mich nur lächelnd an und sind dann wieder weg. Einige sehe ich etwas länger und dann weiß ich es einfach, was sie mir mitteilen möchten. Das ist so schön und ich freue mich immer, wenn mal wieder jemand kommt und mir Informationen zukommen lässt. Dadurch weiß ich oft Dinge, die passieren werden, welche die anderen in der Familie nicht wissen. Da ich nun meine Großtante Helga kennenlernen durfte, spreche ich sie auch direkt da Oben im Universum an und frage sie nach Sachen, die mich interessieren. So weiß ich nun, daß Opa wirklich wieder in der geistigen Heimat ist und es ihm gut geht. Seine Mutter hat ihn zusammen mit seinen Brüdern dort in Empfang genommen, nachdem Helga ihn zurückgebracht hat. Das ist doch schön für Opa, finde ich und wundere mich, dass Oma und die anderen darüber gar nichts wissen. So habe ich halt meine kleinen Geheimnisse und die bewahre ich sehr gut auf. In meinem Leben vergeht doch sowieso kein Tag, an dem ich nicht irgendwie den Draht spüre, der mich mit dem Ganzen da Oben verbindet. Das ist so schön.

Neben meiner täglichen, mich total ausfüllenden Arbeit in der Detektei wird es nun zu meiner Lieblings Beschäftigung, Infos über feinstoffliche Frequenzen zu lesen, sammeln, möglichst mit denselben zu arbeiten und diese natürlich auch möglichst intensiv zu spüren.

Neben Thai CHI mache ich Yoga, Quigong und meditiere morgens vor der Arbeit.

Spiritualität und alles, was damit zusammen-
hängt weckt mein großes Interesse.

Während einer Tiefen-Meditation nach einem
gestressten Arbeitstag mache ich oft mal eine
Geistreise. Die Erinnerung an unseren schönen
Bali Urlaub 1986 läuft jetzt gerade wie ein Film
vor meinem inneren Auge ab.

Urlaub ist angesagt! Unseren 15. Hochzeitstag
werden wir auf der Insel der Götter verbringen.
BALI und seine geschätzten 20000 Tempel.
Diese nennt man Pura.

Wir buchen zwei Wochen Rundreise und danach
ist relaxen angesagt. Yoga am Strand, in der
aufgehenden und in der untergehenden Sonne.
Vulkane, Reisterrassen, freche Affen und auf
weise Gurus treffen. Alles ist drin. Muß sein.

Auf der Rundreise machen wir eine Wanderung
im Hochland von Munduk. Besuchen die
Reisterrassen von Tegalalang, den heiligen
Wassertempel in Tampaksiring, Sangsit, Lovina,
die Tempelanlage Gunung Kawi mit dem
Königsgrab und weitere Sehenswürdigkeiten.

Die Relaxwoche läutet Zank mit einer ziemlich
gefährlichen Rafting Tour ein, an der ich nicht
teilnehmen möchte. Abenteuer Urlaub steht nicht
auf meiner Liste. Ich werde stattdessen am
Wasser meditieren und mit den Göttern der Insel
kommunizieren, wenn sie mir zuhören möchten.
Mein Ehemann verzieht sich mit Sturzhelm und
Schwimmweste aufs tobende Wasser.

Ich ziehe meine saubequeme Urlaubs Latzhose an, um mir ein lauschiges, sonniges Plätzchen am rauschenden Meeresufer zu suchen.
Einen Schritt setze ich in Zeitlupe vor den Anderen und möchte einfach mal einfach nur einfach `SEIN.` Etwas weckt plötzlich mein Interesse. Am Strand in der warmen Sonne sitzt ein uralter Mann. Er trägt nur einen kurzen, knappen Lendenschurz und hat sich in seine meterlangen, hellbraunen Haare eingewickelt. Im Yogasitz, mit Mudrahaltung, sitzt er vor sich hinsummend da und ich bin hin und weg. In seiner rechten Hand hält er einen kleinen, wunderschönen Kristall. „Was machst du da?" frage ich ihn und er deutet mir mit seinen Augen an, dass ich mich setzten darf. Nichts lieber als das. Ich sinke tief in die warmen, kleinen Kieselsteine. Auf Knien sitze ich nun neben dem hageren, braunäugigen, alten und doch wahnsinnig anziehenden Mann. Er schaut mir tief in die Pupillen. Einige intensive Sekunden lang, verschmelzen wir zu einer Person. Durch meinen Körper fahren in diesem Moment 100000 Volt. Seine freie Hand, legt meine Hand auf den Kristall und er legt seine zweite Hand darüber. Mein Körper wird von einem megageilen Licht-Orgasmus auf allen Ebenen getroffen. Ich kann mich nicht vom Antlitz des lächelnden Mannes trennen.
„Was ist das? Was passiert da gerade? Wo bin ich? Was wird das?"

Der alte Weise spricht zu mir in einer Sprache, die ich mit den Ohren nicht hören, aber mit der Seele empfangen kann. Wie bei Tante Helga, kommt es mir in den Sinn. Ich fühle ………
„Du bist jetzt in Sekunde NULL, am Anfang vom Anfang, wo alles heil ist. Diese Schwingung kannst du dir aufrufen und dich darin einbetten. In diese Frequenz kannst du alle Dinge einbetten, die du heilen, reparieren, oder positiv verändern möchtest."
Ich möchte das natürlich lernen und komme für den Rest des Urlaubs täglich an diese Stelle zum Ufer. Der alte Mann erwartet mich immer und weist mich in Techniken ein, von denen ich niemals gewußt, noch geglaubt habe, dass es sie gibt. Am Ende des Urlaubs bedanke ich mich bei ihm und möchte mich für seine wunderbare Einweisung erkenntlich zeigen. Das möchte er nicht. Er schaut mir wieder gaaaaaaanz tief und lange in meine Pupillen, hält meine Hände in seinen Händen und ohne Worte verstehe ich:
„Wir beide sind gemeinsam Arm in Arm durch Welten gegangen und haben uns hier wieder getroffen. Alles war schon tief in dir verankert, nun ist es aktiviert und du kannst es für deine Erdenzeit für DICH, für ALLE und für ALLES zum Besten nutzen. Du warst und bist bereits ALLES, was du sein möchtest."
Ich breche in Tränen aus und will den weisen alten Mann umarmen. In diesem Moment sehe

ich ihn im hellen Licht neben mir nur noch fluoreszierend. Nach und nach löst sich sein Körper langsam auf. An der Stelle, wo er täglich saß, liegt nur noch der kleine Kristall im hellen Sonnenschein und den hebe ich nun voller Ehrfurcht auf. Das wird mir niemals im Leben jemand glauben, aber das ist mir egal. Diese Geschichte muss ich ja nicht unbedingt meiner Mutter erzählen. Menschen, die ebenso feinstofflich arbeiten wie ich, werden es verstehen. Eine Weile bleibe ich am Ufer sitzen und bin Eins mit dem Kristall, dem Meer und der Luft, die ich bewußt einatme. Zank nähert sich dem Ufer, um mich abzuholen und fragt nach dem Greis.

„Der Unterricht ist beendet, der Greis ist nach Hause gegangen," sage ich zu ihm.

„Wir werden aber auch in Zukunft in Verbindung bleiben, er hat mir seinen Kristall geschenkt. Alles Weitere behalte ich vorerst für mich. Zank würde nicht verstehen, wenn ich ihm diese Worte mitteilen würde:

„Das Universum sendet mir Wissen, Weisheit und Inspiration direkt von der Quelle und in meinem Gehirn empfange ich all das, wenn ich mich darauf einlasse."

Darauf käme bestimmt die Antwort postwendend: „frag doch mal an, ob die ein wenig Intelligenz mitsenden können. Dann kannst du dich selbst befragen, ob du das glaubst, was du da sagst."

Jawoll! Ich, die durchgeknallte ReNaTe glaube das und halte jetzt erstmal meine Fresse.

Urlaub beendet. Wir fliegen zurück in unser Nest und breiten wieder über ungelegte Eier unsere zerschlissene Harmoniedecke aus. Der Alltag kriegt uns wieder ein, es wird wieder exzessiv eruiert, nicht gekocht, aber extrem viel gezankt. Es hat sich aber etwas in mir verändert. Die gewohnte Lebensweise alleine füllt mich nicht mehr aus und ich bin auf der Suche nach spirituellen Herausforderungen. Natürlich leidet meine berufliche Arbeit nicht darunter. Alles läuft in geordneten Bahnen ab und wird in trockene, saubere Tücher gebettet.

Auf der Suche nach spirituellen Themen, Veranstaltungen und Seminaren, finde ich im Programm der VHS ein Wochenendseminar nur für Frauen. Ein wenig skeptisch bin ich schon, nach der Pleite mit dem Tai CHI Kurs. Allerdings klingt es sehr verlockend, einmal ein ganzes Wochenende nur mit Frauen, ohne Dreibeiner zu verbringen. Yoga, Meditation, Themen aus dem Ayurveda, gegenseitige Gesichtsmassagen und Wellness Anwendungen machen. Das ist es. Klingt doch gut und vielversprechend

Gelesen, gebucht und begeistert.

Neugierig reise ich an. Oder besser gesagt, ich werde angereist. Zank ist etwas mißtrauisch und will mich hinfahren. Sauer ist er auch, weil er nun ein ganzes Wochenende für sein leibliches Wohl selbst sorgen muss. Falls er unter der Hand Theresia von meinem Seminar erzählt, darf er mit Sicherheit bei ihr einchecken und bekommt seine geliebte Vollpension.

Zank fährt mich also an einem regnerischen, Freitagabend um halb Sieben zum Treffpunkt. Vor dem Objekt stehen bereits 8 Frauen klönend beisammen. Etwas entfernt stehen 8 Männer und unterhalten sich schweigend. Zank bekommt ein Küsschen und ich reihe mich gerne bei den netten Klönschnakerinnen ein. Die stille Männergruppe nimmt eine weitere Person auf und bleibt erst einmal still grinsend im Abseits stehen.

Die Seminar Leiterin trifft pünktlich ein, begrüßt uns nacheinander und wir folgen ihr mit unseren Decken, Kissen und Thermosflaschen mit Tee zum Eingang. Aus der Männergruppe fliegen hämische Bemerkungen in unsere Richtung, wie: „Na denn viel Spaß!! Komm hetero zurück, Baby! Fall nicht ins Koma beim meditieren!"

Fast zeitgleich heben 8 Frauen den Mittelfinger in Richtung der Stänkerer und sind froh, dass sich die Tür von Innen schließen lässt.

Der beste Beweis dafür, daß es im Weltall intelligentes Leben gibt, ist der, daß noch niemand versucht hat, mit dieser Männergruppe Kontakt aufzunehmen. Es erwartet uns ein wirklich tolles Wochenende. Wir können einmal Abstand nehmen vom Materiellem, von dogmatischen Dingen und von Menschen, die einengen.

Mega interessante Gespräche zwischen den Anwendungen und der Austausch mit Gleichgesinnten ist einfach nur schön. Jede der 8 Teilnehmerinnen hat individuelle Erfahrungen im esoterischen, spirituellen Bereich und es folgt ein begeisterter Austausch. Engelseminare, Reiki, Pendeln, Nummerologie, Jenseitskontakte, Deeksha und vieles mehr wird angesprochen. Ich sondiere natürlich alles und weil ich Ozeane entdecken möchte, kann ich nicht am Küstenufer sitzenbleiben. Erstmal alles sacken lassen und bloß keinen Plan machen. Nicht vergessen zu atmen, Urvertrauen haben, loslassen und voll Neugier schauen, was passiert. Mache ich mal: Reiki findet mein besonderes Interesse und ich erkundige mich nach einem Kurs in meiner Nähe. Meine Hoffnung besteht darin, beim Reiki etwas über den Laserstrahl zu erfahren, der mich weiterhin beim Thai CHI begleitet.
Das kann ich allerdings vergessen.
Ich belege den Reiki Grad 1 Kursus und lerne bei einem weiß gekleideten, rothaarigen Frollein die Grundkenntnisse des westlichen Reiki in Theorie und Praxis. Wesentlich teurer wird der 2. Grad des Reiki bei einem dicken, selbsternannten, aufgestiegenen Meister. Der Göttliche schwebt während des 2 tägigen Kurses, mindestens 30 cm über dem dreckigen Velour-Teppichboden und will mit `großer Meister' angebetet werden.

Das geht bei mir absolut nicht, darum halte ich
ihm einen handgeschriebenen Zettel vor seine
Augen, auf dem steht:
„Hab starke Angina, sehr ansteckend, bin ohne
Stimme, halte Abstand."
Er zieht die Augenbrauen nach oben und ich
sehe, dass seine Augen keine Pupillen, sondern
stattdessen Dollarzeichen haben. Unsere Egos
treffen aufeinander und beginnen zu kämpfen.
Dieser Kampf endet unentschieden. Stumm
nehme ich am Seminar teil und bin danach
durchaus in der Lage, Zank nicht nur mental,
sondern auch aus der Ferne zu behandeln.
Das interessanteste am Kurs war folgendes
Gebot des großen, schwebenden Meisters:
„Vor einer Behandlung mit Reiki musst du dich
im Universum anmelden und nach der erfolgreichen Reiki Behandlung musst du dich unbedingt
im Universum wieder abmelden. Wenn du das
vergisst, kann die Person, die du behandelt hast,
alle deine Emotionen und Handlungen spüren."
`Was für eine Scheisse ist das denn?' geht es
mir nicht aus dem Sinn. Ich behandele also die
Theresia mit Reiki, weil sie Schmerzen hat. Dann
vergesse ich mich nach der Behandlung abzu-
melden und die Alte bekommt dann abends mit,
wenn ich mit Zank in die Kiste springe?
Das ist doch wohl Bullshit. Ich überdenke noch
einmal, ob Reiki wirklich das Richtige für mich
ist. Halbe Sachen liegen mir aber nicht und ich

werde in einem ziemlich teuren Seminar zur Meisterin des Reiki geweiht. Einige Monate später absolviere ich den Reiki Lehrer für richtig viel Geld und stelle fest, dass dieses Reiki wirklich nichts für mich ist. Die Seminar Unterlagen werden geschreddert und Westliches Reiki wird als „nicht für mich geeignet, nicht anwendbar," abgehakt. Mein Bedarf an Reiki ist vorerst gedeckt und ich glaube nun wirklich, daß diese Form der energetischen Arbeit absolut nichts für mich und meine Vorstellung von Heilarbeit ist. Als Ausgleich zu meiner intensiven, detektivischen Spürnasen Arbeit gehe ich nun einmal in ein relaxtes, geruhsames Engelseminar. Himmlische Klänge erwarten die eintretenden Teilnehmerinnen. Aus einem alten Radio mit CD-Player, erklingt einlullend und ununterbrochen zusätzlich: Amen, Amen, Amen.

Es kommen wieder nur Frauen zu diesem Wochenend. Haben Männer keinen Bock auf einen heißen Draht nach ganz Oben? Den brauchen Männer wohl nicht, denn sie haben ja eine mehr oder weniger starke Antenne, die in die horizontale Richtung, Signale williger Engel aufspürt. Es ist auch wesentlich ent-spannter ohne Dreibeiner hier und ich erblicke in den ankommenden Frauen, mindestens 2 bekannte Teilnehmerinnen aus dem Frauen-Seminar. Dicke Umarmung, viele offene Fragen, interessante Antworten und zwischendurch hören wir, was uns die Engel so mitteilen möchten. Da kommt so einiges rüber und in der kommenden Nacht kann ich nicht schlafen, weil ich dieses Gedicht schreibe:

sieben Strahlen der Liebe ummanteln mein Herz
ihre Wärme löscht Kummer und Schmerz

Uriels Mitgefühl radiert mein Herzeleid aus
Chamuels Anbetung löscht meine
Selbstverachtung aus
Zadkiels Reinigung läßt mich
mein ICH neu spüren
Raphaels Heilung wird meine Kräfte aktivieren
Gabriels Harmonie bringt mir
Gelassenheit und Glück
mit Jophiels Erleuchtung ich
mein Kronenchakra schmück
Michaels Schutz hüllt alles ein
wie kann ich glücklich ohne diese Strahlen sein-
sie wärmen und erhellen mein ICH
in ihrem Glanze finde ich MICH

***** Amen*****

Da habe ich mal wieder viel gelernt an diesem Wochenende. Gereinigt, gestärkt und geladen mit himmlischer Energie, geht meine Tätigkeit am Schreibtisch nun wieder flott von der Hand.

Einige spirituelle Reiki Techniken habe ich nun doch beibehalten. Sie erleichtern mir die Arbeit im Büro. So habe ich oben auf den Telefonhörer das Reiki Symbol für Fernheilung gepinselt. Auf die untere Seite des Hörers male ich ein Reiki Wunschsymbol, das Dai Ko Ku.

Bevor ich nun eine Nummer wähle, wünsche ich mir bereits den Teilnehmer am anderen Ende und dazu seine Auskunftsbereitschaft. Es klappt immer öfter, dass mein Wunschpartner am anderen Ende gesprächig ist. Ein bisschen Reiki darf es also schon sein im Alltagstrott. Spirituelle Wunscherfüllung fließt in meinen Tagesablauf hinein. Die Parkplatzsuche gelingt immer. Ebenso gut funktioniert es, sich eine grüne Welle zu wünschen. Die Ampeln schalten auf grün, wenn ich gelassen ein Mantra singe und einfach zulasse, dass es passiert. Bei meiner Recherche Tätigkeit kommen jetzt auch meine Laserstrahlen aus den Fingern zum Einsatz. Wenn ich mich auf etwas stark konzentrieren muss, halte ich die Fingerspitzen 10 cm entfernt, seitlich an meine Schläfen. Es ist fantastisch, wie aus einem Radio empfange ich die nötigen Inputs. Meine Aufklärungsquote verbessert sich noch mehr und ich überlege, weitere, fähige Mitarbeiterinnen einzustellen. Die Auftraggeber sind begeistert, empfehlen mich weiter und ich versinke in einem 16 Stunden Tag im Büro.

Da kommt mir eine richtig coole Idee.

Sohn Gawain hat seine Ausbildung zum kaufmännischen Angestellten beendet und möchte nicht in der Lehrfirma bleiben. Er hat meine Gene, ist schlagfertig und kann gut kommunizieren. Nach einem Aufklärungsgespräch über die zu erwartende Tätigkeit, ist er bereit eine kurze Probezeit zu absolvieren und findet totalen Gefallen an dem Job. Gawain wird angestellt, ausgebildet und erweist sich meiner als wirklich ebenbürtig. Mit seinem jugendlichen Elan, seiner sonoren, kräftigen und ausdrucksstarken Stimme, knackt er ebenso wie ich die schwierigsten Schuldner. Es läuft gut und ich stelle eine weitere Schreibkraft ein, so dass ich mich mit Gawain voll auf die Tätigkeit der Recherchen konzentrieren kann. Im Hinterstübchen keimt bei mir natürlich schon der Gedanke, viele weitere, esoterische und spirituelle Methoden unter die Lupe zu nehmen. Diese möchte ich dann natürlich in meiner kargen Freizeit an mir, Zank und weiteren freiwilligen Probanden erproben. Mein Kristall aus Bali steckt tagsüber in meinem zu engen Büstenhalter und des nachts benutze ich ihn schon mal als Zäpfchen, um aufzutanken.

Ich spüre ganz tief in mir:
Die Wirklichkeit ist nicht so oder so, sondern die Wirklichkeit ist UND oder SO

An diesem Morgen will ich gerade in einen hinterlistigen Autodiebstahl etwas Licht zur Aufklärung bringen, als es auf meinem privaten Telefon klingelt. So etwas mag ich während der Arbeitszeit überhaupt nicht und melde mich auch übelst gelaunt mit:

„wer stört???"

„Ohje, Mary hier, du kennst mich vom Engel-Seminar. Soll ich später nochmal anrufen?" tönt eine zarte, ängstliche Stimme aus dem vibrierenden Hörer.

„Am liebsten gar nicht!" denke ich und sage: „Nö, ist schon recht, was gibt es, halte dich kurz, ich arbeite gerade an einem schwierigen Fall."

Mary erzählt mir nun von einem kommenden Reiki Seminar, demnächst in Pinneberg.

„Das wird der Burner," sagt sie. „Da musst du unbedingt dran teilnehmen."

„Reiki ist nichts für mich, da bin ich mit fertig," antworte ich gelangweilt und leicht genervt.

Mary erwidert nun etwas klugscheisserisch:

„Es ist diesmal aber etwas ganz Spezielles, kein westliches Reiki, sondern Original Japanische Reiki-Techniken. Original so wie Usui Sensei in Japan wahrhaftig gearbeitet hat, ohne es zu verwässern, für den westlichen Gaumen. Alles authentisch, ohne Schnörkel und mit den Zeichen, mit denen Usui gearbeitet hat."

Mein Interesse ist nun doch geweckt. Da ich einer Sache immer auf den Grund gehen muss und an der Quelle schöpfe, werde ich diesen Kursus besuchen. Hinterher werde ich darüber entscheiden, ob er etwas für mich ist, oder nicht. Meine eigene wahr-Nehmung hat immer oberste Priorität. Wie andere etwas bewerten, ist mir total egal. Jeder hat halt eine eigene wahr-Nehmung und es gibt keine Wahrheit. Opa Einstein hat schon damals recht damit gehabt, zu sagen: `ALLES ist relativ.` Das stimmt genau. Wenn ich mein Auto kaputt fahre und der Schrotthaufen steht vor der Werkstatt, ist es einfach nur ein Schrotthaufen. Meine Wahrnehmung ist dann: `Oh mein Gott, mein schönes Auto ist kaputt, wie furchtbar, ich bin so traurig.´

Der Mechaniker schaut auf denselben Schrott-haufen und denkt: `Wunderbar, dieses kaputte Auto. Ich repariere es und kann meine Miete am ersten davon zahlen.´ Das sind 2 Meinungen zum gleichen Objekt. Jeder hat also recht in seiner individuellen wahr-Nehmung.

Mary erzählt noch ein wenig über das Seminar und weckt mein Interesse. Die Buchung erfolgt umgehend und Mary ist begeistert, dass wir dann zusammen dorthin fahren werden.

Da das Seminar wie immer am Wochenende und diesmal bei ca. 30 Grad Außentemperatur statt-findet, versorge ich Zank mit 4 riesigen Eisrollen von der Sorte, Vanille-Schoko-Erdbeer.

Wenn er die im Eisfach vorfindet, vermisst er mich nicht. Zank ist versorgt, Gawain hat sich eine Verlobte fürs Grobe zugelegt und kann ebenfalls überleben. Ich begebe mich voller Erwartung ins Seminar der Original Japanischen Reiki-Techniken des Usui Sensei.

Der Reiki Lehrer und Seminar Leiter hat eine längere Zeit in Japan gelebt und begrüßt jede der 22 Frauen und die 2 auf verlorenem Posten stehenden Männer mit:

„Konischiwa, ich bin der Reiki Falko."

„Moin, ich bin die ReNaTe, aus der näheren und oder weiter entfernten Umgebung, je nach Wahrnehmung," stelle ich mich vor.

„Oh wie schön, sagt Reiki Falko. Der Name ReNaTe bedeutet doch: die Wiedergeborene, weißt du das schon?"

„Nö, bisher fand ich den Namen ziemlich doof," antworte ich. „Aus dieser neuen Sichtweise heraus, hört er sich aber wunderbar an."

Alle Teilnehmer stellen sich vor und das Wochenende wir ein originaler Knaller. Mir wird wieder einmal bewusst, daß an der Quelle das sauberste Wasser fließt. Dem westlichen Reiki fehlt die Essenz, darum finde ich da keine innere Befriedigung. Das westliche Reiki lösche ich nun endgültig aus meinen Gehirnwindungen und speichere die neuen Techniken ab. Mit den Infos der direkten Lehre des Usui Sensei, kann ich begeistert und erfolgreich an meinen und an den

Versehrtheiten meiner Familie arbeiten. Nach dem Seminar erwartet mich Zank mit einem schmerzverzerrten Gesicht. Er ist im Garten von der Leiter gefallen und hat Rücken. Meine Hände spielen ein Konzert der originalen japanischen Reiki Techniken auf seinem Rücken und unter diesem schläft er dann auch sanft ein, nicht ohne laut zu schnarchen. Am nächsten Morgen beim Frühstück sagt er zu mir:

„Nun ist aber bestimmt mal Schluss mit dem ganzen Firlefanz, oder?"

„Hast du noch Rückenschmerzen?" frage ich neugierig über den Tisch hinweg.

„Komisch! Nein! War wohl doch nicht so schlimm, der Fall von der Leiter. Das wäre aber auch ohne deine Hände heute Morgen besser," meint Zank lakonisch.

„Jetzt hast du doch soviel gelernt, lass doch mal genug sein," flüstert er noch in die Kaffeetasse.

„Bei mir ist aber erst genug, wenn ich GENUG sage," verteidige ich schon mal im Vorfeld meine weiteren Vorhaben.

Im Seminar habe ich nämlich erfahren, daß der Reiki Falko darüber nachdenkt, ein Seminar in Japan zu organisieren. Meine Daten habe ich ihm zusammen mit meiner Voranmeldung bereits ausgehändigt. Nach Japan will ich auf jeden Fall. Mary ist auch stark interessiert und hat sich ebenfalls angemeldet. Jetzt warten wir auf einen geeigneten Termin, um nach Tokio zu fliegen und von dort aus mit dem Shinkansen in Richtung Kyoto zu düsen. Da müssen wir unbedingt hin, um vor Ort die Originalen Reiki Techniken zu erlernen und zu erleben. Nun heißt es einmal Abwarten und Zulassen, daß es passiert. Gawain arbeitet im Büro bei mir und Zank hat zwischenzeitlich auf eine große Raffinerie gewechselt. Die beiden sind voll ausgelastet und können sich nach Feierabend gegenseitig betreuen. Einer Auszeit steht also nichts und niemand im Wege. Mir wird ein Termin für Japan mitgeteilt, dem ich sofort zustimme.

Hurra!!!! Ja!!!! Ich werde im Oktober reisen und meinen Geburtstag auf dem Kurama verbringen, wie geil ist das denn. Auf gehts in die akuten Vorbereitungen und dann gehts wahrhaftig los. Ich fliege endlich nach JAPAN!!!!!!!!

Der Tag der Abreise steht im Raum und bittet um Aufmerksamkeit. Es ist gerade mal kurz vor 3 Uhr morgens. Voller Erwartung stehe ich auf, hole mein Mikado Spiel aus dem Schrank und übe bis 5:14 Uhr, mein Marmeladenbrötchen mit den Stäbchen zu verspeisen. Bevor mich die Verzweiflung packt, koche ich schnell ein paar Spaghetti und spiele damit bis 6:03 Uhr Mikado für total Durchgeknallte. Das habe ich drauf. Jetzt aber schnell ab in die Maske, um nicht wie ein ungemachtes Bett aus dem Haus zu gehen. Vor lauter Aufregung verwechsle ich die Hälften meiner oberen und unteren Zahnprothesen.

Aus dem Spiegel schaut mir nun der Glöckner von Notre Dame im Reise-Trenchcoat entgegen. Hunde und Katze schnuddeln mir schnell noch den Hals sauber. Mein Zank steht bereits mit dem Kombi im Wohnzimmer, um meinen Überseekoffer und die 15 Plastiktüten des Handgepäcks zu verstauen. Ich klemme mir meinen Reisepaß zwischen die Arschbacken, damit ich ihn nicht wieder vergesse. Der inzwischen total von mir genervte Zank, befestigt mich nun auf einem Skatebord, hinten am Abschleppseil seines getunten Kombis. Er genießt auf diese spezielle Weise gerne die geruhsamen, stillen Autofahrten, während ich meine Fingernägel mal nicht kaue, sondern auf dem Asphalt während der Fahrt schleifen kann. Kurz vor halb 7 Uhr kommen wir bei Gitta in Heimfeld an. Gitta hat sich schon im Seminar an mich geschleimt und um Abholung gebeten, falls wir wirklich nach Japan fliegen. Ich tune kurz noch einmal meine Windstoß Frisur neu und rufe dann Gittas Nachbarn an, damit diese ihre unbeliebte Nachbarin noch glücklich verabschieden können. Gitta kommt auf allen Vieren, im Geleitzug ihrer Nachbarn an unser Auto und brüllt Zank an. Der trägt seinen Scheitel auf der rechten Seite und Gitta wird auf keinen Fall mit Rechten in einem Auto fahren. Grantig brummend öffnet Zank seine Geldbörse und teilt seine geringe Habe an Taschengeld, die ich ihm zugeteilt habe mit allen

Nachbarn. Er hetzt auf diese Weise, seinen sozialen Schweinehund auf die Meute und Gitta ist zufrieden gestellt. Unter Gittas wohlwollenem Blick, verstaut Zank ihren Koffer neben mir auf dem Skatebord. Gitta belegt derweil die große Rückbank des Kombi, um dort noch einmal bis zum Flughafen Hamburg, Restschlaf unter ihrer Schlafbrille abzulassen. Endlich am Flughafen angekommen, fahren wir wie schon oft zuvor, erstmal 2 Stunden im Kreis herum. Mir schwant es, daß eventuell Angestellte des Flughafens das verwirrende Schilder-Szenarium gepflanzt haben. Sie umgehen damit Streiks betreffs einer Lohnerhöhung und hoffen, dass die Fluggäste entweder wieder nach Hause fahren, oder in die Elbe springen, um einen Suizid zu begehen. Die Abflughalle gähnt uns entsprechend leer entge-gen. Selbst Mary, die direkt am Flughafenzaun in einem Einmannzelt mit Mann und 5 Katzen lebt, ist noch nicht eingetroffen. Ich gebe Zank einen Kinnhaken, so daß er sich längsseits auf den Boden legt und packe ihm Gitta auf den Bauch. Diese soll ihm bis zum Abflug eine intensive Kinesiologische Behandlung, seiner vor Schreck heraushängenden Zunge geben. Sodann krall ich mir einen blond gelockten Kofferboy, dem ich eine Frikadelle ans Ohr sülze. Auf gut Deutsch gesagt, nerve ich ihn, indem ich mich auf ihn setze. Er darf mir beim Mantra singen zuhören. Zusätzlich soll er meine Hand halten und mich unterstützen, damit ich noch mal eben auf die Schnelle meine Fußnägel schneiden und grün gestreift lackieren kann. Das Warten auf Mary verkürzen wir uns derweil damit, daß wir alle Fluggäste zu einer Polonaise auffordern. In einer Schlange aus hunderten Fluggästen, hüpfen wir laut gröhlend durch die Abflughalle.

Plötzlich ertönt ein Aufruf:

`Die tänzerischen Aktivitäten sind unverzüglich einzustellen. Bei Missachtung wird man den Querulanten eine weiße Jacke anziehen, deren Ärmel vorne geschlossen sind.'

Spaßbremsen sind total blöde.

In diesem Moment trifft die Lichtgestalt Mary ein. Um den Hals hat Mary zwei ihrer Katzen als Halstuch gewickelt, um sie im Flieger nach Japan zu schmuggeln. Eine weitere Katze hat sie durch die Gürtelschlaufen ihrer Jeans gezogen und die vierte dient auf ihrem schmächtigen Kreuz als Rucksack. Die Katze Nr. 5, bleibt aber zuhause bei ihrem Mann Bertold.

„Karamba, mir kocht der Blut," brüllt Mary und gießt sich den Inhalt einer Cola-Flasche über den erhitzen Oberkörper. Da ich seit Stunden auf Koffeinentzug bin, schlecke ich Mary erstmal ab und fange mir dabei von dem Fellschal eine schmerzende Ohrfeige ein. Wir schleusen unser Gepäck durch die Kontrollen und wundern uns sehr, daß niemand Gittas 72 teiliges Harakiri Besteck bemerkt, welches sie sich in die

Stützstrümpfe genäht hat. Mein Gepäck wird mit seinen 18 Kilo Übergewicht problemlos einge-checkt. Zank hat nämlich die Bodenstewardess mit seinem gebräunten Royblack-Doubleface total eingewickelt.

„Ganz in Weiß!!!" singend, streichelt er ihr auch noch ein Autogramm auf den Dollybuster-Busen Verschnitt. Grinsend schmiere ich ihm einen Popel auf die Stirn, woraufhin die ChiChi sofort das Interesse an ihm verliert. Endlich verziehen wir uns in Richtung unseres Gate und überlassen Zank einer 80 jährigen Liftingnase. Die Schöne ist auf der Suche nach einem Begleiter für die Tour:´Hamburg bei Nacht und Nebel`. Nach unserer Rückkehr werden wir erfahren, daß der Ärmste sich 11 Tage nicht aus ihren Klauen befreien kann und den Rest seiner Tage als Eremit auf dem Hamburger Michel verbringen will. Wir starten und landen zu einer Zwischen-landung in Amsterdam... wieder mal Regen. Wir haben ja unser 5 Wetter Spray drauf, uns kann so leicht nix schocken. Zu allererst suchen wir das Klo auf und stecken den Mittelfinger in den Rachen. Das geschieht, um das ekelhafte, Sodbrennen auslösende Brötchen auszukotzen, welches uns KLM während des Fluges lieblos serviert hat. Nach dem Menü rate ich jedem Fluggast, sich mittig im Flieger zu platzieren. Sollte das Flugzeug abstürzen, rollt der kleine Imbisswagen ohne Halt an einem vorbei und solch Futter bleibt einem hoffentlich erspart.

Der Amsterdamer Flughafen wird erstmal von unserem Trio inspiziert. Auf der Suche nach einem Lippenstift der Marke Schisseide, steht urplötzlich eine Lichtgestalt, mit Cowboyhut und 95 cm langen, mittelbraunen, spiralförmigen, hübschen Locken vor uns.

„Seid ihr die Hamburger Fischköpfe?" fragt der sinnlich, erotische Mund unter dem Hut und stellt sich als „Inri," oder so ähnlich vor.

Dieser coole Inri hat seine Jünger im Biergarten geparkt, wo auch zwischenzeitlich Falko, der Meister des wahren Reiki eintrifft. Falko schreibt wunderschöne Reikibücher, für die er von westlichen Meistern schon mal an den Reiki Pranger gestellt, geteert und belehrt wird. Das wird ihn aber nicht abschrecken, Reiki Unwahrheiten aufzudecken und darüber zu berichten. Er schreibt auch sehr gute Bücher über Reiki Techniken und hält sich dabei an Fakten. Der Lesende spürt, daß Reiki Falko Reiki lebt und lehrt, ohne dabei den aufgestiegenen Meister rauszukehren.

Reiki Falko hat Reiki in jeder Körperzelle als Implantat. Er wohnt in einer eigenen Hängematte, mitten in den Flughäfen, zusammen mit seiner Muse, einer griechischen Göttin und einem kleinen Engel. Wer so wohnt, spart immer die Anfahrtszeit zum Flughafen und kann länger in der Hängematte mit dem kleinen Engel spielen.

Wir gehen nun mit Inri in die Bierhöhle und lösen die 17 anderen Lichtgestalten mittels Energiesteinchen an der Theke aus. Diese gläsernen, energetisierten Steinchen, trage ich seit dem Bali Urlaub immer mit mir herum und verschenke sie an Menschen, die sie möchten und an die, die sie nicht möchten, besonders gerne.

Inri und seine Muse Doris, breiten einen Rasenteppich in der Größe eines Fußballfeldes aus. Auf diesem veranstalten wir ein Begrüßungs sit-in. Dieses Ritual ist so dermaßen energiegeladen, daß alle anderen Fluggäste auf Stelzen durch den Flughafen gehen müssen, weil der Boden unter ihren Füßen kocht. Wir sitzen, meditieren und klugscheissen stundenlang, dann verpassen wir unser Flugzeug nach Tokio.

Null Problemo, denn Inri beamt uns nun alle nacheinander auf unsere gebuchten Sitzplätze in den Flieger. Doris hat dort ihren Auftritt. Sie steckt uns allen einen Hanf-Schnuller aus dem Amsterdamer Coffeeshop in den Mund. Dann trällert sie uns inbrünstig mit einer Arie aus `Mama Muh` in den Schlaf.

Nachdem nun alle schlafen, verzieht sich Inri mit Doris ins Cockpit und lehrt dem Piloten und der Restcrew Tantra-Reiki. Die praktischen Übungen des Beischlafs werden gleich vollzogen. Da der Pilot mit der Chef Stewardess ebenfalls Tantra übt, gibt der Co-Pilot durch:

„bitte anschnallen, wir durchfliegen in Kürze erhebliche Turbulenzen."

Nach ein paar Stunden erwachen die ersten Fluggäste aus ihrem Tiefschlaf, schreien vor Hunger, Durst und Langeweile. Reiki Falko schnappt sich die Hypochonder und legt diese, an einem Hanf-Riegel intubiert in die Toiletten. Gitta stellt sich vor den Ausgang und droht mit Rausschmiß, wenn nicht sofort Ruhe einkehrt. Norman, der taffe Fusspflege Guru aus Berlin, zieht den cholerischen, Männern bei vollem Bewußtsein die Fußnägel. Werner kümmert sich liebevoll um Marys kackenden Katzengürtel. Rüdiger, alias Jo, verteilt Herzschritt regulierende Softpornos an männliche Senioren. Jakob becirct die Chefstewardess und massiert ihr die Zirbeldrüse. Jasmin belegt einen Fäkalien-Sprachkurs bei Renate und Mary steckt dem müden Reiki Falko Holzstäbchen zwischen die Augenlider, damit er Inri und Doris beim Tantra Reiki besser zusehen und die Technik lernen kann.

Ulrike holt ihren persönlichen Rüdi Nehberg aus dem Rucksack. Dort hält er sich seit ihrem letzten gemeinsamen Brasilienaufenthalt versteckt. Sie futtert Engerlinge mit Rüdi und pult ihm zum Nachtisch ein paar Flöhe aus seinem öligen, vernarbten Zickzack Scheitel.

Mit verbissener Miene, zieht sich Anna zwei der Sauerstoffmasken über ihre Ohren. Durch das penetrante Genörgel der Passagiere läuft gerade ihr Gleichgewichtsorgan voll aus dem Ruder.

Nur Anja hat eine Aufgabe gefunden und surft im Waschbecken des Herrenklos herum, um nicht aus der Übung zu kommen. Sie ist im irdischen Leben Surflehrerin auf Gran Canaria.

Brigitta liest in der Tageszeitung Tokyo' Shimbun, die Stellenanzeigen. Sie ist auf der Suche nach einer Anstellung in Tokio als Hausdame. Das bitte möglichst bei einem Bungeespringer, dem sie das Seil durchschneiden will, um ihre vielen, heftigen Agressionen zu tunen.

Nur Alina ist total relaxt, sie raucht heimlich unter ihrem Sitz eine Tüte, die sie seit Australien im Gepäck hat. Der Altenpfleger Marko, sieht aus wie Robin Hood. Er verteilt seine gesamte Habe an minderbemittelte Fluggäste und gibt noch eine Massage der Zirbeldrüse obendrauf.

Ingried N., die Ernährungsberaterin, stellt ihre innere Uhr schon mal auf 00,00 Uhr. Sie ist ganz erpicht darauf, mit dem Mann im Mond über Ebbe und Flut und deren Auswirkung auf ihre ausgebliebene Menopause, zu diskutieren.

Pieter, der Vertraute aller einsamen Witwen, fotografiert die Wolkendecke durch die Fenster des Fliegers. Er hegt stets die Hoffnung, daß die Existenz ihm die kommenden Lottozahlen auf den Film beamt. Die mitreisenden Heilarbeiter unsere Gruppe sind also alle voll beschäftigt.

Bei all diesen tollen Aktivitäten vergeht der
gesamten Truppe, die Zeit wie im Fluge.
Wie wohl auch sonst. Auffe Bahn is ja grad nich.
Wie aus heiterem Himmel erscheint plötzlich ein
Skywalker im Gang, legt der Gruppe Fallschirme
an und schmeißt die gesamte Truppe, über der
Straße nach Hokkaido aus dem Flugzeug.
Der neue japanische Gesundheitsminister hat
westlichen Reikigruppen urplötzlich die Einreise
untersagt. Wir vermuten, daß ein Spion an Bord,
unsere Gruppe ausspioniert hat. Die Infos über
unsere Tätigkeiten im Flieger, sind ja schon in
Tokio gelandet, bevor wir landen können.
Wir springen gemeinsam aus dem Flieger, bilden
einen Stern und beamen uns direkt in unser
Hotel, mitten ins quirlige Zentrum von Tokio.
Unsere Hotelzimmer werden dort noch von einer
Reisegruppe aus Haiti belegt, die uns mit einem
Voodoo Ritual droht, falls wir es wagen, bereits
vor 15 Uhr die Schwellen der Zimmertür zu berühren, oder zu überschreiten.
Machen wir bestimmt nicht, wir gehen alle mal
etwas futtern und eine Runde spazieren.
Wir suchen ein traditionelles, wie auch moder-
nes, Japanisches Restaurant auf. Man serviert
uns dort fast traditionell, eine typische, große
italienische Super Pizza Quattro Stagioni.
Danach gehen wir zum Zeitvertreib stundenlang
nacheinander auf die Hoteltoilette, um auf der
beheizten Klobrille, Musik während der Klospü-

lung zu hören. Gitta macht sich bei allen beliebt, weil sie als Erste bemerkt, daß man sich in den Superklos auch die Schamhaare Fönen kann. Ich sondere mich mit Mary von der Gruppe ab und gehe auf den Friedhof am Saihoji Tempel. Am Grab des Usui Sensei sitze ich einige stille Minuten unter einem Baum. Wenn ich still bin, versteht mich das Universum und mir wird so bewusst, daß ich dem Meister so ganz Nahe bin. Ich spüre seine Worte in jeder Körperzelle:

„Ich bin das Universum, das Universum ist ich!"

Die Welt steht still und ich erkenne, was frei macht. Nämlich, darauf vertrauen, daß immer alles zum richtigen Zeitpunkt in dein Leben kommt. Nicht wenn dein Ego es will, sondern erst dann, wenn deine Seele die Bereitschaft dazu signalisiert. Mir wird plötzlich klar, daß meine ersten Erfahrungen mit Reiki noch vom Ego gesteuert waren, während ich auf dieser Reise, Arm in Arm mit meiner Seele unterwegs bin. Ruhe…Frieden…Reiki…nur Usui und ReNaTe, ich meditiere alleine am Grab des großen Lehrers, bin ganz in seiner Schwingung. Was kann schöner auf diesem Planeten sein. Mary fotografiert derweil und macht Aufzeichnungen für ihr Tagebuch. Sie liest die große, gemeißelte Kanji Inschrift auf dem hohen Grabstein, übersetzt diese und erzählt mir über das Leben und Wirken des Sensei von 1865 bis 1926. Diese wahren Zeilen, sind wie eine Quelle klarer und bewiesener Informationen über Reiki und seinen Begründer Mikao Usui Sensei.

Usuis spiritueller Name war wohl Gyoho. Hätte ich das früher gewusst, hätte Gawain seine Geburtsurkunde früher bekommen und würde jetzt Gyoho heißen. Mary und ich philosophieren noch eine Weile herum, aber als mir eine Ameise ins Nasenloch klettert und dort Thai-Chi mit ihrer Cousine macht, ist Schluß mit lustig. Demütig verabschieden uns von diesem wunderschönen, einzigartigen, spirituellen Ort.

Ich besorge mir auf dem Weg ins Hotel noch eine Flasche Coca light für die Nacht und dazu noch einen Energieriegel aus Trockenfisch. Mary nimmt eine Instant Misosuppe mit und wir treffen auf die lockere Gruppe, im Foyer des Hotels. Nach einer knuddeldicken Umärmelung kreuz und quer, fallen alle Teilnehmer in die Kojen der erdbebensicheren Minizimmer.

Durch die Hotel Etagen schweben Millionen Sternchen. Auf einer Energiewelle aus Licht und Liebe surfen alle Reiseteilnehmer relaxt ins Nirvana hinüber, um sich für den kommenden Tag in Tokio zu stärken.

Gute erste, aufregende Nacht in Tokio.

Diese herrlich überbevölkerte Stadt, bunkert die Essenz aller positiven Energien und oder aller Frequenzen, die das Leben so anbietet. Geil!

Wir schlafen alle in den frühen Morgen hinein
und können es nicht erwarten, den Duft dieser
wunderschönen Stadt und ihrer bezaubernden
Bewohner zu inhalieren.

TOKIO, ich mag dich so
ich spüre dich, verliere mich
in deinem Duft und deinem Charm
es wird mir um mein Herz ganz warm
die Stadt, die Menschen, die ich erlebe
als ob ich auf einer Wolke schwebe
die Reise wird Narben hinterlassen
die wohl niemals mehr verblassen

Morgens 4:04 Uhr Ortszeit in Tokio.
Ich bereite mich auf den Tag vor, der das Leben
allen Lebens für mich, in diesem Moment ist.
JAPAN…IST…sowas von DA…
…mein Traum wird real.
Meine Ruhezeit ist beendet. Ich bin spät, erst so
gegen 00:45 Uhr eingeschlafen und nun bilden
sich Plisse`falten am Hals. Diese lassen sich
auch mit Eigenurin nicht glätten und strecken mir
die Zunge raus. Ich klappe meine erschlafften
Augenlider hoch und wedle mit einem Fächer,
mich und meinen schlechten Atem in Richtung
Naßzelle. Das kleine Zimmer in der 9. Etage,
läßt es zu, dass ich den beheizten Klodeckel
vom Bett aus mit dem Fuß öffnen kann.
Die 98 seitige Bedienungsanleitung für die

Kloschüssel lerne ich schon mal am Vorabend auswendig. Wo, außer in Tokio, kann man beim Rausschmiß seiner Exkremente klassische Musik, oder Heavy Metal hören. Mein elektrischer Nasenhaar Trimmer beginnt gleichzeitig, die Nasenhaare und die Augenbrauen zu trimmen und dunkel-ultraviolett einzufärben. Man kann in der Naßzelle seine Schminkutensilien auf die Klobrille legen und sie fallen immer sofort sortiert zurück in den Waschbeutel. Das Zimmerchen hat eine starke Neigung wegen der Erdbebengefahr, so daß man beim Durchschreiten auf allen Vieren denkt, einen oder mehrere im Tee zu haben, respektive besoffen zu sein.

Plötzlich spüre ich, dass Mary direkt nebenan im Zimmer 921, mit ihren meditativen Übungen den Tag einläutet. Meine Tagesdecke bewegt sich und beginnt in Richtung Decke zu entschweben. Ich sitze immer noch auf der Tagesdecke. Es bleibt mir nichts anderes übrig, als meine eigenen Meditations-Rituale an diesem Morgen an der Zimmerdecke zu vollziehen.

Um 5:13 Uhr knalle ich plötzlich ganz ohne Vorwarnung auf den Boden, weil Mary sich direkt aus der Meditation in ihre Dusche begibt.

„Alte, ich sag's dir, das löst einen ungeplanten Rachefeldzug in mir aus."

Dazu kommt es aber erstmal nicht. Ein lautes Knallen an der Wand zu Gittas Zimmer 923 zeigt mir an, dass diese voll mit ihren Kinesiologischen

Übungen im Gange ist. Ich bete zu meinem höheren Selbst, dass Gitta bloß nicht wieder einen Seemannsknoten in ihre Ohren knüpft. Blöderweise hört sie dann noch schlechter und ich muss sie den Rest des Tages wieder durch ein extrastarkes Megaphon anbrüllen.
Wir sind um 8 Uhr mit der Gruppe zum Frühstück verabredet. Nun wird es Zeit sich einen Scheitel zu ziehen und den Rucksack mit mindestens.
5 Kuckucksuhren und Wackeldackel, zur Abschreckung zu bestücken (man weiß ja nie, was die Japsen so im Hinterkopf haben, wenn sie 20 total durchgeknallte Lichtgestalten sehen.)
Am Frühstückstisch spielen schon Norman und Marko mit ihren Eß-Stäbchen herum. Marko schmollt. Er hat heute keinen Bock mit Stäbchen zu futtern und hat ein Wollknäuel in seiner Hand, um sich mit den Stäbchen ein Suspensorium zu stricken. So etwas hat er am Vorabend im Daiso Gemischtwaren-Laden nebenan vergeblich gesucht. Norman als Alleinreisender, hat sich ein Stäbchen durch die Nasenlöcher gezogen und ein Foto seines Stallhasen daran befestigt.
(Sofort zieht er die gesamten Blicke der allein reisenden Damenwelt auf sich. Das Wort: Kuscheltier Syndrom, steht im Raum.)
Das zweite Stäbchen hat er sich senkrecht in den Mund gesteckt, so dass ihm Ingried mittels eines mitgebrachten Schlauchs, den Kaffee so ganz nebenbei in den Schlund schießen kann.

Ich hänge Mary einmal unbemerkt die beiden Hefebrötchen als Ohrschmuck über ihre mittelgroßen Ohren. Sie deutet später gegen 9:00 Uhr, die gierigen Blicke der frühstückslosen U-Bahnfahrer als Anmache. Die U-Bahn ist in Tokio ein Hort der Geselligkeit. Noch nie spürte ich so extrem und intensiv, tausende, hübsche, braune Mandelaugen auf meinem, etwas in die Jahre gekommenen Body. Das hat doch was.

In Hamburg wird man ab 55 Jahren, wenn man alleine in der U-Bahn fährt, mit dem Lasso eingefangen. In einem Seniorenheim wird man dann zwischengeparkt, bis die Familie einen wieder auslöst. Falls diese es dann nicht ungeplant, geplant vergißt. Zuhause steht es zudem unter Strafe, wenn man alleine nach 17 Uhr auf die Straße geht, ohne an der Leine einer Begleitperson herum zu kriechen. Idiotischer gehts nicht.

Unbemerkt pusche ich meinen BH und flirte mit einem mitfahrenden, obdachlosen Mönch, der einen von mir so geliebten 3 Tagebart trägt.

Gitta weist mich darauf hin, dass es Reiki Falko ist, mit dem ich da anbandeln will.

Dieser sieht zu diesem Zeitpunkt nämlich noch wie ein Japaner aus, weil er die Augen noch nicht richtig aufbekommt. Er ist total im Eimer, nach seiner irren Welt Umfliegerei.

Mexiko-Amsterdam-Tokio, in einem Stück.

Wir knoten Reiki Falko schnell die Augenbrauen an die Wimpern und ziehen diese fest an.

Jetzt hat er voll den Durchblick und sieht wie Dunja R. nach ihrem 5. verpfuschten Lifting aus. Als wir um 10:30 Uhr endlich am Shinto-Schrein ankommen, bilden wir eine Lichterkette. Darauf wird Falko wie auf einem Regenbogen-Laufband, bis an den vorderen Tempel befördert.

Die Reiki Begrüßungs-Kommission trifft zudem zeitgleich mit uns am Schrein ein. Ein kleiner Gartentisch wird improvisiert zur Theke umgebaut und wir genießen neben der gerade dort stattfindenden Hochzeit ein Schälchen `Sencha Bio` im Sonnenschein. Zusätzlich steht ein Barkeeper am Tisch, der aus Reisschnaps, Wein und göttlichen Zutaten, geniale Cocktails für die ganze Gesellschaft schüttelt.

Der Brautvater schaut überglücklich auf die große Hochzeitsgesellschaft und bittet die verheirateten Männer, auf eine Person zuzugehen, die ihr Leben gerade lebenswert macht.

Im nächsten Moment wird der Barkeeper fast zu Tode getrampelt. So sind sie eben, diese sowas von speziellen, irgendwie anders tickenden Japaner. Ich liebe sie jetzt schon sehr.

Jo fliegt auf einer Gottesanbeterin durch den Park und streut Sternschnuppen auf das überglücklich lächelnde Brautpaar.

„Gott sei Dank, jetzt kriegen sie sich."

leuchtet es in Kanji Zeichen, auf einem Plakat im Sonnenschein. Das kommt mir doch irgendwie bekannt vor. Liebes Brautpaar, bleibt verrückt und FREI, auch nach der Hochzeit.

Vom Shinto-Schrein geht's weiter, direkt ins pralle Leben, nämlich zum Harajuka, dem mega coolen Einkaufszentrum in Tokio. An diesem Tag lassen gerade gefühlte 3 102 564 jugendliche Tokioten die Sau raus. Diese megageilen Typen mit ihren total ausgeflippten, irren Klamotten. Super gestylte Frisuren haben sie und oftmals herrlich krumme Beinchen. Viele sehen aus wie eine Mischung aus Tina Turner und Sylvester Stallone im Alter von 17 Jahren. Sie schauen immer in die Gegend, als wenn sie grade eine Tüte geraucht haben. In ihren modischen, bis ans Knie hinunter gerutschten Hosen, laufen sie wie mein Neffe Tim herum, wenn er mal wieder die Windel zugekackt hat.

Im Designer Hundeladen treffen wir Paries H. die für ihren Adoptivmops und dessen Schwester einen Halloween-Tweedanzug mit eingebautem Propeller kauft. Paries lüftet ihren Schlüpfer für mich. Ich soll ihr einmal ein Zäpfchen geben, welches eine stark aufputschende Substanz ent-hält, damit sie noch weitere Tage und Stunden ihr Extrem-Shopping durchhalten kann.

Paries lädt Gitta, Mary und mich aus Dankbarkeit zu einem Pfirsich Tee, mit anschließender Darmspülung ein. Gerne nehmen wir dieses tolle Angebot an und genießen den Tee, bevor dieser wieder aus uns herausgespült wird.

Die Waage im EKZ, zeigt nach der coolen Darmreinigung bei Mary 249 Gramm weniger an. Ich überlege nicht lange und lasse mir beim Straßen-Dentisten noch schnell die Eckzähne ziehen, die Hornhaut von den Füßen schälen und stürze mich 3 Pfund leichter ins megageile, turbulente Shopping Getümmel.

Mitten auf der Straße liegt Reiki Falko mit einer vorgetäuschten Darmkolik. Bei genauerem Hinsehen kann man aber doch die Mini-Kamera erkennen, die er sich in das rechte Nasenloch gestopft hat. Er filmt ganz ungeniert, was die Neo-Geishas so unterm Minirock tragen und oder, was sie nicht tragen. Plötzlich steigt Gitta aufs japanische Minarett und brüllt in die volle Einkaufsstraße, daß für heute Feierabend ist. Ihre Mudras zur Zeitumstellung gehen nach und sie will sofort ins Bett. Gitta wird zickig und ist in übelster Laune. Ich hole sie auf die belebte Straße zurück, stecke sie mir in den Rucksack und trage sie ins Hotel. Im Capitol Hotel schnalle ich Gitta auf einen Stuhl und schiebe sie mit dem Touristen PC in die Toilette. Gezielt haue ich ihr bei Google ein, wie sie `Mensch ärgere Dich nicht` gegen sich selbst spielen kann.

Erst nachts, so gegen 01:00 Uhr nachts befreie ich Gitta, kleide sie in ihren Nachtkimono und schmeiße in der 9. Etage den Feuermelder ein. Mary und Marko erscheinen unbekleidet am Fahrstuhl und bitten einen Japanischen Gast,

ihnen beim Ankleiden ihres Schlafkimonos zu helfen. Der Mann schießt sofort Fotos von Marys Traumbody und lädt sie auf seine japanische Hazienda zum Kabuki-Theater ein. So ganz nebenbei möchte er dabei ein paar Shungas von Mary und Marko malen. Das wird von Mary aber dankend abgelehnt. Ihr Bauchchakra meldet nämlich, daß es bestimmt etwas Obszönes ist. Entschlossen holen wir Norman aus der warmen Badewanne, damit er ein paar Fotos unserer Viererbande im Schlafanzug, für das bekannte Reiki Magazin schießen kann. Laut singend beenden wir den ereignisreichen Tag mit einem Karaoke Vortrag auf dem Balkon. Gitta bemerkt als Erste die Kamikaze Flieger über dem nächtlichen Himmel von Tokio. Wir vermuten, dass diese auf uns und unseren Gesang angesetzt sind und wir fliehen gemeinsam in Iris Zimmer. Dort erwischen wir die restlichen 16 Reiseteilnehmer beim Flower-Reiki und schließen uns ungefragt an. Wir bleiben, bis der Zimmerservice in der aufgehenden Morgensonne die zarte Frühstücksglocke läutet. Was ist das für ein irrer, toller, ereignisreicher Tag gewesen. Wie die morgigen Stunden werden, bleibt nur noch müde und trotzdem neugierig abzuwarten.
Hellwach und ausgeschlafen schaue ich um 4:36 Uhr am nächsten Morgen direkt in die aufgehende Sonne, über Tokios bunte Dächer.

Bei dem Gedanken an die Weiterreise, schmeiße ich mich wie ein nasser Wäschesack auf meinen gepackten Überseekoffer. Verzweifelt heule ich Rotz und Wasser. Ich weigere mich, dieses pulsierende Tokio zu verlassen und habe für die restliche Reisegruppe ein großes Schild an meine Zimmertür genagelt:

Zimmer Nr. 922 ist amtlich versiegelt. Die nette Bewohnerin LeNaTe (Japaner können kein R aussprechen) hat sich letzte Nacht mittels der Klospülung ins Nirvana abgesetzt. Nun kann ich in Ruhe auf dem Bett liegen bleiben und noch mit meinem inneren Arzt kommunizieren, zwecks Heilung meiner entzündeten Augen.

Gegen 5:22 Uhr dringen auf einmal grelle und megastarke Sonnenstrahlen durch das kleine Schlüsselloch. Auf diesen gleitet Mary, auf einer riesigen Lichtwelle in mein Zimmer hinein.

Sie lüftet ihre Sonnenbrille und pustet mir Millionen von mini Sternschnuppen über meine verheulten Augen, wickelt mich in ein Bettlaken und bindet mich um ihre Rubens Taille. Wie ein Känguruh Baby hänge ich unter Marys dicken Doppel – F- Möpsen in dem Laken fest. Relaxt falle ich in einen leichten Schlaf, als Mary mich schaukelnd Richtung Shinjuku Bahnstation trägt. Auf diese Weise sparen wir meine Fahrkarte nach Kyoto ein und ich darf erst im Shinkansen, dem supi schnellen Monsterschlitten, aus Marys weichem Bauchwickel klettern.

Im Waggon Nr. 6, Platz 16 a-c, darf ich das
Fensterbrett als Beißring benutzen, um meine
Reisekrankheit in den Griff zu bekommen.
Als der Zug um 10:20 Uhr den Bahnhof verläßt,
um in Richtung Kyoto zu düsen, öffnen sich vor
mir 19 Kotztüten. Schön, so umsorgt zu werden.
Während der 2-stündigen Fahrt spielt die Gruppe
Flaschendrehen und der jeweilige Verlierer darf
sich eines Kleidungsstücks entledigen. Nun erst
geht mir ein Licht auf, warum Mary eine solche
Rubenstaille hat. Sie hat sich vorsorglich ihre
16 T-Shirts und 7 Jeans über die 12 Schlüpfer,
zu den 6 Pushup Bh`s gezogen.
Brigitta, die nur im Muskelshirt reist, muss sich
mangels ausziehbarer Kleidungsstücke, daraufhin immer die Achselhaare einzeln ausrupfen,
wenn sie verliert. Als Werner nur noch einen
Tangaslip am Leib trägt, schreitet Inri ein und
beendet das Spiel, bevor die Notbremse zum
Einsatz kommt.
Der Zugkoch schleicht durch die Gänge und auf
seiner Speisekarte steht Ochsenhoden als Spe-
zialität zum Mittagessen, natürlich nur alternativ
zum Fugu-Sushi. Wir essen lieber alle ein Stück
Regenbogen Pfannkuchen mit Himbeer Soße
und fühlen uns so wohl wie im Mutterleib.
Gegen 12:20 Uhr treffen wir in Kyoto ein.
Irgendein Japaner im Zug, hat wohl eine e-mail
an den Taxenstand am Bahnhof Kyoto geschickt,

der an der Shinkansen Line liegt und unsere
Truppe angekündigt. Viele aufgeregte Taxifahrer
liefern sich bei unserer Ankunft am Bahnhof, ein
hartes Duell um unsere Koffer. Sie laden das
Gepäck ein und lassen uns einfach am Bahnhof
stehen. Dann düsen sie mit unseren Koffern zum
angegebenen Zielort, dem Bahnhof Toyohashi.
Von dort wollen wir dann natürlich weiter in
Richtung Kurama, aber mit dem Koffer bitte.
Gut, daß Jan seinen Zauberbeutel in der Hosen-
tasche stets bei sich trägt. Er verwandelt uns alle
sofort in Fledermäuse und wir kreisen nochmal
kurz über dem Bahnhof herum.
Alle kacken von oben noch einmal Frust ab,
saugen ein paar Touristen aus, um dann
schnurstraks zur Toyohashi Station zu fliegen.
Von dieser Station aus startet der Bummelzug
zum Kurama. Aus der Luft sehen wir nun von
oben auf unsere Koffer. Die geöffneten Koffer
werden dort vor der Station auf der Straße,
gerade für einen Flohmarkt mißbraucht. Schnell
kaufen wir das nötigste Zeug wieder zurück und
danach halten den Verkäufern mal einen Vortrag
über mieses Karma.
Nach einem ausgiebigen Imbiß am Bahnhof,
kriechen wir auf allen Vieren in die Bimmelbahn
zum Kurama. Die Männer stellen ihre Jeans für
die Damen als Hängematte zur Verfügung.
Brigitta steckt mir einen letzten Hanf Drops aus
Amsterdam in den Mund, damit ich während der

Fahrt zur Ruhe komme und auch mal ein etwas freundlicheres Gesicht mache.

An der Kurama Bahnstation werden wir von der Kurama Gottheit, dem roten Tengu in Empfang genommen. Tengu bedeutet Himmelshund.

Mit Hunden haben diese Wesen aber nichts zu tun. Er sieht Pinocchio sehr ähnlich, mit der großen, langen Nase.

Der Tengu setzt uns alle hintereinander auf seine lange Nase und trägt uns ins Onsen Resort, am Fuße des wunderschönen Berges Kurama.

Vor dem Resort werden sofort unsere Koffer und sämtliche, uns am Leib befindliche Kleidung von zwei Geishas konfisziert. Nackt wie die Existenz uns erschaffen hat, werden wir in seidiges, wunderschönes Geschenkpapier in Kimono Form gewickelt. Unsere Fußnägel werden zu Sternchen geschnitten und in Vanillesoße gebadet, bevor wir unsere 4er Zimmer belegen.

Gitta, Brigitta, Mary und mein ausgeruhter Körper, belegen eine große Suite zum Garten. Wir suchen verzweifelt nach den Betten im Raum. Die gibt es jedoch nicht. Nach dem Abendessen erscheinen immer zwei dicke Sumu Ringer, werfen uns ins Onsen-Bad und nageln uns dann Senkrecht an die 4 Zimmerwände.

Man kann sich aber sehr schnell an diese Art des Schlafens gewöhnen, weil man auf diese Weise noch stundenlang vor dem Einnicken, Karaoke machen, oder auch nur herumquatschen kann.

Am späten Abend, als wir hilflos an der Wand hängen, schleichen sich Norman und Jo ins Zimmer. Die Beiden haben ihr Intim-Piercing zum Dartpfeil umfunktioniert und spielen noch eine Stunde auf unseren hängenden Bäuchen.

Zum Glück hat Mary ihre zehn, lila umhäkelten Bettlaken noch nicht als Gastgeschenk verteilt. Wir benutzen diese als Taschentuch und heulen nochmal richtig ab, bevor wir selig in das Land der Träume entfliehen.

Gegen Mitternacht bebt die Erde. Kein Erdbeben erschüttert das Resort, sondern Gitta fällt ein, daß wir 4 Mädels zum kollektiven Gruppen-pinkeln auf die Toilette müssen. Da aber gerade niemand muß, wird Karin gerufen, um uns ein Klistier zu legen. Danach kehrt endlich Ruhe im Zimmer ein. Gute, erste Nacht im Onsen Resort am Kurama, es ist schön, Usui Sensei so nahe zu sein. Genau genommen gibt es ja gar keine Trennung zwischen Oben und Unten, zwischen Innen und Außen. Alles ist in allem und alles ist in mir. Dann bin ich im Kern auch ein Stückchen Usui und ich denke, darum fühle ich gerade hier im Moment so stark seine Energie.

Hier saß er so viele Tage und Nächte zwischen den Wurzeln und Bäumen, bis er spürte:

ICH bin das Universum …das Universum ist ICH.

Die 4 Elemente sind das GANZE und das GANZE spiegelt sich in den 4 Elementen.

Nach dem kosmischen Gesetz der Entsprechungen, wie Außen, so Innen und wie Innen, so Außen, wie Oben, so Unten und wie Unten, so Oben, können wir im Kleinen das Große und in jeder Erscheinung der Natur, das gesamte Universum erkennen.

Das Universum erkennt uns aber nicht nur, es weckt uns auch gezielt und pünktlich auf. Morgens um 4:36 Uhr werden wir in unserem Zimmer durch ein Trommelsolo geweckt.

Ulrike trommelt auf zwei Baumstämmen herum, die sie noch immer seit Brasilien in ihrem Rucksack mit sich herumträgt. Sie tanzt um ein aufgestapeltes Lagerfeuer herum, welches sie aus den benutzten, hölzernen Eßstäbchen des Abendessen entfacht hat und grölt lauthals: „Nu, Ei verbibbsch, aufstähn Mädels, dös isch ä heller Wahnsinn, abba dö bomforzionös Bersch ruft uns". Das verstehen nicht nur die Sachsen.

Marko stürmt ins Zimmer, und schiebt uns je einen Fischkopf vom abendlichen Büfett, in die vor Staunen aufgerissenen Mäuler. Danach befreit er uns mit einer Wasserrohrzange von unserem Wandbett. Er legt uns nacheinander alle vier ins Waschbecken, um uns mit einer sehr harten Zahnbürste den Sandmann aus den noch müden Augen zu pulen. Gitta läßt sofort die ganze Reisegruppe im Erdgeschoß vor dem Kaffeeautomaten zum Morgenappell antreten. Sie zählt hochwichtig die Gruppe durch und kommt auf 33 Personen. Also das sind13 zu viel für unseren Spiri Kader. Die überschüssigen Personen, ertränkt sie in ihrer verrosteten, alten Kaffeedose, damit der harte Kern wieder komplett ist. Nach einer kleinen, Herzchakra Morgenmeditation, gehts im Gänsemarsch um 8:30 Uhr endlich geschlossen in Richtung des Kurama. Mary, die Sportliche, hat sich um jedes Hand- und Fußgelenk, 3 Kilometerzähler gebunden. Aus Sicherheitsgründen, falls mal einer der Zähler versagt, hängt an ihren zierlichen Ohrläppchen auch jeweils ein Zähler in der Größe einer Wasseruhr.

Reiki Falko geht alle 333 Meter ein paar Schritte rückwärts, um das Sonnenlicht einzufangen und Mary muß ständig ihre Zähler neu justieren. Allen ist es extrem lästig, so oft zu warten. Geschickt knüpfen wir für Falko in Inris Lockenmähne ein Baumhaus. Inri wird den Meister und Lehrer darin nun auf den Berg tragen. Wir bemerken gar nicht, dass sich Karin klammheimlich mit ins Baumhaus schleicht. Sie möchte mit Falko auf der im Rucksack liegenden Bambusmatte ihre Yoga Session abhalten. Inri stöhnt plötzlich laut auf und teilt mit, dass seine Aura kocht und seine Zunge in einen geräucherten Zustand übergeht. Karin muss das Baumhaus verlassen und den Kurama doch noch zu Fuß erklimmen.

Das macht aber nichts, sie kann immer mal wieder am Wegesrand verweilen und sich mit der Energie des Berges verbinden.
Die Gesichtskontrolle am Eingang des Berges passieren wir sogar ohne Probleme. Die beiden netten Damen an der Kasse, ziehen uns mit einer verrotteten Haarschneidemaschine je eine sehr breite Einbahnstraße als Mittelscheitel.

Darauf kommt ein gepinselter Schriftzug:

(Gaijin (Fremder)

Mit dieser Kennzeichnung, steigen wir nun den 570 Meter hohen Berg hinauf, um auf halber Höhe, den Tempel aufzusuchen. Das ist doch endlich mal eine Eintrittskarte, die nicht verloren geht. Der Aufstieg der Männer dauert ungefähr 1 Stunde und 12 Minuten. Die Dreibeiner suchen sofort oben am Tempel die Gruft auf, belegen die Urnen und halten darin ein Mittagsschläfchen. Die holde Weiblichkeit benötigt 6 Stunden und 55 Minuten. Wir wässern beim Aufstieg alle 10 Minuten die Bäume und duschen zwischendurch in den heissen Quellen. Wir singen leise, schwingen mit dem seichten Wind um die Wette und sind so glücklich, hier zu sein.

Frauen haben ja nur erbsengroße Blasen und wenn keine Pulleria in Sicht ist, geht's halt in die Büsche. Wir halten immer wieder an, setzen uns unter die wunderschönen, kräftig gewachsenen Bäume und hören hinein, in das Geflüster der zarten Blätter. Bäume sind Gedichte, welche die Erde an den Himmel schreibt. Hier kann man meditieren und diese himmlisch geflüsterten Frequenzen, hautnah und intensiv auf sich wirken lassen. Oben am Tempel erfahren wir, daß auf den Büschen keine Knospen blühen, sondern Minikameras stecken und wir live im Kurama TV zu sehen sind. Na und? Ist doch toll, da können die eine Serie draus machen.

Auf dem Vorplatz des Tempels angekommen, fliegt mir beim Fühlen der megastarken Energie direkt der Draht aus der Mütze und meine Digital Kamera knallt durch. Gitta bemerkt nebenbei, ein klein wenig gehässig, daß meine Kamera und ich nun viel besser zusammenpassen werden.

„Jetzt seid ihr beide durchgeknallt." flüstert sie. Karin und Marko stimmen ihr zu.

Alle in der Gruppe sind hin und weg, als sie dann selbst die Energie auf dem magischen Dreieck vor dem Tempel spüren. Sogar ich bin einmal außerplanmäßig für einige Minuten völlig sprach-los. Wir bemerken dann Jo, alias Rüdiger, wie sich dieser zum Tempel schleicht und über 100 rote und weiße Kerzen spendet. Ein Bittgebet hängt er an die Kerzen, indem er darum fleht,

daß dieser sprachlose Zustand bei ReNaTe doch noch ein paar Stunden länger anhalten möge. Bestenfalls für die gesamte Reise.
Der Jo hat wohl nicht alle Tassen im Schrank.
Klammheimlich blase ich die Kerzen wieder aus.
Sprachlos am Kurama, gehts noch?
Dieser Film wird bei mir gar nicht abgespult.
Ein wissbegieriger Japaner, mittleren Alters spricht mich an und fragt, woher die Gruppe kommt und was wir eigentlich so vorhaben. Gern kläre ich ihn auf und erzähle von unserem Seminar in Kyoto und dass es um Reiki geht. Er bietet mir die Gelegenheit, meine japanischen Kenntnisse an ihm zu testen und ich lege los:

Kjo dakkewa……

ikaluna…..

schinpeissuna……

kanschaschte…..

gjo ohagime……

itoni schinsetsuni….

So spreche ich die Reiki Lebensregeln des Mikao Usui Sensei, in Gassho Haltung nun vor dem netten, wissbegierigen Herrn aus.
Er lacht laut, bekommt Kulleraugen, wiederholt die Worte, die er verstanden hat, umarmt und drückt mich. So etwas mache Japaner überhaupt nicht und ich werte es als virtuellen Orden.

Aus meinem Rucksack hole ich eine, von mir handgeschriebene Rolle und halte diese hoch. Die Gruppe stellt sich auf und alle sprechen nun gemeinsam die Reiki Lebensregeln:

Die geheime Kunst, das Glück einzuladen
(Japanisch: 招福の秘法 Shōfuku no hihō)
Die wunderbare Medizin für alle Krankheiten.
(Japanisch: 萬病の靈薬 Mambyō no reiyaku)

Nur heute (Japanisch: 今日丈けは
Kyō dake wa)

1. Ärgere dich nicht (Japanisch: 今日丈けは Ikaruna)

2. Sorge dich nicht (Japanisch: 心配すな Shimpai suna)

3. Sei dankbar (Japanisch: 感謝して Kan-sha shite)

4. Arbeite hart (Japanisch: 感謝して Gyō o hakeme)

5. Sei nett zu deinen Mitmenschen (Japanisch: 人に親切に Hito ni shinsetsu ni)

Werner filmt das Spektakel, als ich mich mit dem netten älteren Herrn unterhalte und wie dieser mich umarmt. Diesen Film werde ich umgehend meinem Mann per email nach Hamburg senden. Dann hat Zank endlich einmal Material für einen Scheidungsanwalt in den Händen. Er benötigt dringend Beweismittel für eine, seit der Eheschließung geplante Scheidung. In den vergangenen Ehejahren, habe ich meinem Zank mindestens 14785 Frikadellen ans linke Ohr gesülzt. Darum schleift er nun halbseitig bereits mit dem linken Arm auf dem Boden und kann beim Gehen mit den Fingern die Küche feudeln. Um einen Ausgleich nicht verlegen, schleppt er immer, wenn ich allein, ohne ihn auf Reisen bin, eine blonde rattenscharfe Nachbarin unter seinem rechten Arm mit sich herum. Er benötigt sie angeblich nur, um grade gehen zu können. Da er nach meiner Rückkehr aber immer wie eine Elvis-Wackelpuppe den Unterleib kreist, kommt mir so langsam der Verdacht auf, daß da irgendwie noch was anderes abgeht. Egal, Zank wackelt weiterhin Zuhause herum, soll er doch. Wir bestaunen derweil den Tempel, meditieren stundenlang zwischen riesigen Baumwurzeln und schwelgen in der Energie von Usui Sensei. Doris schnitzt sich aus den großen Energiewurzeln vor Ort einige Dildos für ihren Tantra-Kurama-Energie-Kursus. Diesen Kursus will sie im kommenden Dezember, in Chemnitz in ihrem tollen Yogazentrum veranstalten. Sie hat dafür schon jede Menge Zusagen.

Peter raucht lieber einige Wurzeln und geht für mehrere Stunden in eine energetische Berg-Trance. Mary meditiert hoch oben in einer Baumspitze, damit sie vor mir und meinem Gequatsche sicher ist. Karin und Gitta streiten sich um die Form, Farbe und Funktion eines Dachziegels, den Marko findet, als er Usui um ein himmlisches Reiki Zeichen bittet.

Der Abstieg verläuft planmäßig. Ich bekomme nach 1000 Metern, hammerharte Stiche in den Unterschenkeln und krieche in Markos leeren Rucksack, um mir den Abstieg zu erleichtern und ihm zu erschweren. Im Rucksack verläuft der Abstieg erstmal angenehm, weil ich mich sofort über Markos Proviant hermache. Erst als ich mir die Zeit mit dem Lesen der dort vorgefundenen Lektüre vertreiben will und Liebesromane finde, gehe ich lieber in mich und ruhe mal aus.

Ich verlasse dann aber unverzüglich den Ruck-sack, als Werner am Fuß des Bergs 5 Kilo Studentenfutter verteilt. Werner will mit mir nicht teilen, weil ich meine Matrikelnummer der Uni nicht vorweisen kann. Ich hetze ihm daraufhin eine vorbeikommende Ameisenkolonie auf seine kräftigen Waden. Das Futter fliegt in alle Rich-tungen auf den Boden und ich komme doch noch zu meinem gesunden Mensafutter.

Nach der Besichtigung eines weiteren Shinto-Schreins landen wir in einem Cafe´, wo Reiki Falko sofort für jeden willigen Teilnehmer der Reisegruppe einen Liter Eimer Matcha Tee ordert. Die Bedienung legt uns eine Pipeline an den Tisch, serviert Norman eine Portion Eiskrem, die nach Lebertran schmeckt und eine mit roten Lotosblumen bemalte Kotztüte dazu. Norman hat versucht, Vanille auf japanisch zu bestellen und sich wohl in der Übersetzung total geirrt.

Wir trinken gemächlich unseren Matcha Tee und philosophieren noch eine zeitlang über die Götter und oder über die Energie des Berges.

Der Berg Kurama war dem Vernehmen nach, die Residenz eines der ersten Götter des shintoisti-schen Pantheons. Dort erschien er vor etwa 6 Millionen Jahren. Er kam als schaukelnder Mann und hielt in der Hand:

Mao-Sohn oder Mao-Den, den großen König, der alle Dämonen und Geister der Erde besiegt. Er stieg von der Venus auf den Berg Kurama herun-ter, um den Menschen die Weisheit zu bringen. Er ist der Gründer der in Japan hoch verehrten, kaiserlichen Dynastie. Danach wurde der Berg wohl die Residenz von Bishamon-ten. Dieser ist ein Schutzgott des buddhistischen Paradieses und oder so ähnlich, wenn nicht anders.

Beweisen kann man es nicht. Nach unserer Palaverei, tragen die Männer mich wegen der andauernden Wadenkrämpfe zum Bahnhof und

schnallen mich ganz fest auf die Schienen. Wohl in der Hoffnung, daß der einlaufende Zug mich zu Usui in den Reiki Himmel schießt. Diese Methode kommt nicht bei allen aus der Gruppe gut an, wird aber trotzdem von den meisten akzeptiert. Sie denken alle, daß auf diese Weise ein geruhsames, ruhiges Abendessen, ohne die Quasselstrippe ReNaTe stattfinden wird.
Schande über eure Häupter, schrei ich laut und kriege sofort einen Knebel in Form einer blauen stinkigen Socke in den Mund geschoben.
Die wilde Meute stimmt erneut ab, erbarmt sich meiner und ich darf gefesselt und geknebelt mit in die Bimmelbahn steigen. Beim gemeinsamen Abendessen sind dann aber alle heilfroh, daß ich mit am Tisch sitze. Mein Gastgeschenk besteht aus 30 Faschingsorden, die ich vor dem Dinner an die Mitarbeiter des Onsen Resort verteile. Die Begeisterung der Beschenkten nimmt kein Ende und steigert sich in einen Lobgesang der Hymne:

„Freude schöner Götterfunken,"
auf japanisch. Das hört sich irgendwie himmlisch an und passt zum Feeling des Bergs, in dessen Tempel ja die Götter wohnen.
Unser Mahl wird in unzähligen kleinen Gängen serviert. Ich muß richtig viele kleine Fischköpfe essen, weil die kein Anderer mag. Damit der Koch sein Gesicht wahren kann, darf an diesem Abend aber kein Teller leer bleiben.

Nach der Mahlzeit sitze ich steif, wie ein Fisch-stäbchen mit Augen am Tisch. Alina schnappt sich einen Kellner nach dem Essen und tanzt mit diesem auf dem Tisch, bis er nur noch seinen Faschingsorden um den Hals trägt. Gitta kriecht unter den Tisch, um unsere verknoteten Beine auseinander zu tüteln. Sie verirrt sich und kommt auf der anderen Seite des Tisches an Werners Hals wieder heraus. An Werners aufgerissenen, vor Begeisterung verdrehten Augen, können wir registrieren, daß ihm Gitta zusätzlich während des Entknotens eine Ganzkörpermassage ver-paßt hat. Nach dem üppigen Mahl löst sich die Gruppe auf. Die Mädels kriechen mal wieder auf allen Vieren, die Jungs auf allen Fünfen in ihre Zimmer. Ich denke, der Aufenthalt am Kurama wird wunderbar. Das Mondlicht küßt uns durch das geöffnete Fenster und die Venus sendet ein Schlaflied.

SAYONARA lieber KURAMA

Letzte Nacht habe ich ganz wundervoll in den 1000 Armen der Senju-Kannon (1000 armige Göttin) geruht. Auf einer hellrosa farbenen Zuckerwatten Wolke begrüße ich den jungen Morgen und meine drei Zimmergenossinnen. "`Nimm deine Geishakugeln raus und guck mal wieder normal", reißt mich Gitta abrupt aus mei-ner Harmoniekiste. Sie schiebt mich in Richtung

Toilette, zum wieder einmal nicht stattfindenden kollektiven Gruppenpinkeln.

Bei dem Streß verwechsel ich (1,60 mtr.) meinen Kimono mit dem von Alina (2,03 mtr.) Wir beide sehen in der Schlange vorm Klo aus wie Pat und Patachon, als diese um 1930 in Dresden Bananen kaufen wollten. Mein Kimono hängt in einer weiten Schleppe auf dem Boden unter mir und erspart der Putzfrau einige Arbeit. Alinas Kimono endet unter ihrem Busen und ihr Knackarsch glänzt ziemlich scharf in der aufgehenden Sonne. Sofort steht Norman auf der Matte und massiert Alina das gut gewachsene Hinterteil mit einer wohlriechenden Wacholdercreme gegen Hornhaut. Als er damit fertig ist, kann man Walnüsse auf Alinas prallen Pobacken knacken, so gut sind sie durchblutet.

Im nächsten Augenblick stehen weitere 24 willige Pobacken bereit zur Massage und der Norman ergreift die Flucht ins Onsen Bad. Er möchte sich im heißen Wasser abkühlen. Unwirsch reißt er den Stromschalter aus der Wand, damit er eine eiskalte Dusche genießen kann. Zu seinem Glück, haben wir schon bei den Kellnern und allen Bediensteten unsere tollen Gastgeschenke verteilt, sonst hätten wir jetzt die vorzeitige Abreise planen können. So wird darüber nun ein japanisches, weises Lächeln gesetzt und ein Tuch des Vergessens darüber ausgebreitet.

Wir dürfen bleiben und nach einem ausgiebigen japanischen Frühstück, mit rohem Fisch, verpochten Eiern und einer leckeren Miso Suppe starten wir um 11 Uhr in Richtung der Kurama Seilbahn. Endlich.....

Norman steht noch unter der eiskalten Dusche, will aber nachkommen, sobald sich das Eis von seinem angewachsenen Stiel gelöst hat.

Bevor wir uns in die Seilbahn klemmen, bestellt Falko im vegetarischen Restaurant am Fuße des Berges, eine leckere Zwischenmahlzeit, in Form von gerösteten Edamame Bohnen, für die gesamte Gruppe. „Saulegga".

Alle sind sich zum ersten Mal so richtig einig. Wir fahren die Hälfte der Strecke mit der Seilbahn und gehen den Rest des Weges immer im Schatten von Reiki Falko. Der darf nicht sehen, daß wir pro Nase circa 85-100 Steinbrocken in die Rucksäcke schieben. Weil mein Rucksack total überfüllt ist, nehme ich mein Gebiß raus und stecke mir die Steine zwischen die Kauleiste.

Piet weist mich in einem späteren Gespräch vorsichtig darauf hin, daß ich mir mal einen neuen Zahnarzt suchen soll. Er hat wohl bemerkt, daß ich schwarze Zähne habe und so komisch zische und herumnuschel beim Sprechen.

Namasté, OM, Halleluja, Amen, scheiss drauf. Um 13 Uhr erscheint die Äbtissin des Tempels mit Falko auf dem Vorplatz. Die alte Dame sieht so lieb aus und hat eine himmlische Aura.

Die fromme alte Frau, segnet meine Stirntücher und alle Räucherstäbchen. Karin reißt sich ihr Käsepiercing aus dem Schneidezahn, um es ebenfalls in die segnenden Hände der guten Frau zu legen. Jeder findet sein Lieblingsteil zum Absegnen und die Äbtissin schenkt jedem aus der Gruppe 2 gesegnete Tücher, die zum Reinheulen zu schön sind.

Für 5 Teilnehmer, Reiki Falko, Marko, Werner, Gitta und mich, steht nun ein Friseurbesuch im Tempel, mit anschließender Einäscherung auf dem Programm. Mit Reiki Falko zusammen kaufen wir 5 Urnen, welche dann mit unseren Namen, Geburtsdatum, Adresse und weiteren Daten beschriftet werden. Sieht toll aus.

In die Urne werden unsere frisch geföhnten Haare und Fingernägel gelegt. Auf Wunsch von Werner, auch ein paar seiner Nasenhaare. Gitta legt daraufhin natürlich ein paar lila getönte Schamhaare mit hinein. Das ist halt ihr ganz persönliches, erkennungsdienstlich registriertes Merkmal. Weil noch ein wenig Platz in der Urne vorhanden ist, lasse ich mir noch schnell 200 ml Fett am Bauch absaugen und Mary darf mir einen Schneidezahn raushauen. Alles wird dann liebevoll mit in die Urne gelegt. Wir 5, die neuen Besitzer der Urne bezahlen die geforderte Spende in bezahlbarer Höhe und warten auf die Äbtissin. Plötzlich tauchen 5 Tempelwächter auf, ich werde in U-Haft genommen und in der Gruft des Tempels festgesetzt. Angeblich habe ich einige Scheine zu viel gespendet und so etwas geht im Land der aufgehenden Sonne nicht, sonst hakt sie beim Untergang.

Marko pirscht über den Vorplatz des Tempels und hält seine offenen Jeanstaschen den meditierenden Damen entgegen. Eifrig verschenkt er in einer Spendenaktion die zuviel abgetretenen Scheine, um mich zu befreien. Vorsichtshalber erwähnt er nicht, woher das Geld stammt, sonst würde ich noch nach Jahren als Alleinunterhalter bei Nudelsuppe und Eiskrem im Kellergewölbe hocken und die Gokai alleine sprechen.

Befreit verlasse ich dann nach der Beisetzung meiner eigenen Urne in der Gruft, den Tempel. Über das magische Dreieck, stürmt ein Rudel Jack-Russell-Terrier auf mich zu und bellt laut und herzzerreißend:

„Mama ist wieder da." Heulend schmeiße ich mich unter einen Buddha der Zuversicht. Ich will sofort nach Hause zu meinen beiden Terriern. Leider ist grade kein Raumschiff in der Nähe, um mich heimzufliegen. Ganz alleine, leise vor mich hinschluchzend, steige ich vom Berg herab und hänge mich im Onsen Resort selbst an die Wand, um stundenlang alleine zu leiden. Dabei kann ich mich total in den verhungerten Mann am Kreuz versetzen und verstehe nun, warum er so traurig schaut. Er muss unter Heimweh leiden und vermißt bestimmt seine geistige Heimat.

Drei Stunden später spurtet die Shopping-Gang durchs Onsen Resort. Sie sind auf der Suche nach mir, um mich von meiner Trauer und dem Heimweh abzulenken. Mit Gitta und Mary geht's nach dem Mittagessen in die Ortsmitte zum dringend angesagten Extrem Shopping.
Erstmal schmeißen wir uns im ersten Cafe` auf der Meile,  jeder 4 Marshmellows in der Größe eines Medizinballes rein. Weil uns davon aber sauübel wird, schieben wir noch 3 Sahnetorten mit Pfefferminzhaube nach und ordern eine Badewanne voll Cappucino. Gitta ist im Gesicht plötzlich so grün wie die Minze, stürzt vor das Cafe`, um dem Bonsai eine Sahne-Minzdusche, wie aus einem Gartenschlauch zu verpassen.
Die Cafe Betreiberin komplimentiert uns, japanisch, emotionslos, lächelnd auf die Straße, macht aber zuvor noch Fotos von uns, die sie als Steckbrief in den umliegenden Läden verteilt.
Überall wo wir nun erscheinen, wird sofort der Gehsteig hochgeklappt, die Rolläden schnell heruntergelassen und ein Schild an die Fenster-scheibe gehalten, auf dem steht:
„Laden bleibt zu!!!!!
Solange, bis die Geitschi abgereist sind!!!"
Erst als sich Alina die blonden Haare raspelkurz schneidet, mit Glotzaugen durch ihre Ray Ban schaut und zu Gitta sagt:
„Küß mich liebe Frau, denn blau, blau, blau blüht der Enzian," tauen die Berggeister wieder auf.

Sie wollen nun alle ein Autogramm von Heino haben. Alina schreibt in der nächsten Stunde unzählige Heino Autogramme und stylt sich dann jugendlich und extrem motzig auf Dieter B. um. Sie hat richtig Bock, eine Karaoke Show am Kurama zu veranstalten. Mary doubelt dann auch sofort Olli Kahn und findet alles Scheiße. Gitta spuckt die minzige Sahnetorte weiter aus und singt dabei, wie die allseits beliebte Trude Herr: „Ich will keine Schokolade!!!!!!!! ich will lieber drei Männer, die mich um-, ver-, und es mir be-sorgen."

Karin imitiert die Fischer Chöre, woraufhin das Dorf evakuiert wird, weil ein Erdrutsch droht. Mir bleibt nur noch, ein Gesicht wie Freddy Mercury zu ziehen, das Maul aufzureißen und dann alle männlichen Dorfbewohner von unten bis oben abzuknutschen. Wir bekommen daraufhin eine Urkunde ausgestellt, die uns lebenslanges Wohnrecht in den Unterkünften am Kurama Berg zusichert. Auf einer Sänfte aus der Meiji-Periode, werden wir begleitet von einem Fackelzug ins Onsen getragen. Wir genießen endlich einmal gekochten Fisch mit Wasabi Paste und schlürfen einen weißen, heißen Tee dazu.

„Gute Nacht," bläht unser Bauch unter unseren Kimonos. Die weiten Ärmel kräuseln sich in den Winden, welche stinkend aus den Tiefen der Falten nach oben in unsere Nasenlöcher dringen.....

Freundschaft ist:
EINE Seele
in 4 Körpern…

Nach einer weiteren Nacht an der Wand, tauche ich zum letzten mal in das wunderbare Onsen-Bad ein. Ich genieße die weichen, verspielt hüpfenden Blubberblasen, die meinen Popo sanft massieren. Zuhause werde ich mal in die heiße Badewanne furzen, wenn Zank darin sitzt, damit er ein Onsen Bad-Gefühl entwickeln kann. Vor dem Bad stelle ich mich auf die Personen-waage und klammere mich an der Bonsai-Kiefer fest. Zufrieden kann ich so eine sehr starke Gewichtsabnahme registrieren.
Brigitta schleicht sich leise an und kitzelt mich hinter meinen leicht abstehenden Ohren.
Sofort stehe ich mit beiden Beinen fest auf dieser bekloppten Waage. Diese zeigt mein härtestes Kampfgewicht an. Nach meinem letzen großen Marzipankartoffel-Festival hat sie etwas derartig Böses nicht mehr übermittelt.
Mit Angela Merkels Pinocchio Kinnfalten, setze ich mich an den Frühstückstisch und maule mit mir selbst herum. Alle sind froh darüber, dass ich so ruhig bin. Sie gehen in die Gassho Haltung und Mary spricht die Usui Lebensregel der

Dankbarkeit, (kansha shite) 75 mal in Gedanken vor sich hin.

Brigitta bekommt für ihre Gute-Morgen-Tat von
Falko umgehend das Reiki-Gruppen-Reise-
Verdienstkreuz am Bande verliehen. In mir kocht
die Überlegung hoch, Brigitta selbst an diesem
verliehenen Kreuz an die Wand zu nageln.

Mein Mantra für den Rest des Tages lautet:
„Wenn du still bist, verstehen dich nur die
wichtigen Menschen, die dich auch fühlen!"

Alles hat ein Ende, nur die Wurst hat zwei. Vor
dem Onsen Resort wartet schon ein Motorrad
mit Beiwagen, auf dem Reiki Falko die 20 Koffer
der Gruppe verstaut. Eine Hälfte der Koffer hat
er an das Krad gebunden und die anderen 10
Koffer hängen an Abschleppseilen hinter dem
Beiwagen, wie bei einer just married Tour.

Wir setzen uns immer zu zweit auf einen Koffer
und düsen Richtung Bimmelbahn. Die Kurama
Bewohner im Ort reichen uns von rechts und
links Gastgeschenke zur Weiterfahrt an. Sie sind
voll guter Hoffnung, dass sie ihre Rolläden nun
wieder ganztägig geöffnet halten können.

Wir verlassen die Gastfreunde und fahren nun
endlich nach Kyoto ins Reiki Seminar.

In Kyoto belege ich das Zimmer 421 in der
4. Etage des Celestine Gion. Die 2 Doppelbetten
und ein Wasserkocher lassen mich auf einen
angenehmen Aufenthalt hoffen. Sofort stelle ich
den größeren Wasserkocher an und bade meine

müden Füße darin. Gegen Mittag werde ich Mary und Gitta einen herzhaften Tee aus dem Wasser zubereiten. Da sie das Aroma so sehr loben, mag ich nicht mehr zugeben, daß ich das Wasser nach dem Fußbad nicht gewechselt habe. Die vielen Hühneraugen im Tee werden als chinesische Delikatess Weintrauben von mir deklariert und das Getränk schmeckt allen ganz vorzüglich. Gitta ist nach der Teetime mal wieder bei Google auf der Suche nach dem Tee und wird sauer, dass nichts gleichwertiges auf dem ASIA Markt zu finden ist.

Im Entre` des Hotels befindet sich ein Coffee-shop der feinsten Art. Dort trifft sich die Hotte Volaute der Gruppe immer, bevor wir alle zu dem Riku Kaito ins Seminar marschieren. Riku ist so was ähnliches wie Jesus Christus des Reiki, im Uwagi mit schwarzem Obi, aber ohne Kreuz. Er zieht alle in seinen Bann und lehrt den männlichenTeilnehmern der Gruppe, wie sie ihre Hände auf den Busen der weiblichen Teilnehmer legen können, ohne gleich eine gescheuert zu bekommen. Riku spielt mit Kuiko, seiner sehr hübschen Assistentin und Reiki Falko, stille Post im Reiki Seminar. Riku erzählt Kuiko etwas auf Japanisch, die übersetzt es Falko auf Englisch und Falko erklärt uns dann in unserer Mutter-sprache Norddeutsch mit Düsseldorfer Akzent, das zuvor Gehörte in Kauderwelsch. Oh man, das nennt sich Kuhkident-Reiki, oder so ähnlich. Ist wohl so betitelt, weil fast alle Teilnehmer Zahnersatz tragen, oder kurz davor sind.

Ich werde mal zusehen, ob ich bei Falko in seinem Heimatort den Kursus wiederholen kann, um alles halbwegs zu verstehen.

Riku beschäftigt in seinem Haushalt, zwei bis drei Köchinnen allererster Sahne. Sie lesen uns täglich vor der Zusammenstellung der Mahlzeit aus der Hand und notieren unsere Blutgruppe. Danach schauen sie in unsere Mäuler, nehmen einen Abstrich unserer Mandeln und bereiten dann ganz individuell das Essen für jeden zu. Dagegen sieht jeder Sternekoch in der Heimat ziemlich altmodisch aus.

Als gegen 17:30 Uhr unser erster Seminartag zu Ende geht, lassen wir von Rikus Crew ein Pferd satteln, worauf ich dann mit Norman, Gitta und Mary direkt in die City reite. Dort wollen wir im 6. Stock des Daimaru Kaufhauses eine neue Kamera mit mindestens 15 Zoll-Monitor erstehen. Meine durchgeknallte Kamera dient dazu als Vorlage. Mary kauft sich in der noblen Betten Abteilung ein neues Plümo mit 7 seidenen Kopfkissen Bezügen. Dazu eine lilarot gestreifte Tagesdecke mit 1564 Bommeln und einen silbernen Lattenrost. Der ist ca. 1,40 x 2,00 Meter groß. Den Lattenrost schleppt sie den Rest der Reise immer auf ihrem Rücken mit herum. Das hat natürlich den Vorteil, daß sich Mary ständig irgendwo in einer Ecke zum Schlafen, Relaxen und Meditieren selbst abstellen kann. Gitta macht in der Zwischenzeit den Junior-Verkäufer und an der Kasse den Finanz-Control-Manager zur Sau, weil er ihre mitgebrachten 100000 Zloty nicht als Zahlungsmittel akzeptiert.

Norman greift ihr unter die Arme und schleift sie an den Haaren in die Brillenabteilung. Dort sind sie irre lange damit beschäftigt, einige neue Lesebrillen, zum Teil mit Scheibenwischer und Munddusche bestückt, für Norman auszusuchen. Gitta macht Mudras im Abstand von 8 Minuten, um ihre verhaspelten Meridiane wieder auseinander zu knoten. Um 20:00 Uhr treffen wir uns dann alle müde, mit ausgereizter Kreditkarte am hinteren Ausgang wieder. Der dort am Boden sitzende Obdachlose, liest uns die Karten und spricht Norman mit Odysseus, Herrscher der Insel Ithaka, an. Auf dem Nachhauseweg zum Hotel wissen wir auch warum. Wir verirren uns nämlich und eine stundenlange Odyssee durch das nächtliche Kyoto läßt uns fast erfrieren, verhungern und auch verdursten.

Erst kurz vorm Frühstück finden wir zurück ins Hotel. Ein paar Frühaufsteher aus der Gruppe machen schon Yoga in der Lobby und jonglieren dabei ihren Teebecher auf dem Kronenchakra. Eine Stunde Nachtruhe hat den Vorteil, daß man sein Heimweh in Grenzen halten kann, weil man nur kurz von Zuhause träumt. Eine Stunde

Schönheitsschlaf macht nur bedingt schön und wach schon gar nicht. Mein geräderter Körper hat null Bock auf Thai Chi, oder auf Yoga. Meditation geht auch grad nicht. Nachdem ich gestern Abend noch an die 99 e-mails schreiben mußte, hängen nun beide Arme senkrecht an meinem Körper und führen ein Eigenleben. Meine linke Hand klopft zaghaft an Marys leicht vibrierende Zimmerwand. Ich hege die Hoffnung, daß Mary ihre Morgenmeditation abbricht, um mit mir im Pay TV einen Film über das aktuelle Liebesleben der Pflastersteine, bei 187 ° senkrechter Sonnenbestrahlung anzusehen. Es kommt keine Reaktion aus 423, Mary scheint wohl doch noch zu schlafen. Eigenmächtig schießt meine rechte Faust aus dem leichten Nachtkimono und greift sich die, mit Swarowski Kristallen besetzte Klobürste. Hand und Bürste hämmern nun damit:
`horch was kommt von Draußen rein!!!`
an die Wand zum Nachbarzimmer. Überhaupt Keine Reaktion aus 423! Mein Bauch sagt mir, daß Mary eventuell unbedingt Hilfe benötigt. Vielleicht ist sie beim Frühsport in die Besuchs-ritze des Doppelbetts gefallen und droht nun zu ersticken? Hat sie sich eventuell aus Versehen, nach dem Pullern selbst in die unterirdische Kanalisation gespült? Ich setze unverzüglich meinen Rucksack auf und ziehe eine Fellmütze über mein ungeschminktes Haupt. Zur Stärkung

schiebe ich mir einen Kaugummi zwischen die
Kiemen und stoße vor Marys Zimmertür um 4:12
Uhr einen Urschrei durch den Flur.
Die Tür wird aufgerissen und Mary schlägt mir ihr
Daunenkissen 322 Mal um die Ohren.
„Bist du bescheuert, hier wie der Rasputin aufzu-
kreuzen und mich beim Umhäkeln meiner
geschundenen Fußnägel zu stören?"
brüllt sie mich an. Mary zerrt mich ins Zimmer,
wo schon Karin an einem Spinnrad sitzt, um
Mary mit frischem Garn zu versorgen. Karin
spinnt wunderschönes, güldenes Garn. Dieses
webt sie zu einer Tapete und beginnt tatsächlich,
den Raum neu zu tapezieren. Auf meine Frage,
was denn hier abgeht, reagiert Mary gereizt und
führt einen Tanz rund ums Zimmer und über die
Zimmerdecke auf.
Aus vollem Hals fängt Mary an zu gröhlen:

„Ach wie gut, daß niemand weiß,
daß ich Dir die Ohrn abbeiß.
Deine Nase werd ich teeren,
deine Haare werd ich scheren,
deine Arme werd ich knoten,
machste nochmal solche Zoten.
früh um Vier, das sag ich dir,
will die Ruhe ich genießen,
drum werd ich auf den Mond dich schießen,
halt die Klappe, setz dich nieder
und mach sowas niemals wieder."

Vor lauter Scham krieche ich auf dem Boden
herum. Ich fühle mich wie ein Wurm, ohne eine-
Perspektive, jemals wieder Boden unter die Haut
zu bekommen. Tief in mir keimt aber Hoffnung
auf, dass es nun regnen wird, der Teppich auf-
weicht und ich darin versinken kann.
Aber Pustekuchen. Mary greift sich den Wurm
namens ReNaTe, legt ihn in eine halbleere Cola
Flasche und läßt ihn erst um 7:30 Uhr am Büfett
wieder frei. Nach einer gründlichen Wurmkur
gehe ich dann mit Marko und Mary zu einem
wunderschönen Tempel. Wir besorgen Frühstück
für einen Obdachlosen und geben ihm mehrere,
knuddeldicke Umärmelungen. Damit haben wir
für den Tag schon mal Karma abgearbeitet.
Auf der Hauptstraße werden wir von 2 Politessen
in Gewahrsam genommen, weil wir statt auf der
linken, auf der rechten Seite des Gehwegs
gekichert haben. Auch als Geiji muss man sich
im fremden Land an Gesetze halten. Miss Alina
kommt um die Ecke, zieht ihren Prada Slip aus
und formt der jüngeren Politesse ein neues Cap
daraus. Mary klemmt sich ein überlanges.
Eßstäbchen zwischen ihre Doppel D`s und läßt
die zweite Politesse ein paar Yogaübungen daran machen. Ich filme alles und wir dürfen dann
unbehelligt weiterziehen. Als wir verspätet gegen
10 Uhr bei Riku vor der Haustür stehen, ist der
Eingang tatsächlich von Innen vernagelt.

Der große Meister und Lehrer, hat sich dem Vernehmen nach mit unbekanntem Ziel ins nahe Ausland abgesetzt. Er wird erst in seine Heimat zurückkehren, wenn unsere Truppe Kyoto verlassen hat. Zum Glück treffen wir aber noch auf Kuiko, die uns lehrt, nur mit den Augen das Büfett zu verspeisen.Wir können mit dieser speziellen Methode das Gewicht immer halten und bekommen auch nie Sodbrennen.

Es ist schon der helle Wahnsinn, was diese Japaner alles so drauf haben. Als dann Riku doch noch vorzeitig in sein Haus zurückfindet, diskutieren wir stundenlang über die westlichen Einflüsse der Kaninchenzüchter, auf den östlichen Straßenbau und was Reiki nicht dazu beitragen kann. Wir lernen aber natürlich sehr viel über die originalen Techniken, so wie Usui Sensei sie erarbeitet, angewendet und auch letztendlich, mit seiner direkten Lehre in die ganze, weite Welt getragen hat.

Das Seminar ist spannend, lehrreich und fordert unsere volle Konzentration auf allen Ebenen. Als der Tag zur Neige geht, mache wir alle nacheinander an Riku eine Kekko.

(Ketsueki Kokan Ho) um seine Durchblutung anzuregen, sein Nervensystem zu regulieren, Verspannungen zu lockern und um Toxine auszuleihen. Das verleiht dem Meister Flügel und er fliegt als Himmelshund eine Ehrenrunde für unsere Gruppe über Kyoto. Wir machen uns auf den Weg in unser Hotel und kommen an vielen, kleinen Läden vorbei, in die wir unbedingt hinein müssen. In einem Second Hand Shop sehen wir viele, wunderschöne, gebrauchte, seidene Kimonos. Wenn eine Japanerin sich einen neuen Kimono zulegt, gibt sie gern einen Gebrauchten im Geschäft ab. Da schlägt nun unsere Stunde. Als wir das Geschäft verlassen, schließt die Besitzerin denselben für einige Wochen, um neue Ware zu beschaffen. Wir haben fast alle Kimonos gekauft und tanzen am Abend damit über die Shinkyogoku Einkaufsmeile. Es macht einen Riesenspaß in Kyoto gebrauchte Kimonos zu kaufen. Kein neues Kleidungsstück hat so eine wunderschöne, energievolle Aura. Wir sind so glücklich mit den Teilen und schlafen in dieser Nacht auf seidenen, alten, neuen Kimonos. Nachdem ich mir letzte Nacht fast 2 ½ Stunden Schlaf gegönnt habe, fahre ich mit knurrendem Magen in die 2. Etage, um dort den Frühstücks-raum aufzusuchen. Vor diesem werden schon Platzkarten verteilt, weil unendlich viele Japaner ebenfalls ans Büfett wollen. Ich ziehe die späte Nummer 461 mit 3 ¾ Stunden Wartezeit. Extrem hungrig stelle ich ein Feldbett auf, um während der Wartezeit noch etwas zu meditieren. Vom Bett aus werfe ich ein Lasso und ziehe einige auf-, oder abgestiegene, teilweise auch schon abgehobene Gesellen und Meister des Reiki zu mir heran. Ein Zusammenspiel, mit solch harmo-

nierender, positiver Energie wird uns die Zeit bis zum Spätstück verkürzen. Als die Nummer 401 aufgerufen wird, liegen schon 17 Personen auf dem Feldbett, legen und lesen sich gegenseitig die Fahrkarten. Einige lesen sich auch aus den Runzeln unter ihren Plattfüßen, das Horoskop des kommenden Tages vor. Gitta hat die Schnauze voll und haut den Feuermelder ein. Auf diese Weise kommen wir in Nullkommanix in den Frühstücksraum und haben ihn auch noch ganz allein für uns. Das Büfett ist leider total leergefegt und Marko wird uns an diesem späten Morgen, das Frühstück einmal auf die Schnelle, intravenös verabreichen. Auf Wunsch einiger Alleinreisender, werden auch spezielle Früh- stückszäpfchen von der NASA verabreicht, was aber nicht ganz ohne nachfolgende Geräusch- kulisse abgeht. Wenn man sein Frühstück in Form eines Zäpfchens serviert bekommt, hat es den Vorteil, daß man sich nebenbei die Prothese rausnehmen und diese neu versilbern, oder auch vergolden lassen kann. Wir fragen uns noch jahrelang danach, warum am nächsten Morgen gähnende Leere im Frühstücksraum war.
Nach dem Frühstück quetsche mich mit Norman, Karin und Brigitta zu einem hübschen Fahrer ins Taxi. Wir kommen noch rechtzeitig bei Riku an, um den 5 einhalb stündigen Stummfilm mit seiner heilenden Mutter anzusehen.
In den Pausen werden wir mit japanischen

Delikatessen abgefüllt und Riku zeigt uns die Massage-Techniken, die den Bauchraum extrem weiten, damit seine Salatschüsseln alle leer gefuttert werden. Gegen 18 Uhr springt Mary auf und will Harakiri machen. Sie hat einen dicken Blähbauch vom Salat und benötigt nun dringend einen offenen Kanal. Riku hat kein geeignetes Messer und wir begeben uns im Gänsemarsch, bei Nieselwetter ins nahegelegene Einkaufszentrum Kiyomizu-Zaka Street. Dort wollen wir Mary ein Messerset kaufen. Zum Glück finden wir kein geeignetes Messer fürs Harakiri. Gitta hat zwar ein ganzes Besteck im Koffer, ist aber absolut nicht bereit, Mary davon etwas auszuleihen. Mary macht 9 Kniebeugen, läßt einen langen Furz, bleibt am Leben und kann mir dann die restlichen Tage der Reise weiterhin Reiki auf meinen kaputten Flanken geben. Unsere Mägen knurren inzwischen dermaßen unverschämt laut, daß die Security das EKZ räumen läßt. Die Lautsprecher geben gerade zur Warnung durch: „Achtung, mehrere entlaufene Raubkatzen sind im Center unterwegs."

Umgehend besetzen wir nun ein Restaurant für Minderbemittelte. Der Besitzer hat noch nicht mal einen Herd in der Küche. Er entfacht ein Lagerfeuer auf dem Tisch und zündet darauf die Reste seiner Lebensmittel an. Dann kippt er die vollen Ascher auf den undefinierbaren Klops, würzt damit und gießt noch 2 Liter Mayonnaise drüber. Das ganze nennt sich Okonomiyaki, schmeckt so genial saulecker, daß wir noch 22 weitere Klopse bestellen und essen.

Erst im Krankenwagen kommen wir wieder zu uns, weil wir alle zu einer Magenspülung ins nahegelegene Hospital gefahren werden. Egal, so eine Mahlzeit hat was, die bekommt man nicht im Irgendwo, eher im Nirgendwo.

Nach der Rückkehr ins Hotel ziehe ich meinen second hand Futschi-Pyjama an, lackiere meine Haare lindgrün und tanze vorm Hotel mit einem japanischen Sumu Ringer Wiener Walzer.

Dem Ringer gefällt unsere Show so gut, daß er seine Familie und Fangemeinde zur Polonaise einlädt und wir tanzen bis zum Sonnenaufgang durch Kyotos Straßen. Es stört uns alle nicht im Geringsten, daß die Feuerwehr immer mal zwischendurch heißes Wasser über uns gießt. Die Polonaise hält von Zeit zu Zeit an den öffentlichen Fernsprechern inne. Man gibt mir die Chance, endlich mal den Zank im Seevetal an den Apparat zu bekommen. Mein geliebter Mann durchstreift nämlich während meiner Abwesenheit sein heimisches Revier und macht dem Platzhirsch Konkurrenz. Sei es ihm gegönnt, in Kürze ist wieder Schluß mit Lustig, wenn ich auf der Matte stehe und meinen Panikmantel über ihm ausbreite. Es wundert mich schon sehr, daß er immer so fröhlich ist, wenn ich ohne ihn auf Reisen gehe. Andere Männer ketten ihre Ehefrauen an die Heizungsrohre im Keller, wenn sie zu oft verreisen. Mein Zank ist da ganz anders. Er tackert mir schon Wochen vor der Abreise meinen Flugschein auf die Stirn, damit ich den Termin nicht verpasse. Ich bin im Urlaub dann auch oft gar nicht so richtig in der Lage, Zuhause telefonisch durchzukommen. Neulich habe ich wohl 12 x unsere Nummer falsch gewählt. Immer war eine Dolly Buster Stimme am anderen Ende und flüsterte:

„Rate mal liebär Anrufer:

A: vielleicht ist keinär Zuhause?

Bä: vielleicht ist är nicht allein Zuhause?

Oder Cä: är läßt die Sau raus, bis du kommst nach Hause!!! gröhl!"

Ich glaube, ich spinne total. Das Telefonnetz im Seevetal ist wohl derzeit total überlastet. Da werde ich mich wohl mal bei der Telekom beschweren und nachfragen.

Zurück im Hotel in Kyoto. Es ist Mitternacht Punkt 00:00 Uhr. Ich bin seit ca. 23 Minuten auf einer Alphakursion in Meditation und hänge an meiner silbernen Schnur oberhalb der Zimmerdecke. Da ist plötzlich Schicht im Schacht. Sirenen heulen durch den Flur der 4. Etage und um 00:37 Uhr wird meine Zimmertür eingetreten. Ich ziehe sofort die Schnur ein, an der noch mein physischer Körper hängt. Dann webe ich mich in einen Cocoon ein und zittere dabei so stark, daß Erdbebenalarm ausgelöst wird. Meine Neugierde siegt und ein Auge öffne ich nun doch noch ganz vorsichtig, um Mary zu erblicken.

Sie prescht auf einem fliegenden Teppich durch mein Zimmer und singt:

„Happy Birthday to you ReNaTe."

Neben Ihr sitzt ein pinkfarbener Kän-Guru mit 1000 Armen. Aus seinem riesigen Bauchbeutel holt er hunderte von Geschenken, Pralinen und ganz viele Schweizer Nougat-Nüsse. In jeder Hand hält der Kän-Guru eine brennende Kerze. In seinen Ohr- und Nasenlöchern kokeln sehr wohlriechende Räucherstäbchen vom Kurama. Hin und Weg von so einer schönen Geburts-tagsüberraschung, seile ich mich von der Decke ab und mache es mir auf dem Teppich zwischen den beiden Gauklern bequem. Mary stellt sofort ihren neu erworbenen Navigator auf Sightseeing ein und wir fliegen bis 7:26 Uhr durch Kyoto und Umgebung. Der Kän-Guru wirft zwischendurch kleine Gastgeschenke in die Gärten der Häuser. Mary und ich singen im Duett den Gartenzwerg Marsch der Jacob Sisters. Wir schweben über den Dächern der Schlafenden und senden Reiki Energie durch die Schornsteine in die Häuser. Vor 11: 00 Uhr gehen in Kyoto an diesem jungen Morgen keine Lichter an, weil die Bewohner völlig relaxt auf ihren Futons in den Tag hinein schlafen. Nach dem Aufstehen werden sie dann stundenlang Geschenke auspacken.

Die Kyoto Sternwache gibt gegen Mittag öffentlich bekannt, daß ein UFO mit 3 Lichtgestalten des Nachts gesichtet wurde.

Sie senden eine Einladung des Kaisers, in Form von Laserstrahlen ins Nirvana, damit wir bekloppten Teppichfuzzis die geflogene Route ins feste Programm aufnehmen können.

Vor dem Hotel empfängt mich Dackel Bonzo im Tarnanzug, um mir ein Geburtstagsständchen ans rechte Bein zu pinkeln. Ich liebe Dackel.

Alina schlägt vor, daß wir vor der morgigen Abreise noch Kleingeld verbraten und hat sich schon einen 3x4 Meter großen Rucksack vor den Bauch gebunden. Wir ziehen los, um Zigaretten zu kaufen, vor deren Genuß man eine 31 seitige Gebrauchsanweisung lesen muß. Alina kauft Zigaretten, die sich beim Kiffen zu kleinen, rosa Wolken formen und den Raucher darauf, benebelt und träumend durchs Weltall schweben lassen. Schwarz-Weiß-Grün gestreifte Glimmer- und Zebrastangen, mit denen man jederzeit so an die 10 cm über der Fahrspur, problemlos die 8 spurige Autobahn überqueren kann. Pink und rotfarbene Schnullerzigarillos ohne Filter sorgen dafür, daß die Lungenärzte volle Praxen haben. 7 Meter lange Zigaretten im Cartier-Style kann man sich 5 x um den Hals hängen und diese dann gelassen durchs After inhalieren.

Wer es braucht, darf es sich gönnen.

Wir schauen noch einmal kurz bei Riku rein und nehmen ein paar Buchstaben mit, die der große Meister für uns auf Papier gemalt hat. Danach stellen wir uns dann zum Abschied noch einmal als Gruppe am Klöchen an und werden dann alle anschließend an die frische Luft gesetzt.

Am Ausgang tackert uns Reiki Falko noch eine Visitenkarte auf den Mittelscheitel, mit dem von Hand geschriebenen Hinweis:

„da treffen wir uns um 19:00 Uhr."

Wir treffen aber nach einem Shopping Eklat mit Gitta, erst kurz vor sieben im Hotel ein. Steigen dort sofort in eine Rikscha, um das gebuchte Lokal aufzusuchen. Das Wort `suchen` können wir während der Fahrt immer mal wieder neu. definieren, denn der Fahrer kann die kleine Visititenkarte nicht lesen. Er fährt uns zuerst in eine buddhistische Bäckerei und danach zum Frauenarzt, weil Mary stöhnt, als wenn sie in den Preßwehen liegt. Nach 34 Kilometern sammeln wir `Geld zum Tanken` und fahren den Taxidriver in ein Badehaus zum relaxen. Zu Fuß machen wir uns auf den Weg und landen dann gegen 20:12 Uhr in einer total exotischen Skihütte. Die Gruppe hat das Büffet schon aufgerollt und singt nach dem 9. Sake gerade das Lied von Heintje:

„MMMAAAAAAAMMMMMAAAAAAAA!!!!!"

„Mammamia!!!" antworte ich und will mich schnell verpieseln, weil sich alle im Gang aufgebaut haben, um mir zum Geburtstag zu gratulieren. Dann nimmt mich die 1000 armige Senju Kannon in ihre Arme. Ich tauche ein in einen riesigen See aus Milliarden Küsschen. Einfach nur schön. Danach schwimme ich durch eine Unterwasser-Streichelstraße. Die Zeremonie endet erst gegen Morgengrauen und holt mich und meinen noch ungepackten Koffer auf den Boden der doofen Tatsachen zurück. Eilig walke ich ins Hotel. Dort versuche ich meinen Koffer zu packen und gebe ratlos und genervt auf. Die 11 Kimonos und 8 Paar Schuhe, passen nicht mehr mit den 14 Paar Socken zu den 33 Schachteln Pralinen in meinen Koffer. Ich schmeiße alles aus dem Fenster und nehme die kleine Pille Valium-Brutal als Betthupferl ein. Noch bevor ich mit der losen Wimper zucken, oder diese abschminken kann, dreht man mir die Glühbirnen raus. Meine hohlen Augäpfel klappen ebenso zu wie mein offnerer Mund. Also, diese 3 Affen, die nicht hören, nicht sehen und nicht sprechen können, (sanbiki no sara) müßen Valium geschluckt haben, bevor sie erstarrten. Ich fühle mich auch gerade wie diese drei kleinen Affen.
Gute, letzte und stille Nacht in Kyoto? Wieso? Schön wärs.
Wenn der Schlaf der Bruder des Todes ist, dann halten mich gerade 2 Brüder in ihren Klauen fest

und fahren mit mir in der Geisterbahn. Ich sehe mich mit 5 Köpfen, 10 Mündern und 30 Armen, als Flugbegleiterin für KLM ins All fliegen. Dann registriere ich, wie Doris mit einem Fallschirm durch die Kloschüssel über dem Himalaja abspringen will. Die Frage steht im Raum: „Noodle-Soup or Schoko-Icecream?"
Doris kann sich nicht entscheiden und gibt auf. Ich gebe mich auch auf.
Nieeee wieder Valium, eine starke Narkose hätte doch auch gereicht. Und oder nicht?
Abreisetag.....Um 6:00 Uhr ist Treffen in der Lobby angesagt. Da ich seit 5:00 morgens in der Eingangshalle emails schreibe, verpasse ich auch nichts. Reiki Falko steigt kurz vor 6:00 Uhr wie ein Mafiosiboß aus dem Fahrstuhl. Er hält dem Empfangschef einen laufenden Föhn unter die Nase mit folgenden Worten:
„Frühstück, sofort, sehr viel, sonst wärm ich dir die Nasenlöcher an, bevor ich draufhaun tu."
So spricht Falko sonst wirklich nicht. Er hat sich am Abend zuvor beim Feuerfestival mit Verona Feldbusch verflirtet und das hat wohl abgefärbt.
Norman wird von Brigitta in einem Bollerwagen hereingeschoben und nuckelt dabei verträumt auf seinen rosa Ohrläppchen.
Inri und Doris tragen ihren neu erstandenen Koffer zum Frühstückstisch. Sie packen das Geschirr und die Löffel ein und fahren schon mal vor zum Airport. Alina wird geschreddert und in

einer Pfeife von Rüdiger, alias Jo, geraucht.
Marko führt Mary an einer Hundeleine nochmal
Gassi durch das Viertel, damit sie vor dem Frühstück pinkeln kann. Brigitta malt sich am Fenster
aus, wie hoch wohl das Unkraut in ihrem heimischen Garten steht und Norman singt lauthals:
„Berlin, dein Gesicht hat Sommersprossen."
Katy filmt Werner beim Verzählen des Gepäcks
und Marko knotet sich mit seinem Haarschopf
am Computer fest, damit er den Flieger verpasst.
Gitta macht mich zur Sau, weil ich mit dem kleinen Zeh in der Nase popel und Alina ist schon
wieder auf dem Weg zu Riku, um diesen noch
weitere 2 Tage auszufragen.
Inri stellt uns in einer Reihe auf, zählt durch und
drückt jedem einen Kuß auf die Stirn. Da wir so
zahlreich erschienen sind, schiebt er uns dann in
3 Minibusse. Schlafend erreichen wir den Osaka-
Airport und belegen sofort alle Imbiss Stände
und Toiletten. Arge Probleme bekommen wir
beim einchecken, weil Werner auf keiner Liste
geführt wird. Werner ist sozusagen Inkognito in
Japan und kann das Land nie wieder verlassen.
Wir machen ein Lagerfeuer in der Flughafenhalle
und führen für Werner eine Feuerbestattung
durch. Karin wickelt ihr blaues Strumpfband als
Verschluß um die Urne und drückt noch einen
dicken Schmatzer drauf. Die Urne mit Werners
Asche holt die Äbtissin des Kurama Tempels
persönlich am Airport ab. Der Werner hat ja im

Tempel vor Ort schon eine Ecke in der Gruft angemietet und darf sofort da einziehen. Der Neidfaktor ist enorm hoch. Werner wird nun nie wieder in die naßkalte, vom Aussterben bedrohte BRD zurückreisen. Ein Glückskind. Bevor wir dann aber in die Maschine nach Amsterdam steigen, kaufen wir noch ein paar Souvenirs, in Form von Bonsais, Kofferbändern, Sushi-Boxen und literweise duftfreiem Parfüm.

An Bord werden sofort Mudras geknetet, um uns mental auf die Angehörigen Zuhause wieder ein- zustellen, die uns am Flughafen abholen werden. Wir futtern uns durch die unbeliebte Bordküche und filmen uns gegenseitig zum letzen Mal die total entspannten Gesichter. Mary und ich stellen fest, daß wir uns ohne Ehemänner wie nach einem totalen Facelifting fühlen. Wir beide über- legen wirklich, ob wir diese Faltenbringer wieder an uns heranlassen wollen, oder vielleicht in ein Seniorenheim nach Thailand abschieben.

13145 Tage Ehe mit mir, haben meinen Mann aber bereits total geprägt und gefräst. Er trägt meine BH`s und Tangaslips zur Nacht und sein schwuler Friseur ist total verknallt in ihn. Der will ihm seine Nasenhaare hübsch flechten und bunt einfärben. Die Verhübschung kann dann von dem fehlenden Eckzahn, links in der Prothese ablenken. Durch die Lücke läßt er immer seine gierige Zunge raushängen, wenn er der mini berockten Nachbarin hinterher hechelt.

Wir werden in Amsterdam nur gut 7 Minuten Zeit haben, den Flughafen zu durchqueren, um unseren Anschluß Flieger nach Hamburg rechtzeitig zu bekommen. Plan B tritt sofort in Kraft. Mary läuft drei Minuten nach dem Start zu einer Stewardess. Sie nimmt diese als Geisel mit zu unserer 4 er Sitzreihe. Wir legen die Dame quer über unsere Oberschenkel und flüstern ihr gemeinsam einige Minuten lang die Gokai, Reiki Lebensregel Nr. 5 ins Ohr:
„Sei nett zu deinen Mitmenschen."
Sie gibt ent-spannt auf, ist nett zu uns und verfrachtet Mary, Gitta, Norman und mich sofort in die 1. Klasse. Dort tanzen wir mit den VIPS eine Runde HullyGully und lesen ihnen aus den vorletzten Tropfen ihrer Whisky Gläser, die Zukunft. Ein älterer Passagier verbrennt sich in dem Gewusel am heißen Kaffee die Finger. Sofort nehmen wir ihn unter unsere Fittiche und geben ihm Koki Ho, Heilung mit dem Atem. Er sitzt bei Gitta auf dem Schoß, hält Mary rechts, mich links im Arm und gemeinsam mit Norman, pusten wir unseren eiskalten Atem auf seine heißen, rot verbrannten Finger. Im Nu stellen sich weitere Personen an, die sich auf diese Weise abkühlen möchten und wir behandeln bis zur Landung in Amsterdam weitere, versehrte Fluggäste.
Nach der Landung, werden wir geknebelt und mit Fußfesseln versehen, ohne Umweg, direkt zum Cityhopper nach Hamburg gebracht.

Geht doch. Plan B erfolgreich abgeschlossen.
Die wenigen Minuten nach Hamburg sitzen wir
doch lässig auf einer Arschbacke ab.
Norman fliegt weiter nach Berlin und die anderen
16 aus der Gruppe kehren ebenfalls gesund und
munter in ihre Heimatorte zurück.
Relaxt, ent-spannt und voller Elan komme ich
zuhause bei Zank an. Seine Freude ist groß und
er begrüßt mich, als wenn ich 10 Jahre fort war.
Endlich ist sicher gestellt, daß er abends wieder
seine Häppchen serviert bekommt. Der Arme.
In aller Ruhe erzähle ich ihm von der spirituellen,
wunderschönen Reise und den Menschen, die
mich ein Stück auf meinem Lebensweg begleitet
haben. Er erfährt, wie das Seminar gelaufen ist
und was ich alles gesehen und gelernt habe.
Diese Art des Reiki, so wie Usui Sensei sie entwickelt und gelehrt hat, ist genau mein Ding.
Diese ursprüngliche Methode anzuwenden,
erweist sich als effektiv und ich kann erfolgreich
damit arbeiten. In den kommenden 12 Monaten
reise ich zweimal nach Düsseldorf zu Reiki Falko
und gehe in weiteren Seminaren in die Tiefe
dieser Techniken. An mehreren Orten hospitiere
ich immer dann, wenn er Seminare gibt und
lerne, lerne und lerne viel dazu. Ein Jahr später
bin ich wieder in Japan und lege in Kyoto meine
Lehrer Prüfung ab. Nie hätte ich es für möglich
gehalten, dass mich das ursprüngliche Reiki in
seiner Essenz so fasziniert. Nicht nur das Reiki

praktiziere ich inzwischen, sondern ich lerne Hypnose Techniken und immer, wenn ein spirituelles Thema mich interessiert, lerne ich einfach dazu und integriere neue Techniken in das breite Spektrum meiner Anwendungen. Mein Anliegen ist es, nichts dogmatisch zu machen und immer mal wieder einfach über alles lachen, auch wenn es ein todernstes Thema ist.

`Das Leben meisterst du lächelnd, oder überhaupt nicht.' Probiere es einfach aus.

Die Behandlungen werden auf meine ganz eigene, spezielle Art und Weise durchgeführt. Ich vermische gerne verschiedene Techniken und halte mich nur an meine Regeln. Das ist halt meine Art, so zu behandeln und es kommt vor, daß ein versehrter zu Behandelnder, schon mal vor lauter Lachen mit Muskelkater von der Liege steigt. Was hilft, ist immer richtig, wenn's hilft und aus dem reinen Herzen angewendet wird.

Freiheit auf allen Ebenen für alle Ebenen. Viele meiner Bekannten, Freunde, Verwandte und auch mal Fremde begeben sich in meine Hände und werden erfolgreich behandelt.

Manche nicht, wer ist schon Vollkommen.

Ich bin nicht Jesus, gebe aber mein Bestes.

Dann beginne ich, eigene Seminare zu gestalten und bilde unendlich viele, begeisterte Menschen aus. Mein Fokus liegt immer darauf, dass die Schüler eigenverantwortlich mit dem gelernten Stoff umgehen. Es kommt dazu, daß wir nun in einer Gruppe in regelmäßigen Abständen zusammen kommen und miteinander und oder aneinander die Techniken üben. Mary und Gitta kommen ebenfalls dazu und wir bilden einen spirituellen Zirkel.

Diese wunderbare, spirituelle, wohlfühl Tätigkeit des Reiki und anderer Techniken, findet in der Freizeit statt. Meine Auftraggeber lassen mich in meiner Detektei nicht aufs Altenteil ziehen. Weiterhin sitze ich gemeinsam mit Gawain sehr erfolgreich am Schreibtisch und spüre auf, was so alles entschleiert werden soll. Viel zu tun.

Geben und nehmen, kommen und gehen. Das Leben hält alles bereit an lehrreichen und oft auch harten Herausforderungen.
So begibt es sich, daß sich zum Weihnachtsfest Zanks Eltern Theresia und Gustav, bei uns zum Essen einladen. Sie werden weiterhin gesiezt und somit kann ich beide weiterhin unauffällig auf Abstand halten. Gustav kommt einmal wieder mit einem bösen, Miesepeter Gesicht ins Haus. Er nörgelt an allem herum, hat ununterbrochen was zu meckern und behandelt Zank, als wenn dieser ein kleines Vorschulkind ist. Zank schluckt des lieben Frieden willens, alles herunter. Bei mir wagt Gustav diese Nummer nicht, weil meine Reaktionen und Antworten messerscharf sein Ego treffen. Daher schaut er mich wie immer, nur stillschweigend, extrem schlecht gelaunt an und

wartet auf das Essen. Theresia kann es sich aber nicht verkneifen, mich auf die fehlende, notwendige Weihnachtsdekoration in unserem Nest hinzuweisen. Sie hat eine erzkatholische Erziehung in einem Kloster genossen.

Gustav ist mit Leib und Seele Atheist. Die beiden Elternteile harmonieren nur so wunderbar miteinander, weil Theresia zu allem, was Gustav ihr befiehlt, `JA und AMEN´ sagt. So kommt es, dass sich Gustav zum allerersten Mal auf meine Seite schlägt und grantelig knurrt:

„Der ganze Firlefanz ist sowieso überflüssig, zum Glück ist hier lamettafreie Zone."

Bei uns wird zu Feierlichkeiten, egal welcher Art und Wichtigkeit sie sind, meine 220 Jahre alte Freimaurer Kristallkugel eines Großmeisters auf den Mitteltisch gestellt. Die ist einzigartig und wunderschön. Die eingravierten Freimaurer Symbole stehen leuchtend im Raum. Sie stehen für Wahrheit, Moral und brüderliche Liebe. Ich glaube, moralische und spirituelle Werte zu vertreten und diese Kugel anzusehen, bereichert jede Feier mehr, als irgendeinen Klimbim an einen zum Sterben abgeholzten Tannenbaum zu hängen. Die Bäume sehe ich lieber im Wald, wenn sich Zapfen daran bilden, statt Goldkugeln und Lametta an die Zweige zu hängen.

Das darf aber jeder mit sich selbst ausmachen. Meine Devise lautet sowieso:

„beurteile nie die Taten anderer, dann musst du auch nichts verzeihen, oder vergeben."

Zank hat den Esstisch liebevoll, in männlicher Motivation gedeckt. Das bedeutet:
Keine Tischdecke, dafür aber zwei Papiertücher an jedem Platz. Tiefe und flache Teller in unterschiedlichen Designs und Kuchengabeln mit Brotmesser daneben. Dessertteller nicht im Schrank gefunden, Hundenapf geht auch mal zur Not. Innerlich grinsend, toleriere ich diese tolle Designer-Deko und stelle noch den roten Asia Drehteller in die Mitte des runden Eßtisches. Inzwischen koche ich ayurvedisch und stimme die Gerichte immer auf die Doshas der Gäste ab. Heute ist es eine echte Herausforderung.
Zank und Gustav sind 100% Kapha.
Theresia ist zu 30% Vita und 70% Valium.
Mein Dosha beinhaltet 99% Pitta und noch 1% tödliches Gift der Kobra.
Um mir das Kochen etwas zu erleichtern, gebe ich alle Zutaten in einen Mixer und rüttle diese gut durch. Das Ganze kommt in eine Auflaufform und wird im Ofen bei 160 Grad Umluft zwei Stunden in Kokosmilch gegart.

„Was ist das denn für ein Fraß, hat das die Kuh am Heiligabend im Schafstall ausgekotzt?" fragt Gustav irritiert, als ich die Schale auf den Drehteller stelle und ihm etwas daraus anbiete. Mit hochgezogenen Augenbrauen und zugeknif-

fenen Schlitzaugen, sage ich wichtig:
„Das ist eine Wohlfühl-Speise der Gebissträger in Japan. Sie essen das, wenn sie ihr Retread in den Bergen abhalten und sich in Askese üben."
Theresia nimmt 2 Teelöffelchen zum probieren und dreht den Teller dann schnell wieder in Vater Gustavs Richtung. Der glotzt ratlos in die Schale.
„Wo ist denn eigentlich das Fleisch?"
will er nun wissen, während er sich mutig, weil hungrig, 6 Esslöffel auf den Teller lädt.
„In dieses traditionelle, japanische Kotodama Gericht, habe ich 2,5 kg Mentalhack integriert,"
erkläre ich Gustav meine Kochkünste.
Er nickt, probiert, nimmt die ganze Schale vom Drehteller und verspeist sie unter:
„Ah, Hmmmm, nicht übel, doch echt gut!"
Zank, Theresia und ich lassen ihn gewähren und machen uns über den süßen Teller her, der bei uns natürlich an Weihnachten nicht fehlen darf. Wir futtern, Mandarinen, Nougat und Marzipan. Ein paar frische Datteln und Feigen sind auch dabei. Uns schmeckt es ausgezeichnet und der Gustav futtert tatsächlich alleine, ohne Meckerei, die ganze Auflaufform ratzekahl leer.

„Gib Theresia mal das Rezept!"
sagt er rülpsend und wischt sich mit der kleinen Mandarinen Schale den Mund ab. Den grünen Tee nach der Mahlzeit, trinke ich mit Zank ganz alleine, denn Gustav ist bereits auf dem Stuhl am

Eßtisch eingeschlafen. Er schnarcht sooooo laut, dass Nachbarn klingeln und uns bitten, die laute Motorsäge doch bitte bis nach Weihnachten mal abzustellen. Theresia turnt sich derweil an der Pergola im Garten, die Kalorien der Mandarine wieder ab. Zum Kaffee und Tee sitzen wir wieder gemeinsam am Tisch und reden über Dinge, die ausdrucksvoll und vielsagend sind, wie:
„Der Handelspakt zwischen Haiti, Ostfriesland, Vatikanstadt und Südkorea, sorgt zwar für ein wenig Erleichterung an den Börsen, sollte aber nicht weiter beobachtet werden."
Theresia gibt sich dann gern intellektuell und flüstert hochwichtige Sätze in den Raum wie:
„Neulich war ich beim Frauenarzt, weil ich so weiße Streifen im Schlüpfer habe. Er sagt, es kann Zucker sein. Papa hat bestimmt Zimt, seine Streifen sind so dunkel und auch braun. Ich habe ihn lieber mal beim Spezialisten angemeldet."
Diese Fürsorge ist doch wirklich nicht zu toppen. Noch vor dem Abendessen verabschieden sich die Beiden und es lässt sich nicht vermeiden, dass wir uns umarmen. Gustav sieht mir ins Gesicht, ich schaue zurück und spüre, rieche und weiß es einfach in diesem Moment, dass er morgen nicht mehr auf Erden sein wird.
Den Geruch des nahenden Todes, nehme ich zum ersten Mal ganz intensiv wahr. Es fasziniert und erschüttert mich zugleich. Mir rutscht dann noch ein Satz heraus:

„Tschüss und pass gut auf DICH auf!"

Dann drücke ihn ein paarmal ganz sanft. Ich habe ihn zum Abschied geduzt und das ist auch gut so. Ich sehe ihn zum letzten Mal lebendig.

Ruhe kehrt ein und Zank fragt mich, ob ich kein Problem mehr mit seinem Vater habe.
„Er stirbt heute Nacht und die Probleme lösen sich ohne mein Zutun auf," sage ich leise.
„Hast du ihm etwas ins Essen gerührt?" fragt Zank entsetzt und guckt mich schräg an.
„Nein, ich habe es einfach gespürt und dazu den Geruch des nahenden Todes wahrgenommen," erwidere ich leise und ein wenig traurig.
„Erzähle nicht so einen Bullshitt, der ist doch gut drauf!" sagt Zank und für ihn ist die Sache damit erledigt. Für mich auch, bis dann am nächsten Morgen um 05:12 Uhr das Telefon läutet.
Theresia ist dran und heult in den Apparat:
„Papa ist tot, er liegt im Badezimmer auf dem Fußboden. Er ist kalt und steinhart. Er atmet nicht mehr. Ihr müsst sofort kommen.
Papa ist tot!!!!!!!".
Wir fahren sofort zu Theresia und Zank flüstert mir im Auto zu: „Ich sage jetzt lieber nichts!"
Ich antworte leise:
„Besser iss! Ich habe es dir ja gesagt!!!"

Gustav will wohl irgendwann nachts mal aufs Klo und Theresia mit ihren Ohrenstöpseln hat ihn

nicht gehört. Erst als sie kurz nach 5 Uhr eben-
falls das Bad aufsucht, findet sie den bereits
kalten Körper ihres Gustav neben der Dusche.
Theresia ist völlig fertig und findet sich in der
Welt ohne ihren Moderator Gustav nicht zurecht.
Ab sofort übernimmt Zank die Führung und ist ihr
mentaler Rollator, an dem sie sich abstützen
kann und auch dringend will.
Theresia zeigt in den nächsten Wochen und
Monaten überhaupt keine Ambitionen, einmal in
Eigenverantwortung ihren Alltag zu bestreiten.
Trauer ist es nicht, die sie lähmt. Sie genießt es
zusehends, rund um die Uhr zu shoppen, kann
aber nicht einmal die tägliche, schnöde Post
öffnen und schon gar nicht beantworten. Für so
blöde, alltägliche Dinge hat sie jetzt den lieben,
verlorenen Sohn wieder im Fokus. Die Mutter mit
der Kleidergröße 32+, wohnt nur 3 Minuten von
uns entfernt und Zank darf täglich zum Appell
antreten. Theresia hat große Angst vor dem
Älterwerden und einer Gewichtszunahme.
´Ich trage seit der Schulzeit Größe 32+,`
steht auf ihrer Visitenkarte und am Briefkasten.
Migräne und Panikattacken sind bei Theresia an
der Tagesordnung. Sie gibt sich halbjährlich eine
Magenspiegelung, eine Darmspiegelung und läßt
sich Herzkatheder setzen, ohne daß sie wirklich
Beschwerden hat. Krank werden und oder Krank
sein ist eine Sache der persönlichen Einstellung.
Theresia ist ein bestens trainierter Hypochonder

und bei ihr fängt alles im Kopf an. Das stinkt mir total und ich ergreife Maßnahmen zur Heilung. Eine Urlaubsbuchung für Theresia und mich wird geplant und umgesetzt. Wenn Angst einmal Abwechslung bekommt, kann sie sich auflösen und nur wer sich ändert, ist sich treu. Da werde ich mit Theresia mal dran arbeiten.

….Abwechslung gesucht!!! Malta gebucht!!!!!!! Vorzumerken ist, dass Theresia sich schon seit Jahren weigert, mit mir eine Flugreise ohne Männer zu buchen. Einerseits wegen ihrer blöden, horrorartigen Flugangst und dann wegen der Befürchtung, dass ihr Gatte Gustav, nach ihrer Rückkehr, verhungert als Skelett in ihrem Palast aufgefunden wird. Sie leidet an einem Trauma, daß Gustav sich das halbe Pfund Butter morgens nicht alleine auf die 9 Brötchenhälften schmieren kann. Er wird einen elenden Hungertod in ihrer Abwesenheit erleiden.

Diese Ausrede gilt nun nicht mehr, denn Gustav ist nicht an Hunger, sondern an einem akuten Herzinfarkt gestorben. Diese Abwechslung wird ihr gut tun und ich werde ihr mal zeigen, wie toll befreiend Eigenverantwortung sein kann.

Kein Mensch hier kann Positives erwarten, wenn er immer nur Negatives denkt.

Unser Abreisetag ist da. Wie immer, stehe ich sehr früh auf, um meinem Ehemann Zank, (der nörgelt seit der Reisebuchung täglich) letzte Anweisungen und Anleitungen, für die

Witwerzeit auf Probe zu geben. Ich schmiere ihm
noch 24 Scheiben Brot für die Woche, lege ihm
7 Unterhosen mit Löchern raus und verstecke
seine Zahnpaste. (erschwert das Fremdgehen).
Wir tragen die schlafenden Hunde ins Auto und
fahren gemächlich die 3 Minuten in Richtung
Theresia, um die ängstlichste aller Reisenden
abzuholen. Als wir vor dem Objekt parken, sieht
alles verwaist aus. Die Rollläden sind unten. Die
Außenlaternen sind mit alten Kopftüchern
verhängt. An der Haustür klebt ein Schild:
`Bin nicht anwesend, klingeln zwecklos, fliege
sowieso nicht mit‘.
Wir klingeln trotzdem Sturm und öffnen, nachdem sich nichts rührt, die Haustür mit dem
Wagenheber. Theresias Putzfrau finden wir in ein
Bettuch gewickelt und fest geknebelt im offenen
Besenschrank. Zanks Mutter hat sie dort einge-
sperrt und sich dann selbst, mittels Kabelbinder
und Kofferschloss, im Keller an die kaputten
Heizungsrohre gefesselt. Den Schlüssel hat sie
mit einem Becher warmer Hafermilch, natürlich
ohne Zucker, zusammen verschluckt.

„Ich muß sterben, wenn ich fliege!“
fleht sie, verdreht die Augen und liegt bereit, zum
Empfang der letzten Ölung. Die wird ihr aber hier
und heute versagt. Wir befreien die Schlotternde
mit einer Wasserrohrzange und binden sie sofort
in unserem Kombi an das Lenkrad. Meinen Zank

stört das nicht beim Fahren. Ich bin nämlich eine miserable Beifahrerin, weil ich entweder während der Fahrt ins Lenkrad beiße, oder mich hinter ihn setze, um ihm die Augen während der Fahrt zu zuhalten. So kommen wir immer gut an.

Über die Flugangst von Theresia lache ich mich aber halbtot. Ich bin nämlich in der Lage ohne Angst um die ganze Erde zu fliegen. Blöderweise bekomme ich aber schon Hitzewallungen und Atemnot, wenn ich nur den Kofferraum unseres Pkw öffne, um die beiden Jack Russell Terrier einzuladen und Gassi zu fahren. Autofahren als Beifahrer ist der Vorhof zur Hölle für mich.
Am Rückspiegel unseres Kombis hängen Schutzengel und Amulette des heiligen Athisha. Unsere Motorhaube und die Felgen habe ich mit Symbolen der heiligen Geometrie bemalt und ich sitze als Beifahrer während der Fahrt auf einem Davidstern, um mich in die Merkaba zurück zu ziehen. Wenn ich einmal selbst fahre, benötige ich das alles nicht. Die Polizei bewacht mich und macht viele Fotos von mir, wenn ich fahre.
Die kommen dann immer per Post ins Haus. Ich finde das alles zwar etwas überteuert, aber guter Service kostet eben.
Die beiden Terrier und die Putzfrau legen wir nun zusammen in die Wartezone, ins Gästebett. Für die Wartezeit, bis Zank die beiden wieder abholt, legen wir für die Hunde eine Pferdewurst von

65 cm Länge auf das Laken. Für die Putzfrau legen wir ein Fladenbrot, belegt mit Sucuk, direkt aufs Kopfkissen. Guten Appetit ihr Drei. Vertragt euch bitte und verwechselt nicht die Snacks.

Endlich fahren los in Richtung Flughafen. Theresia fordert unter Protest sofort einen Pfarrer, der ihr möglichst die letzte Ölung doch noch verpassen wird. Ich stöhne aus Mitleid voll in das Gejammer mit ein, weil ich nicht schon vor dem Flug im Elbtunnel verenden will.
Im Flughafen angekommen, legen wir Theresia eine Augenbinde um, ziehen ihr die goldenen Hörgeräte aus den Ohren und ketten sie auf einem Kofferwagen fest. So gesichert, schieben wir sie an den Flugschalter zum Einchecken.
Sie checkt zitternd ihren Koffer ein, wobei sie der Bodenstewardess weismachen will, dass sie entführt wurde. Diese lächelt süffisant zurück, denn Zank hat ihr eine Bonbonniere unter den Rock geschoben und flirtet wild mit ihr herum.
Als Theresia sich dann herumdreht und Beifall erwartet, von den hinterwärts Wartenden, reicht ihr ein junger Mann einen Brechbeutel. Theresia ist nämlich zwischenzeitlich total hellgrünrosa flueszierend im Gesicht angelaufen. Der Jüngling stellt sich dann gezielt am Ende der Schlange erneut an, damit er im Flugzeug nicht in unserer Nähe sitzen muß. Schade drum, er ist genau der Typ Mann, den ich gern auf meine Retourkut-

sche aufsteigen lasse. Zank geht mit uns noch
eine kleine Runde durch den Airport und checkt
die allein reisenden Damen mittleren Alters. Als
er einen Biß hat, muß er ganz schnell zum Auto
laufen, weil die Parkuhr angeblich abläuft.
Er winkt noch einmal und sagt fröhlich:
„Tschüssi, ohne Küssi."
Mittlerweile verliert Theresia ein bißchen ihre
Angst. Sie erblickt unendlich viele Geschäfte, die
zum Shoppen einladen. Wir kaufen schnell noch
eine Gucci-Uhr, eine Jil-Sander Reisejacke, ein
Hermes Tuch und stellen fest, dass so eine volle
Kreditkarte ohne Gustavs Limit, Spaß und gute
Laune machen kann. Wir wollen noch durch die
Sicherheitskontrolle. Theresia muß ihre Jacke
ausziehen und den kleinen Fallschirm abgeben.
Diesen hat sie sich tags zuvor bei einem guten
Traveller-Ausstatter in Hamburg besorgt. Der
Sicherheitscheck verläuft aber fast problemlos.
Die Mutter muß nur noch ihren Safegürtel
abschnallen, in dem sie 150 Valium gebunkert
hat. Unbemerkt stelle ich ihr ein Bein. Sie fällt in
die Arme eines Sicherheitsbeamten, bleibt darin
liegen und wird sicher zum Gate 7 getragen. Dort
ist schon Boarding angesagt und nun ist keine
Fluchtmöglichkeit mehr drin.
Wir starten und ich halte Theresia stöhnend im
Arm, bis wir die vorgegebene Flughöhe erreicht
haben. Unter unserem Sitz bildet sich ein See
voller Angstschweiß. Der neben uns sitzende

Reisende, ruft über sein Handy einen Notarzt. Ich stülpe Theresia die Sauerstoffmaske über und sage zu der 39 Kg leichten, nicht englisch sprechenden Schwiegermutter:

„Theresia, du mußt abnehmen, auf dem Sitz vor Dir steht: bitte fasten, der Sitz bellt."

Nach den Sicherheits Anweisungen betreffs eines möglichen Absturzes, wird ein Mittagessen serviert. Theresia ißt alle Schalen ratzekahl leer und lehnt sich zurück, um beim gleichmäßigen Geräusch der Turbinen sofort einzuschlafen. Sie sieht in ihrem Sitz wie ein rosiges, zufriedenes Baby aus. Ich stecke ihr einen Schnuller in den Mund und sie läßt noch einen kleinen Pups und einen großen Rülpser raus.

Theresia erwacht erst, als wir um 14:00 Uhr auf Malta zur Landung ansetzen. Die Landung ist problemlos erfolgt. Theresia reißt sich die Sauer-stoffmaske von der Nase, schnallt sich sofort ab, klatscht in die Hände und stürzt in das Cockpit, um den Piloten zu umarmen. Sie küßt ihn und den Boden um ihn herum. Dann werden wir des Flugzeugs verwiesen, wegen penetranter, sexueller Belästigung.

Nach der Landung gehen wir gemeinsam mit den137 anderen Frauen auf das nahegelegene Klo. Erst danach suchen wir dann das entfernt gelegene Kofferband auf. Theresias riesiger, übergewichtiger Koffer kommt als Dritter aus der Luke gefahren und sofort schauen alle Fluggäste auf das singende Monstrum. Aus den Innereien des ledernen Reisebegleiters, dringt lauthals der Song von der Gruppe: `Die Doofen':

„Mief! Nimm mich jetzt, auch wenn ich stinke!" Dem Kofferradio wurde es wohl zu langweilig auf dem Flug und es hat sich selber eingeschaltet. Koffer runter vom Band und ab vors Terminal, denn dort werden wir von einem Fahrer namens Jo (Wow, ist das ein schöner Malteser) in Empfang genommen. Die Fahrt ins Hotel Waterfront in Sliema dauert nur 15 Minuten. Theresia sitzt neben Jo auf dem Vordersitz und malt sich die Lippen im Rückspiegel an. Mit einem lasziven Blick, toupiert sie sich noch die Augenbrauen, öffnet sich die beiden oberen Blusenknöpfe und überprüft den Sitz ihrer Strapse. Wenn ich mich im Fond des Wagens nicht verhört habe, macht sie gerade ein Date mit Jo für den Abend aus. Hallo!!!!! Ist das da eine trauernde Witwe vor mir, oder sitzt da eine, ins Leben zurück gefundene, pubertierende Klosterschülerin? Ist doch egal. Vor dem Hotel geben wir Jo ein Trinkgeld. Das Umrechnen in Maltesische Pfund ist uns noch nicht vertraut. Die unerwartete Höhe veranlaßt Jo, sein Zelt im Foyer aufzuschlagen und uns nicht mehr aus den Augen zu verlieren. Unsere Koffer sind im Zimmer 511 gelandet. Wir haben einen tollen Blick auf das Meer und beschließen, dass wir sofort einen Rundgang machen und erst hinterher auspacken. Unten in

der Halle wartet schon der Jo. Wir legen ihm
eine Hundeleine um den Hals, nehmen ihn ins
Schlepptau und ziehen zu dritt los.
Als 3er Team walken wir so ca.10 km an Sliemas
bezaubernder Promenade auf und ab.
Gegen 18:10 Uhr kommen wir total erschöpft,
auf allen Vieren im Hotel an. Der Portier hält uns
einen Wassernapf entgegen, aus dem wir 3 dann
ergiebig saufen. Jo kriecht in sein Zelt im Foyer
und wir auf unser Zimmer.
Um 19 Uhr stürzen wir uns auf das Wahnsinns-
Büffet. Wie ausgehungert futtern wir uns durch
die tollen Vorspeisen. Voll gesättigt, essen wir
dann aber noch ein paar Bratkartoffeln mit
Roastbeef und Rosenkohl. Zum krönenden
Abschluß verputzt Theresia 12 Kugeln Eis mit
Sahne und ich verspeise eine Käseplatte für
4 Personen. Drei Kellner müssen uns von den
Stühlen heben, in Rollstühle setzen und uns,
nachdem wir eine Hundetüte in Jo`s Zelt gewor-
fen haben, in unser Zimmer transportieren.
Es wird Zeit, ins Bett zu gehen, oder sich hinein
zu legen. Theresia hat sich eine Heizdecke mit-
gebracht, die farblich auf ihren Nachtlippenstift
abgestimmt ist. Sie wickelt sich in ihren Brokat-
Seide-Samt-Schlafanzug und flechtet sich ihre
Nasenhaare zu einem Zopf für die Nacht. Was
für ein Kasperle Theater. Mein Schlafzeug
besteht aus einem karierten Boxershort, den
Zank ausrangiert hat und einem gelben XXL

Shirt der `Toten Hosen', welches verblichen und deshalb von Gawain entsorgt wurde. Auf dem Shirt steht der Text:
„Bis zum bitteren Ende."

Endlich ist Fertig angesagt und wir wollen nun schlafen, aber Theresia nimmt heimlich mein Handy und ruft Jo an, um das Date auf den übernächsten Tag zu verschieben. Um Mitternacht werde ich plötzlich hellwach, weil Theresia im Schlaf singt:
„Ich bin nicht mehr klein, doch mein Herz ist allein, da lass ich übermorgen den Jo mal rein!"
Auf was habe ich mich da bloß eingelassen?
Um 05:00 Uhr bin ich hellwach, koche mir meinen rituellen Morgenkaffee mit dem Mini-Tauchsieder und genieße den Sonnenaufgang auf dem Eckbalkon unseres Zimmers. Danach lege ich Senfkörner, Vitamin-Knoblauch-Lachsöl-Kapseln und Tranquilizer zurecht und reiche Theresia eine 2 Liter-Flasche Wasser ins Bett.
Sie darf erst aufstehen, wenn diese zur Hälfte geleert ist und ihre Blase zu platzen droht.
Gehirnzellen trocknen ein und müssen versorgt sein, um zu funktionieren. Wa Fü Ge Wa Fü Ge (Wasser fürs Gehirn) ist das erste Mantra, daß Theresia an diesem Morgen singen muss, in unserer gemeinsamen Meditation, mit dem Kontex: „Eigenverantwortung."
Danach begeistert sich Theresia im hellrosa ge-

kachelten Bad, an ihrem quantitativ einmaligem Stuhlgang. Dieser zeigt sich Zuhause immer nur unter Androhung eines XXL Klistiers.

Wasser kann so viel in die richtigen Wege leiten! Derweil bin ich schon am Schminktisch in Aktion. Da ich morgens auch auf Malta wie ein unge-machtes Bett aussehe, male und spachtele ich an meiner Visage herum, bis mir Mona Lisa für Arme aus dem Spiegel entgegenblickt.

Ein buntes Badelaken aus dem Bad kommt zum Einsatz und ich hänge den riesigen Spiegel im Flur damit ab. Immer wenn ich mich mit meinen, auf den Hüften angewachsenen Satteltaschen, neben der spargeldünnen Theresia sehe, esse ich den ganzen Tag nichts mehr.

Wir Frühstücken heute einmal sehr früh und ausgiebig. Es macht sehr viel Spaß, dabei mit kichern und gackern die anderen Gäste des Hotels durchzuhecheln.

„Die beiden am Nachbartisch sind bestimmt nicht verheiratet. Er futtert, was das Zeug hält und sie trinkt nur figurfreundlichen, schwarzen Kaffee." grölt Theresia mir ins Ohr. Sie hat ihre Hörgeräte auf Halbmast gestellt. Somit spricht sie nun be-sonders laut, so daß alle anderen im Raum auch etwas davon haben. Das hören auch die beiden am Nachbartisch und schauen wenig begeistert in unsere Richtung. Theresia stört sich aber nicht daran, sie glaubt doch sowieso, daß die alle nur schauen, weil sie so einen tollen Pulli trägt.

„Sieh mal den Mann da drüben, der mit dem blauen Hemd, ob der seinen Koffer im Flughafen vergessen hat? Das Hemd hatte er gestern auch schon an," schludert Theresia weiter und pustet dabei jede Menge Brotkrümel über den Tisch. Theresia hat zudem Schwierigkeiten, gerade am Tisch zu sitzen, weil sie sich ca. 25 Kg schwere Goldketten um den Hals gehängt hat. Damit kann man eventuell allein reisende Herrenherzen anlocken. Leider klappt das heute nicht, da hätten wir doch etwas leiser sprechen müssen.

Nur der Oberkellner wittert fette Beute und schlawenzelt um Theresia herum. Pech für ihn, Personal beachtet meine Schwiegermutter nicht. Der gute Mann kann ja nicht wissen, daß Mutter Theresia in den Jahrzehnten an Gustavs Seite, einer Gehirnwäsche unterzogen wurde, welche die Worte „Trinkgeld für Untergebene," aus ihren Hirnwindungen heraus geätzt hat.

Wir beenden die Schluderei und schmieren uns noch ein paar Brötchen. Theresia steckt sich noch 4 Orangen in den Ausschnitt und eine Gurke ins Hosenbein, als zusätzliche Ration für unseren Tagesausflug. Wir schlendern nach Sliema ins Zentrum und Theresia jammert neben mir, weil eine leichte Brise weht und diese ihre Frisur zu zerstören droht. Großzügig tauscht sie bei einem Obdachlosen am Straßenrand, eine Papiertüte gegen ein Foto ein, welches sie 1950 bei einer Miß-Phönix- Wahl zeigt. Sie schwankt dann nörgelnd, mit der Tüte auf dem Kopf neben mir her. Meine blaue Jeanskappe liegt im Hotel. Ich biete sie Theresia an. Oh mein Gott, blau kann sie angeblich auf gar keinen Fall aufsetzen. Blau passt nicht zu ihrem grünen Lidschatten. Wir dödeln weiter durch die City und finden im 39. Laden endlich eine beige Kappe, die haargenau zu Theresias drei behaarten Pickeln am Mundwinkel paßt. Eine andere wäre selbstverständlich nie in Frage gekommen. Allmählich verstehe ich, warum schon jahrzehntelang ein Psychiater an ihr herumdoktert.

An der Promenade steht eine nette, mollige, blonde Malteserin, Mitte 40, die uns in das kleine angrenzende Reisebüro lockt. Wir buchen 3 Tagestouren mit einem englischen Kleinbus. Eilig müssen wir dann sofort mit einem Hechtsprung auf die gegenüber liegende Fahrbahn springen, da der Bus bereits ankommt. Die gebuchte Tour, `Maltas Highlights,` müssen wir unbedingt mitmachen. Theresia küßt dem aussteigenden, stolzen maltesischen Fahrer die Füße und erwirkt damit, daß wir im Fond des Busses sitzen dürfen. Minuten später zeigt sie dem Fahrer dann einen Stinkefinger. Dieser hat sie angeschnauzt und gerügt, weil sie die Bustür immer zu heftig knallt beim Schließen. Theresia spricht kein Wort englisch und wir üben nun stundenlang auf der Rundreise den Satz: „ei klaus se dor slouli!!!!!!"

Bei unserem 1. Stop an der Kathedrale in Mosta treffen wir vor dem Portal ein junges Paar, welches einen Hund beobachtet. Der kleine knuddelige Malteser liegt auf den Stufen und hält eine kaputte Wasserflasche zwischen den Pfoten. Er hat Durst. Sofort starte ich eine Rettungsaktion und öffne dem Kleinen meine volle Wasserflasche. Wir unterhalten uns 10 Minuten mehr schlecht als recht in englisch mit dem Paar und stellen dann fest, daß sie aus Jena und er aus Ulm stammt. Im Stechschritt geht es dann durch die Kirche, in der ich alle vorhandenen Kerzen für die kleinen Hunde auf Malta anzünde. Theresia gibt dafür kein Geld aus.
„Das sind doch nur Tiere,"
lautet der Satz, mit dem sie sich umgehend bei mir ins Abseits schießt.
„In der Zeit, in der ich mit Tieren zusammen bin, befinde ich mich immer in guter Gesellschaft, davon spüre ich gerade nichts." sage ich zu der Tussi neben mir und damit hat sie erstmal bei mir verschissen. Theresia läßt das kalt, sie schickt ein Stoßgebet zum Himmel, daß Gott ihre Frisur bis zum Abend in Form halten soll. Ich bitte den alten Mann um viel Geduld, damit ich diese Frau an meiner Seite, in dieser gemeinsamen Woche nicht erdrossle. Wir besichtigten ein Loch in der Decke, wo anno dazumal eine Bombe einschlägt und den 300 Gläubigen in der Messe nichts passiert ist. Wunder, gibt es immer wieder.

Sonnenbebrillt und beige behütet, fahren wir nun voller Tatendrang im Fond des Busses, nach Mdina, in die ehemalige Hauptstadt Maltas.

Zu Fuß besichtigen wir die Altstadt, oder haben es besser gesagt, eigentlich vor. Theresia geht lieber erstmal shoppen und kauft einen antiken Eiche Wandschrank mit Wurmlöchern. Dazu passend einen 2x3 Meter großen Perserteppich, mit Mottenbefall und 60 cm langen Fransen.

Sie findet für ihr kaiserliches Badezimmer eine tolle, neue Klobürste. Diese ist bestückt am Griff, mit einem zahnlosen, glatzköpfigen Mönch, der sich ein Lächeln rausquetscht.

(steckt etwa Heimweh nach Gustav dahinter?)

Sie bittet den Ladeninhaber die Ware auf den Kleinbus zu binden. Es gibt umgehend einen Menschenauflauf am Bus, weil der Fahrer dem Ladenbesitzer Prügel androht. Sollte dieser die Haushaltswaren auch nur in die Nähe des Busses bringt, wird er einen Zahnarzt benötigen.

Um den Fahrer zu schützen, wickelt sich Mutter den Perser um die Hüften und befestigt die neue Klobürste hinten an ihrer Baseballkappe.

Ich lasse mich dazu überreden, den Wand-schrank als Rucksack auf meinen Rücken zu schnallen. Wir sehen aus wie 2 Raubritter und begeben uns so bestückt in ein Straßencafe. Dort essen wir dann sieben Stücke, auf maltesi-sche Art, gebackenen Zitronenkuchen und trinken jede Menge Eistee dazu. Den Flirt mit

dem Kioskbesitzer muß Theresia abrupt abbre-
chen. Unser Busfahrer versteckt den Kleinbus
unter einem Bettlaken und will ohne uns losfah-
ren. Er befürchtet, daß Theresia ihren Kauf-
rausch ausweitet und er auf einen 7 Tonner
umsteigen muß. Es geht trotz Gemecker des
Fahrers weiter und wir erreichen die alte Stadt
Rabatt. Dort klettern wir runter in die St. Agatha
Katakomben. Theresia ist inzwischen sehr müde
und macht es sich auf ihrem Teppich in einer
leerstehenden Gruft gemütlich. Als ich sie nach
einer ausgiebigen Besichtigung wieder abholen
will, steht gerade eine Reisegruppe vor ihr.
Der Reiseleiter erklärt der Gruppe, daß aufgrund
der konstanten Temperatur in den Katakomben
die Mumien so gut erhalten sind und sogar die
Teppiche in 1000 Jahren nicht verrotten.
Als dann die Gruppe kreischend auseinander
läuft, weil die Mumie Theresia zu schnarchen anfängt, lege ich Sie auf meine Schulter und trage
sie in den Bus. Dort schläft sie weiter und wer
träumt, der kauft nichts ein. Gut so.
Unser Bus erreicht nach einer halben Stunde
Fahrzeit den Abfahrtssteg zur blauen Grotte. Wir
suchen den Fahrkartenschalter und müssen
nach einer längeren Debatte mit dem Fischer,
unseren Schrank und den Teppich am Steg
lagern. Das kleine Boot wird damit absaufen und
das darf nicht geschehen. Im Boot sitzen außer
uns noch der Glöckner von Notre Dame mit Ehe-

frau, sowie 2 Engländerinnen in BH und Tangaslip. Es ist saukalt und Theresia ist heilfroh, daß
sie morgens ihren dicken Nerzbody untergezo-
gen hat. Wir nehmen je eine kalte Engländerin in
den Arm, um sie zu wärmen. Daraufhin ruft ein
Reiseleiter aus dem Nachbarboot:
„Guckt mal alle rüber, da fährt das Phantom der
Oper mit seinem Harem."
Die aufgewärmten Engländerinnen schlafen in
unseren Armen fest ein und wir müssen sie für
den Rest des Tages mitschleppen. Es wird ziemlich eng im Fond des Kleinbusses und der Fahrer
hält zwischendurch immer mal an, um ein anti
Agressions-Ritual zu machen. Er bläst einen
großen Luftballon auf und haut sich den solange
gegen die Stirn, bis er platzt. Das hält ihn davon
ab, selbst zu platzen, oder auf uns einzuplatzen.
Zum Schluß der Tour landeten wir in
Marsaxlokk, Maltas zweitgrößtem Naturhafen, in
dem die traditionellen Fischerboote (Luzzu) vor
Anker liegen. Diese speziellen Boote haben ein
mysthisches Auge am Bug. An der Promenade
packten die Einheimischen gerade ihre Markt-
stände zusammen und wollten Feierabend
machen.Theresia bekommt einen Schreikrampf,
weil sie unbedingt noch 12 Tischdecken und
17 umhäkelte Klorollen kaufen will. Der Markt
bleibt noch 34 Minuten, extra für die Deutschfrau
geöffnet. Um 17 Uhr fahren wir am Hotel Waterfront vor und der Fahrer begibt sich sofort zu

seinem Arbeitgeber, um Urlaub zu beantragen. Dem Vernehmen nach sitzt er zwischenzeitlich in einer geschlossenen Anstalt und will dort bleiben. Er benötigt monatelange Ruhe und Pflege, um wieder einsatzbereit zu sein.

Das Abendessen verläuft dann aber auch ohne weitere Komplikationen. Der Oberkellner bindet uns an die Stühle, fesselt und füttert uns. Bei der Prozedur haben wir null Bock darauf, unsere Schludereien vom Frühstück fortzusetzen. Der Mann mit dem blauen Pullover, hat die Ärmel aus seinem Pulli heraus getrennt und ein blaues Achselshirt daraus gebastelt. Die Ärmel hat er zum Turban um seinen Kopf drapiert. Gewußt wie! Ich ziehe meine Kappe, vor so viel Kreativität. Da bin ich sehr gespannt, wie er sich morgen früh zum Frühstück präsentieren wird. Dann ist endlich Bettruhe angesagt. Theresia stellt die Klimaanlage auf Eiseskälte ein, weil sie sonst ihren, mit Hamsterfell gefütterten Schlaf-anzug nicht ins Bett ausführen kann. Da es kurzerhand arschkalt im Zimmer wird, lasse ich kochendes Wasser in die Badewanne laufen und schlafe in der Naßzelle. Die Senfkörner wirken aufgrund der vielen Bewegung tagsüber ausge-zeichnet und so pupse ich:
„schlafe mein Kindchen, schlaf ein,"
in die kochende Badewanne.

Zufriedenheit und Harmonie
sind wie zwei wärmende Socken
trag sie ständig und gern
du wirst frohlocken
leg sie niemals ab, stopfe sie
bevor sie zerfallen

Der Morgen zeigt sich von seiner sonnigsten
Seite, bis ich bemerke, dass Theresia nicht im
Hotelzimmer übernachtet hat. Heute ist Valetta
unser Ausflugsziel und um 10:00 Uhr geht es los.
Geplant ist ein Besuch der Ordnance Street. Wir
wollen in den Barrakka-Garten, die St. Johńs
Co-Kathedrale und das Ordensritter-Hospital
Sacramento Infermeria besichtigen.
Keine Theresia in Sicht, also kein Ausflug.
Wo also ist sie? Ich gehe mal runter ins Foyer
und frage den Jo. Sein Zelt ist ebenfalls leer. An
der Rezeption erfahre ich, dass Theresia und Jo
gegen 24 Uhr letzte Nacht, mit einem kleinen
Transporter abgefahren sind. Wohin weiß keiner.
Inzwischen ist es halb 10 Uhr und ich überlege,
den Ausflug alleine zu machen.
Der letzte Gedanke schwirrt noch in meinem
Kopf herum, da öffnet sich die große Glastür der
Eingangshalle. Theresia und Jo stürmen herein
und wollen mich vierteilen. Jeder zieht an einem
Arm und an einem Bein von mir. Theresia zieht
mich in Richtung Straße zum Transporter. Jo
zieht mich zum Geldautomaten, vorne an der

Rezeption.

„Samma, tickt ihr nicht richtig? Was ist los?"
ich werde laut und bin extrem genervt. Dann
erfahre ich die ganze Geschichte. Theresia hat
gestern am Abend noch mit Jo telefoniert und
ihm erzählt, dass sie Antiquitäten sammelt.
Jo hat wohl hunderte Bekannte und Freunde in
der Nähe, die gerade irgendwelche, uralten
Sachen loswerden wollen. Die beiden sind dann
die ganze Nacht durch Maltas Straßen gefahren
und haben nun einen vollen Kleintransporter vor
dem Hotel stehen. Theresia hat irgendwo unterwegs ihre Kreditkarte liegen lassen und ich
soll nun Jo die restliche Summe aus dem Auto-
maten ziehen. Eine Summe, in der fünffachen
Höhe unseres Urlaubs. Meine Lust auf weitere
Exkursionen mit Theresia ist im Keller und ich
beende unseren gemeinsamen Urlaub.
Das Thema Eigenverantwortung ist kein Thema
mehr. Ich gebe die Verantwortung für Zanks
Mutter und den Urlaub, an der Rezeption ab.
Jo bekommt seine restliche Kohle aus dem
Geldautomaten und beendet seinen Job als
Theresias Berater. Diese packe ich vorerst mit
etwas Proviant in den Schlafzimmerschrank. Ich
setze mich auf den Balkon und überlege in
Ruhe, ob ich diese Reise überlebe, oder einen
Suizid begehe. Meine Gehirnwindungen werden
von Inputs durchflutet. Ich höre auf die Stimme
meines inneren Gewissens, welches mir rät,

einmal an mich zu denken und warum plane ich Theresias Ausstieg aus der Familie. Ich gehe mal ins Internet und schaue mir an, was ich so anleiern kann, um eine unbeliebte Schwiegermutter ins Abseits zu schiessen. In Marsaxlokk gibt es einen Containerhafen, sowie eine Frachtschiff Verladeanlage am Freihafen-Terminal. Da fahre ich sofort hin und buche einen 40 Fuss Container für rund 9000€. Diesen lasse ich voll beladen, mit all den Dingen, die sich Theresia zugelegt hat. Eine Verschönerung des großen Containers meinerseits, erfolgt mit einen hand geschriebenem Spruch:

„Wandel und Wechsel liebt, wer lebt!!!!!".

Ich montiere das Blatt in einen kleinen Rahmen und hänge ihn in den Container neben das integrierte, kleine Waschbecken. Der wohnlich eingerichtete Container, ist jetzt mit einem Teppich, Eichenschrank, Lampen, Sessel und unendlich viel Schnickschnack bestückt und fertig für die Fahrt nach: **Hamburg** !!!!!!!!

Der Container mit Theresia an Bord, reist nach Hamburg. Dieses Hamburg ist nicht Theresias Heimatstadt, sondern eine Stadt in der südafrikanischen Provinz Ostkap an der Küste des Indischen Ozeans. Dieses Hamburg liegt zwischen East London und Port Alfred in der Lokal Gemeinde Ngqushwa am Ufer des legendären Keiskamma River. Die Frachtpapiere sind nun ausgefertigt und der Container geht mit Theresia auf eine sehr, sehr, sehr lange Reise ohne Wiederkehr. Ich fliege total relaxt zurück zu meinem Zank ins Seevetal, in die Nähe meines heimatlichen Hamburg. Zank erzähle ich nach meiner Ankunft, dass sich Theresia in einen afrikanischen Stammesfürsten verknallt hat und diesem in seine Heimat gefolgt ist. Sie wird ihn heiraten und dort in einem Palast wohnen.

Ich vermisse Theresia nicht, werde aber von meinen Auftraggebern und meiner spirituellen Gruppe vermisst. Erstere bediene ich in einem Ermittlungs-Marathon. Rund um die Uhr eruiere ich in den nächsten Tagen die schwierigsten Fälle zur vollsten Zufriedenheit meiner vielen Auftraggeber. Mein Gehirntraining.

Danach kann ich mich dann wieder der Heilarbeit und spirituellen Themen widmen. Unser Zirkel ist größer geworden und es sind jetzt auch ein paar an Reiki interessierte Männer dazu gekommen. Die unterschiedlichen Themen, die wir während unserer Treffen bearbeiten und mit denen wir uns gegenseitig behandeln, lassen unser spirituelles Spektrum wachsen. Bei allem Ernst, darf aber auch der Spaß an der Sache nicht fehlen. An so einem Reiki Nachmittag, arbeiten wir meist an drei Behandlungsliegen.

Liege 1: Ruhe, konzentriertes Handauflegen, leise Reiki Musik neben der Liege, zwei Behandler und ein zu Behandelnder

Liege 2: man klönt vor sich hin, weil man sich ja einige Wochen nicht gesehen hat,
fließende, stimmige Behandlung trotz Gerede, der zu Behandelnde ist in Trance
sieben Behandler und ein zu Behandelnder

Liege 3: die schweren Fälle kommen immer auf diese Liege. Der zu Behandelnde erzählt einen schmutzigen Witz, oder gern mehrere. Die Behandler brüllen vor lachen. Ihre erfahrenen Hände wissen immer, wo sie Auflegen müssen. Oft legen sich die Behandler im Wechsel auch noch auf die Liege, weil sie Muskelkater vom Lachen haben. Wenn man 1 Minute von Herzen lacht, lebt man 1 Tag länger.
neunzehn Behandler und 1 zu Behandelnder

Ein junger Mann, möchte gerne einmal zum Gruppennachmittag kommen und ist herzlich Willkommen. Er hat grad ein Reiki Seminar absolviert und sucht eine Gruppe für praktische Übungen. Die Gruppe ist an diesem Nachmittag gut besucht. Alle haben ihren Platz für ein Reiju (Einstimmung) eingenommen und es kann losgehen. Ganz so, wie Usui Sensei es gemacht hat, bekommen alle Teilnehmer von mir zu Beginn des Nachmittags, ein Reiju. Dieses Ritual macht sie feinfühliger, ist total beliebt bei allen und sie möchten nicht darauf verzichten.
Konichiwa….los geht es.
Leise Musik erklingt, eine weisse Kerze knistert

vor dem Bild des Usui Sensei. Eine weiße Rose steht neben dem Foto des Meisters. Die Teilnehmer sitzen in Gassho Haltung, verinnerlicht und in Stille auf ihren Stühlen. Die Einstimmung ist erfolgt, die Teilnehmer fühlen die Verbundenheit zu Allen und Allem, sind selig und gehen nach dem Reiju mit ihren Teetassen an und auf die Liegen. Es klingelt an der Haustür. Moni hat gerade einen Tinnitus. Das Klingeln hört sich für sie an, als wenn eine Motorsäge die Stuhlbeine in meiner Küche kürzt. Neugierig sprintet sie zur Haustür, um den Holzfäller zu begutachten. Sie kommt lächelnd zurück und hat an einer Hand einen jungen, ebenfalls lächelnden Mann, so um die 25. An der anderen Hand zieht sie einen, zerknirscht und abschätzend, grimmig in den Raum spähenden, Mann so um die 85 Jahre alt. Der junge Mann sagt fröhlich:

„Hallo ihr Lieben, ich bin der Lars und das ist mein Opa der Karlheinz. Opa glaubt, dass Reiki ein Witz ist und darum ist er einmal mit mir gekommen, um euch kennen zu lernen. Ist es euch überhaupt recht?"

„Aber Natürlich! Herzlich Willkommen!" singt der Reiki Chor. Ich flüstere Moni zu:

„Leg Karlheinz mal auf die Eins zur Ruhe und den Lars auf die Drei zum Eingewöhnen."
Moni macht das genau andersrum, ihr Tinnitus hat's halt versemmelt. Komischerweise wollen heute 9 Mädels an die Liege Nr. 1, um dort den

Jüngling Lars zu behandeln. Lars ist ein sehr gut aussehender Typ, so ein Brad Pitt mit Lockenkopf. Der Lars wird in Stille, aber mit neugierigen Blicken begutachtet und Lucie sagt lachend:
„Wir werden als erstes einmal dein Wurzelchakra ölen, es quietschte vorhin beim Gehen."
Lars versteht den Witz und sagt:
„Okay, auf gehts!!!!!"
Die Behandlung erfolgt dann natürlich absolut konzentriert und versiert, unter Anwendung aller erlernten Reiki Kriterien. Liege zwei bleibt heute mal völlig frei. Der Hauskater Gismo belegt sie umgehend, denn er ist immer dabei und profitiert von der wunderschönen Stimmung im Raum. Oftmals legt er sich auf die Schmerzstellen der zu Behandelnden, heilt und gibt Energie mit seinen kleinen samtigen Pfötchen.
Tummelplatz der 12 weiteren Behandler ist heute die dritte Liege. Ramona bettet Karlheinz darauf, legt eine Kaschmirdecke über die alten Knochen und tupft einen Tropfen Weihrauch aus dem Oman auf Karlheinz 3. Auge. Er bekommt eine Nackenrolle, sowie eine Knierolle unter den Körper geschoben und 24 Augenpaare senden 1 Minute Reiki mit den Augen (Gyoshi Ho) in die Aura des Karlheinz. Nach diesen 60 Sekunden lässt Karlheinz seine Mundwinkel nach unten fallen und ist sowas von relaxt, wie nach einem 2 stündigen Mittagsschlaf.
„Und was nun?" fragt er in die Runde.

Meike antwortet ihm spontan:
„Jetzt erzählst du uns den schmutzigsten, schweinigsten Witz, den du je gehört hast und wir entscheiden dann darüber, wie deine weitere Behandlung abläuft."

Lars auf Liege Eins hebt den Kopf und schaut ungläubig auf Liege Drei, wo Opa Karlheinz gerade total locker spricht:
„Okay geht los, ich mache es!".

„Klein-Erna, Klein-Pia und ihr großer Bruder Maik müssen sich ein Zimmer teilen. Natürlich ist der große Pimmel des älteren Bruders interessant für die Schwestern.

„Dürfen wir mal damit spielen?", fragt Erna vor dem Zubettgehen. „Na klar wenn ihr wollt," sagt Maik lächelnd. Das Fummeln der Mädchen zaubert Maik schnell einen Ständer und bald musst er spritzen. "Was war denn das?" staunen Erna und Pia. „Na ganz einfach," erklärt Maik. „Erst habt ihr den Pimmel aus dem Schlaf geweckt, als er dann stand, wollte er euch gute Nacht sagen und da eure Hände ihn zu sehr schüttelten, musste er sich übergeben."

Mit weit aufgerissenen Augen fällt Lars zurück auf seine Nackenrolle der Liege Eins und sagt:
„Ich glaub das jetzt nicht!"

Kater Gismo auf Liege Zwei, klopft mit dem Schwanz Beifall auf die Wolldecke.

An Liege Drei bricht ebenfalls Beifall aus und der

kollektive Gruppenruf ertönt:
„Zugabe….Zugabe….Zugabe!"
Opa Karlheinz blüht auf und öffnet sich, wie eine Mittagsblume im Sonnenschein. Seine Wangen sind rosa durchblutet und gutgelaunt erzählt er einen guten Witz nach dem Anderen. Die. Behandlung wird intensiv weiter durchgeführt. Karlheinz bekommt eine Powerpackung vom Feinsten. Nach 30 Minuten ist eigentlich ein Wechsel auf der Liege vorgesehen. Dieses Mal gehen wir aber in eine Verlängerung, weil wir sehen, wie gut es dem Probanden tut. Karlheinz wird auf den Bauch gelegt, erhält eine geistige Wirbelsäulen Begradigung und danach noch eine Kekko zur Blutzirkulation. In der folgenden Teepause ist Karlheinz so gut drauf, dass er sogar heftig mit Rosi, Christel und Claudia flirtet. Reiki kann auch lustig sein, wenn's denn hilft! Am Ende der Behandlung, stellt immer der Erfolg das Zeugnis aus und nicht sture, dogmatische Vorgaben. Meinen Schülern sage ich immer: „Wende Reiki und andere Heilmethoden so an, dass du und der zu Behandelnde sich dabei wohl-fühlt. Falls du die besten Ergebnisse erzielst, wenn du dabei in der Nase pulst und pupst, dann mach das so und stehe dazu."

ALLES ist NICHTS ......NICHTS ist ALLES

die Kraft des reinen Herzen

lindert Kummer und Schmerzen

strömt die LIEBE in dich hinein

werden Kummer und Sorgen ganz klein

trag die Liebe in die Welt

berühr die Sterne am Himmelszelt

leb deine Träume JETZT und HIER

des Glückes Pflanze wächst IN DIR

vergiß Anfang und Ende, Alter und Tod

kein Weg-kein-Erkennen

Nichts und Niemand benennen

es gibt nichts zu erreichen, nichts zu begleichen

DU bist alles und alles ist in DIR

spuck in den Himmel

alles fällt auf dich zurück

denke GLÜCK

und DU BIST das GLÜCK

Diese, meine Lebensregeln, habe ich irgend-
wann nachts einmal aufgeschrieben. Ich nehme
den Karlheinz in den Arm und flüstere ihm mein
Gedicht in sein behaartes Ohr. Er ist ganz
gerührt und fragt leise: „Darf ich denn noch ein-
mal mitkommen, mit dem Lars, zum nächsten
Reikitreffen vielleicht?"
Alle nicken und Christa sagt lachend zu ihm:
„Reiki ist doch zum Glück ein Witz und wenn ein
Witz dir gut tut, dann lass uns an dir rumwitzeln."
Lars ist völlig aus dem Häuschen. So hat den
Opa lange nicht erlebt und er kann es kaum er-
warten, ihn wieder bei seiner Oma abzuliefern.
Haben wir da vielleicht einen alten, skeptischen
Mann, lachend glücklich gemacht?
Glück, was ist das schon.
Alle suchen es und verlieren sich dabei.
Ist Glück ein Lottogewinn, ein neues Auto,
ein Lebenspartner, ein gut funktionierender
Darm, oder die warme Mahlzeit eines armen
Obdachlosen? Alles ist doch relativ und auch
letztendlich endlich. Wenn ich einmal in die
geistige Heimat zurückkehre, kann ich in meinem
mentalen Rucksack nur noch Liebe und Weisheit
mitnehmen. Liebe spürt man doch, wenn jemand

in deine Augen schaut und ohne Worte weiß,
was du brauchst. Alles das, was du aus dem
reinen Herzen in Liebe tust, hinterlässt die
Wegweiser auf deinem gegangenen Lebensweg.
Einige bemerken, lesen diese und gehen in die
richtige Richtung. Andere übersehen die Wegweiser und irren lange herum, bis sie ihr Ziel
erreichen. Viele übersprayen die Wegweiser und
führen andere in gefährliche Höhen und Tiefen.
Am Ende ist aber jeder für sich selbst in Eigenverantwortung zuständig und findet Glück, oder
er findet es nicht. Vielleicht übersieht er es auch.

wenn ich über die Regenbogenbrücke geh
und mein Leben nochmal vor mir seh
drehen all die schönen Stunden
vor meinen Augen ihre Runden
die Jahre meiner Kinderzeit
das Spiel im blauen Organzakleid
Die schöne, schokoladenbraune Lieblingspuppe
stets wollt ich mehr Würstchen
als Bohnen in der Suppe
die erste Liebe im Heidekraut
danach der schönste Tag als Braut
die Schmerzen als ich den Sohn gebar
der für mich immer ein kleines Wunder war
die Ehejahre, wo sind sie geblieben
so viele schöne Stunden im
Kreise meiner Lieben
die Freude an den Enkeln und den Tieren

ließ mich stets meine Sorgen verlieren
der letzte Gang, er fällt mir leicht
mein Lachen hätte für viele Leben gereicht
ich geh nicht VON euch, ich geh nur VOR
durch das offene Himmelstor
die Energie meiner Gedanken bleibt euch treu
ihr werdet sie spüren, täglich aufs Neu
euer Lachen erreicht mich im Raum ohne Zeit
wir berühren uns damit in der Unendlichkeit

Meine Reise in die geistige Heimat steht aber noch nicht bevor. In den spirituellen Gruppen arbeiten wir mit unterschiedlichen Themen. Prophylaktisch, aber auch Versehrtheiten werden behandelt. Leichte und schwere Fälle werden an der Liege, oder in Fernheilung bedient. Wir arbeiten mit der Körperzellen-Besprechung und mit den Heilgebeten der weisen Frauen. Warzen werden ebenso wie eine Gürtelrose, oder andere Krankheiten, besprochen. Alles passiert in jedem Moment aber immer mit Wissen darum, dass wir nur mit unserem inneren Arzt arbeiten und ein Arztbesuch in einer irdischen Praxis durchaus parallel laufen darf. Stille Meditationen stehen auf dem Programm, ebenso wie Lachyoga. Viele kommen und bleiben, einige kommen, gehen wieder und kommen nicht nochmal, einige arbeiten sporadisch mit. Alles ist genau richtig und fühlt sich immer gut an.

Tagsüber arbeite ich bis zu 16 Stunden im Büro, eruiere und erledige meine Aufträge zur Zufriedenheit der Auftraggeber. In der Freizeit gleiche ich die irdische Arbeit, mit spiritueller Tätigkeit aus. Mein Zank malocht viel, hat aber keinen ausgleichenden Draht ins Universum und ist urlaubsreif. Gawain macht sich inzwischen wirklich gut als Wirtschaftsdetektiv in meiner Firma. Seine Recherchen sind fundiert und kommen exzellent bei den Auftraggebern an. Da kann ich mit Zank gut und gerne einmal wieder verduften. Wir planen eine Reise durch Rajasthan. Indien fasziniert mich schon immer, ich habe schon etliche Male dort in früheren Leben gelebt. Nun geht es auch in diesem Erdenleben dorthin. Wir fliegen nach Indien,

ich bin hin und oder, sowas von weg.

Auf meist nur wenig befahrene Strecken, führt uns unser Reiseleiter Neeraj auf dieser 3000 km langen Reise durch das liebenswerte Rajasthan. So lernen wir nicht nur alle wichtigen Sehens-würdigkeiten, sondern auch das traditionelle Leben in Kleinstädten und Dörfern, das turbulen-te Leben in Großstädten, sowie die kulinarischen Köstlichkeiten Indiens kennen. Zum außerge-wöhnlichen Indienerlebnis tragen auf dieser Reise, auch die Unterkünfte bei. Wir wohnen in Maharadscha Palästen, die zu stilvollen Hotels ausgebaut sind und heute meist von den reichen

Familien der Besitzer betrieben werden. Einmalig sind auch die Nächte in einer Luxus-Zeltanlage und in stilvollen Hotels, die keine Wünsche offen lassen. Dort, wo nach Mahatma Gandhi die Seele des Landes wohnt, haben wir Zeit, Indiens stillen Wesenszug auf uns wirken zu lassen. Andererseits macht es einen Riesenspaß, Bollywood einmal hautnah zu spüren, zu sehen und zu riechen. Wir starteten unsere 3000 km lange Rundreise in Delhi, der Hauptstadt Indiens. Von hier aus haben bereits Hindus, Moslems und Mogulen, sowie die britischen Kolonialherrscher regiert. Die quirlige Altstadt, sowie das Gebiet Neu Delhis bieten uns eine einzigartige Kulisse jahrhundertelanger Stadtgeschichte. Old Delhi wurde vom Kaiser Shah Jahan, dem Erschaffer des Taj Mahals, gegründet. Neu Delhi wurde ab 1911 von den Briten errichtet. Die Rundreise führt uns durch die Shekawati-Region nach Mandawa. Wie kaum ein anderer Ort vermittelt uns das verschlafene, alte Wüstenstädtchen Mandawa den einzigartigen, romantischen Charme Shekhawatis. Beim Wandern durch die ungepflasterten Gassen, wähnt man sich in einer mittelalterlichen Filmkulisse. Von hier aus kann man die zahlreichen, wundervoll dekorierten Havelis wie ein Bilderbuch an sich vorbeiziehen lassen. Die Außenwände, vorspringende Balkone, Alkoven und überhängende, obere Stockwerke der Havelis sind überreich mit

Mustern und Bildern verziert. Das Auge ist total fasziniert von traditionellen rajasthanischen Frauen, religiösen Motiven, bis hin zu Europäern in modischen Hüten und viktorianischem Putz. Ein Erlebnis der ganz besonderen Art ist dann BIKANER. Der von einer Mauer umgebene alte Teil der Stadt ist geprägt von vielen Märkten, Tempeln und sehenswerten Havelis. Schön anzusehen sind diese stattlichen Wohnhäuser der Kaufmannsfamilien. Die interessanteste Sehenswürdigkeit der Stadt, das Junagarh - Fort mit seiner fast einen Kilometer langen Festungs- mauer aus rotem Sandstein hat mich wirklich umgehauen. Ich spüre ganz intensiv, dass ich hier an diesem Ort schon einmal gelebt habe. Zank weiß, dass ich gerne Orbs fotografiere. Orbs sind Wesen aus einer anderen Dimension. Orbs sind Lichtwesen, es können verstorbene Verwandte, Bekannte, oder auch Fremde sein, die mir auf diesem Weg, über meine alte Digital- kamera eine Botschaft übermitteln. Mir erschei- nen die Lichtkugeln in verschiedenen Farben, Größen und auch unterschiedlichen Formen. Es sind liebevolle, verstorbene Wesen, die immer helfen und beschützen wollen, aber nur weil ich es auch zulasse. Ich halte meine digitale Kamera vor mein 3. Auge. Während ich dann auf den Auslöser drücke, sende ich einen Strahl der Liebe aus meinem Herzen, direkt ins Universum. Dann bitte ich diejenigen um Kontakt, die sich zeigen möchten. Manchmal rufe ich auch bestimmte Personen auf. Ich muss dazu sagen, dass es nicht immer klappt. Sie zeigen sich nur, wenn sie es möchten und oft erst nach 10-15 Fotos, oder auch garnicht. Erzwingen kann ich das gar nicht. Bei Zank funktioniert das fotografieren so überhaupt nicht. Er hat noch nie einen Orbs mit der Kamera eingefangen. An diesem wunderschönen Ort zeigen sich ganz viele Orbs und das macht mich richtig glücklich. Zuhause sehe ich sie gelegentlich sogar direkt, ohne Kamera. Wenn ich im abgedunkelten Zimmer meditiere, oder draußen in der Natur, am Himmel und ganz oft draußen in den Bäumen.

Weiter geht die Reise. 30 km südlich, in Deshnok besuchen wir den Rattentempel SHREE KARNI MATA. Es gibt im Tempel tausende von Ratten zu sehen, die dort als heilig verehrt werden und sich überall im Tempel frei bewegen. Sie werden gefüttert und verehrt. Die Ratten sollen im nächsten Leben als "Weise" oder "Heilige" wieder geboren werden, darum soll man sich mit Ihnen gut stellen. Die einzige, weiße Ratte des Tempels kommt bereits nach 5 Minuten und beschert uns somit Glück und Gesundheit bis ans Lebensende. Viele Pilger warten oftmals vergeblich auf diese ganz besondere Ratte. Einer alten Legende zufolge stritten sich einmal die Göttin Karni Mata und der Todesgott Yama. Seitdem werden die Einwohner von Deshnoke nach ihrem Tod in Ratten verwandelt. Im Hindu-Tempel Karni Mata werden sie von den Einheimischen gefüttert und verehrt. Es kommen viele trauernde Frauen in den Tempel, die ein Kind verloren haben. Sie finden Trost in dem Glauben, ihr Kind lebe hier als Ratte bis zur nächsten Wiedergeburt. Ich finde den Gedanken in Ordnung und mochte schon als Kleinkind Mäuse und Ratten gerne, weil sie in der alten Scheune bei Oma ihr Zuhause hatten. Bei Oma ging es ja auch sowieso allen gut.

Weiter gehts nach Jaisalmer. Diese Stadt ist für mich einer der großen Höhepunkte der Rundtour. Die Fahrt durch die karge Landschaft von Osten her ist eher unspektakulär. Doch dann tut sich auf einmal ein riesiger Berg mit einem Fort vor einem auf. Jaisalmer! Im Jahre 1156 wird Jaisalmer gegründet. Von Anfang an ist es ein Knotenpunkt der Kamel Karavanen zwischen Indien und Zentralasien. Das bringt der Stadt großen Reichtum ein, der aber mit Aufkommen der Schifffahrt wieder schwindet. Durch die Teilung von Indien und die Nähe zu Pakistan ist die Stadt heute nur noch ein Touristenhighlight. Das Fort muss man sich unbedingt ansehen. Es beherbergt eine kleine Stadt mit allerlei Palästen, Tempeln, Wohnhäusern, Backpackers und vieeeeelen, geruhsamen Kühen.

Ein Kamelritt in die Wüste Thar, wo wir in den heißen Dünen den Sonnenuntergang genießen können, rundet den Besuch ab. Wir essen ein paar Kekse und Neeraj schenkt einen uralten Whisky in kleinen Holzschälchen aus. Ich sitze im heißen Sand, meditiere und plötzlich bin ich selbst ein kleines Sandkorn, welches Arm in Arm mit all den anderen Steinchen eine Einheit bildet. Wir besuchen Jodhpur. Diese sehr schöne Stadt liegt im Osten der Wüste Thar. Die Stadt hat so viele Beinamen, so wird sie gerne "Das Tor der Wüste Thar" genannt oder "Stadt des Lichts". Besser bekannt ist sie unter dem Namen: "Die blaue Stadt". Es wird behauptet, das traditionell die Farbe Blau, die Zugehörigkeit der Bewohner zur hohen Kaste der Brahmanen kennzeichnet. Das ist heute aber nicht mehr von Bedeutung. Man sagt der Farbe ausserdem nach, dass sie Moskitos abwehrt und einen kühlenden Effekt hat.

Dann das Erlebnis Udaipur.

Mit Namen wie "Stadt der Paläste" und "Märchenland, präsentiert sich uns die romantischste Stadt Rajasthans. Zu Füßen, des auf einem Hügel stehenden Stadtpalastes pulsiert das Leben Udaipurs. 1568 von dem Maharana Udai Singh, als Hauptstadt des Mewar-Reiches gegründet. Wir lernten die Jains kennen, die auf jegliche Gewalt verzichten. In ihrem, mit 1444 Säulen bestückten Jain Tempel, komme ich total zu mir und nehme mir vor, etwas friedvoller mit Zank umzugehen. Den Stadtpalast in Udaipur erreichen wir durch das große Tripola-Tor. Das Festungsinnere, ein Bild zarter und anmutiger Schönheit. Marmorpavillons, Fresken, Wandmalereien und dekorierte Säulen. Viele kleine Gärten und wunderschöne kleine Paläste finden sich innerhalb der Anlage.

Unter anderem: Suraj Gokhada oder auch der Sonnen- Balkon, Bada Mahal, Shees Mahal, Bhim Vilas, Chini Chitrasal und Mor Chowk. Der Jagat Niwas, auch Seenpalast genannt, wird 1746 als Sommerpalast der Fürsten von Merwar aus Marmor erbaut. Er steht auf einer Insel des Pichola-Sees und ist heute ein tolles Luxushotel. In diesem See gibt es auch noch den aus rotem Sandstein gebauten Jag Mandir-Palast, der mit kostbaren Einlegearbeiten ausgestattet ist.

In Udaipur besichtigten wir den Palast des Maharaja Arvind Singh Mewar. Dort mache ich ein Foto des Königs, von einer der dort hängenden Fotografie. Wir besuchen im Palast ein kleines Turmzimmer. Dort hängen 10 Ölgemälde vom Maharadscha, die ich mir ansehe. Die Bilder sind von weltweit bekannten, namhaften Malern gearbeitet. Meine kreative Ader pulsiert, kitzelt mich und ich sage zu Zank:

„Ich werde Zuhause ein Energiebild vom Maharadscha anfertigen. Aus hunderten, funkelnden Kristallen, die ich wie gewohnt mit Energie strukturiere. In das Bild arbeite ich wie immer, eine CD ein, die ich mit Heilgebeten und schmutzigen Witzen bespreche. Das Bild wird dann hier als 11. Bild aufgehängt."

Zank ist mal wieder angepißt von meinen blöden Visionen und stöhnt nur:

„Na klar, du hast wie immer Recht und ich hab wieder meine gewohnte Ruhe."

Am Abend sind wir zu Gast beim Neffen des Königs und seiner Familie. In seinem Privathaus speisen wir und dort lerne ich auch die Schwester des Maharadscha kennen. Diese malt und zeigt mir ihre Bilder in ihren Privatgemächern. Wir plaudern über unsere Malereien und da sie gerade eine verstauchte Hand hat, behandle ich diese. Aus Dankbarkeit schenkt sie mir aus ihrer Schatulle einen kristallenen Ganesha. Der Gott und Herr der Hindernisse steht für Weisheit, Klugheit und Neubeginn. Meine Freude darüber ist einfach unbeschreiblich grenzenlos. Im Wohnzimmer der Familie, hängt wieder das Foto des Königs, welches ich am Morgen schon im Palast fotografiert habe. Ich beschließe nun endgültig, den Maharadscha zu malen und dieses Bild, gefertigt aus meinen Energiesteinen, nach Indien in den Palast zu schicken. Dort soll es dann wirklich bei den anderen Bildern im Turmzimmer hängen. Ich lasse mir die private Postadresse vom Neffen geben und erzählte der Familie von meinem Plan. Die Schwester des Königs ist begeistert. Ihr Sohn, der Neffe des Maharadscha sagt mir, daß er seinem Onkel das

von mir gemalte Bild dann am 13. Dezember zum Geburtstag überreichen will. Wir verbringen einen wunderbaren Abend mit der Familie. Die Schwester des Königs erzählt der Familie von meiner erfolgreichen Behandlung ihrer Hand. Danach darf ich noch stundenlang an allen anderen Familienmitgliedern Heilarbeit verrichten. Das mache ich so gerne und mit Freude, denn alle sind wunderbare Menschen. 17 Personen leben im Haushalt und zufällig??? habe ich genau 17 Energie Kristalle für diesen Besuch in meine Tasche gepackt und jedem einen Kristall in die Hand gelegt. Es besteht eine tiefe Verbindung zu den Personen, denen ich so einen Stein übergebe, den ich zuvor mit Heilgebeten, Licht und Liebe für alle Ebenen, strukturiere. Ich habe schon Tausende davon weltweit abgegeben und wenn ich morgens früh erwache, sehe ich mich oft in einem grünlich fluoreszierenden Gitternetz. Dann spüre ich die weltweite Vernetzung zu Allen und Allem und den Draht ins Universum. Das ist wunderschön !!!!!!! Wir verlassen die königliche Familie, reisen weiter und erreichen Pushkar. Sofort bin ich hin und weg von dieser zauberhaften Atmosphäre des Ortes. Unendlich viele, selbst ernannte Heilige, dem Heiligen See, den gestrandeten Europäern und den vielen Sadus.
5 beinige, heilige Kühe neben schlanken Schlangenbeschwörern und der weltweit einzige

Brahma Tempel ziehen uns in ihren Bann.
Pushkar ist eine kleine Stadt, die indienweit zu
einer der wenigen Pilgerstädte zählt. Gläubige
kommen aus ganz Indien um sich im heiligen
Lake Pushkar zu baden. Allgemein ist auch
bekannt, dass es dort immer noch viele "Hippies"
westliche Aussteiger, gibt. Die genießen ihre
Zeit, fahren auf dicken Motorrädern rum und
rauchen nicht nur Zigaretten.
Rund um den Lake Pushkar sind die 52 "Ghats"
angelegt, an denen die Pilger baden. Einige
Ghats haben besondere Wichtigkeit:
der Varah Ghat, der Brahma Ghat oder der
Gandhi Ghat. Man soll stets Respekt vor den
Eigenarten dieser Religion haben, wenn man
diesen Ort besucht.
Weiter geht die Fahrt nach Jaipur, der Hauptstadt Rajasthans. Jaipur hat über 3 Millionen
Einwohner und ist somit die größte Stadt in
Rajasthan. Im Jahr 1727 von Maharaja Jai
Singh II. gegründet gehört sie damit zu den
jüngeren Städten. Jaipur wird auch "Pink City"
genannt, weil die meisten Gebäude im Altstadt-
viertel mit braunrosa Farbe gestrichen sind. Etwa
10 km nordöstlich von Jaipur liegt das bekannte
Amber Fort. Wir besuchen dieses Amber Fort auf
dem Rücken einer Elefanten-Karawane.
Während unserer Reise sind Bombenanschläge
an der Tagesordnung. Insgesamt 4 x erfahren wir

aus den Medien, dass es bis zu 200 Tote durch einen Anschlag gibt. Zuhause ist Gawain in heller Aufregung und bittet uns täglich, unsere Zelte abzubrechen und zurückzukehren. Das will ich aber nicht. Ich habe hier schon so viele Leben gelebt, da kann ich ja auch dann ggf. meine Asche im Land lassen.

Auf dem Weg nach Agra besuchten wir die verlassene Stadt Fatehpur Sikri. (UNESCO-Kulturdenkmal) Die verlassene Stadt aus dem 16. Jahrhundert, die ca. 40 km von Agra entfernt liegt, wurde 1569 vom Kaiser Akbar erbaut. Der Großmogul Akbar setzt diese Stadt buchstäblich in den Sand. Verschachtelte Hof-anlagen, Gärten, Pavillons, künstliche Wasser-becken und herrliche Steinmetz Arbeiten ver-setzen uns zurück ins 16. Jahrhundert.

Wir kommen zum Höhepunkt unserer Rundreise. Im Morgengrauen erreich wir: das Taj Mahal. Das Grabmal aus Marmor, wird vom indischen Großmogul Shah Jahan 1651 für seine Lieblings-frau Mumtaz Mahal erbaut, die bei der Geburt ihres 14. Kindes stirbt. Untröstlich über ihren Tod lässt er einen Prunkbau aus rotem Sandstein und Marmor errichten. Es ist eine Meisterleistung Indo-Islamischer Kunst. Nach einem Besuch des schönen Agra-Forts setzen wir uns in die Eisen-bahn und wollen im 1. Klasse-Abteil mit toben-den Kindern und heiß serviertem Kaffee, an die 6 Stunden in Richtung Delhi fahren. Unsere

reservierten Plätze sind belegt. Eine Dame mittleren Alters liegt auf den beiden Plätzen und schläft. Da machen wir keinen Hermann draus und setzen uns einfach auf die freien Plätze gegenüber. Ich beobachte die schlafende Frau und bekomme Inputs, dass sie Schmerzen hat. Der Zug wackelt gemütlich vor sich hin, ich lege die Frau mental auf meinen Oberschenkel und gebe ihr eine Reiki Fernbehandlung für alle Ebenen. Keiner der anderen Mitfahrenden bekommt das mit. Nur Zank bemerkt mal wieder meine Aktivität und sagt leicht gereizt:
„Muss das schon wieder sein?"
Ich frage ihn, ob ich lieber in der Nase popeln soll und er winkt ab.
Nach ca. 30 Minuten, hebt die leicht am ganzen Körper zuckende Frau ihren Kopf, lächelnd sieht sie mich an und fragt: „REIKI????"
Zank fällt sprachlos unter seinen Sitz und ich tausche mich rege mit der nun sitzenden Frau aus. Sie ist eine Schriftstellerin und befasst sich seit Jahren mit alternativen Heiltechniken. Leider hatte sie bisher keine Zeit, ein Seminar zu besuchen und selbst Techniken zu lernen und diese anzuwenden. Ihr rechter Arm schmerzt sehr, sie hatte einen komplizierten Bruch und nun ist darin eine Metallschiene zur Heilung eingebaut.
Wir setzen uns nebeneinander und ich kann sie so noch eine gute Stunde behandeln. Ihr ganzer Körper zuckt und sie weint leicht. Mit den nun

verstreichenden Minuten wird ihr Gesicht weicher und sie bekommt ein Lächeln ins Gesicht. Ich beende die Behandlung. Sie nimmt mich in den Arm und bedankt sich herzlich. Da unser Abteil keine Tür hat, bleibt die Aktion nicht unbemerkt. 3 mitreisende, indische Frauen und 2 Männer aus dem Gang wollen Genaueres wissen. Harleen, so hatte sie sich mir vorgestellt, erzählt den Personen auf Hindu von Reiki, meiner Behandlung und daß sie danach keine Schmerzen mehr hat. In den verbleibenden 4,5 Stunden bis Delhi, behandle ich nun noch alle, die es möchten. Migräne, Rückenschmerzen, Zahnweh und ein offenes Bein sind mit im Programm. Wir tauschen unsere email Adressen aus und sind alle bis zum heutigen Tag noch in Kontakt. Es kommt öfter mal vor, dass ich Fern-Reiki und oder andere Energie sende, wenn Migräne oder andere Versehrtheiten behandlungsbedürftig sind.

In Delhi ist unsere Reise nach 3000 km zu Ende. Wir haben wunderbare Menschen kennen gelernt, interessante kulturelle Stätten gesehen und werden ganz bestimmt wiederkommen. Jetzt gehts erstmal nach Hause und da freue ich mich riesig drauf. Nach der Ankunft in unserem Nest, setzte ich mich sofort in mein Atelier, male und arbeite am Energiebild des Maharadscha. Das fertige Bild wird zusammen mit einem Bild für die Schwester des Königs und vielen, vielen

Heilsteinen für die königliche Familie, nach Udaipur versendet. Danach höre ich wochenlang nichts vom Neffen des König. Erneute Bombenanschläge in Indien verzögern die Sendung und ich sehe meinen Traum platzen, dort im Palastzimmer einziehen zu können. Dann, in der 1. Dezemberwoche kommt eine email vom Neffen des Maharadscha. Das Bild ist heil angekommen. Erneute Bombenanschläge lassen keine Geburtstagsfeier des Königs zu. Da aber der Neffe das Bild in Händen hat, wird dem König das Bild in der Woche nach seinem Geburtstag, persönlich von seinem Neffen überreicht. Am 30. Dezember steckt dann zu meiner größten Freude ein persönlicher Brief, mit Siegel des Maharadscha Arvind Singh Mewar in meinem Briefkasten. Er bedankt sich persönlich für das Bild, auch seine Kinder bedanken sich für für all die Kristalle. Nun hängt mein Bild vom König in diesem Turmzimmer im Palast in Udaipur. Der persönliche Brief des Maharadscha, hängt über meinem Schreibtisch im Büro. Wenn du etwas wirklich willst und keinem damit schadest, kannst du alles erreichen. Leg los und mach`s einfach. Zank hält sich jedenfalls zukünftig mit blöden Kommentaren sehr zurück, wenn ich mal wieder eine Vision habe. Eine Reise nach Udaipur steht auf meiner Urlaubsliste ganz Oben, da ich noch einmal in dieses Palastzimmer möchte. Den König auf meinem Bild, dort neben den anderen

Bildern zu sehen, werde ich mir bestimmt noch einmal erlauben.

Ich habe auf meinen Reisen immer so an die 150-200, mit Heilgebeten besprochene Energie-steine im Koffer, die ich mit meinem R bemale. Menschen, die ich nicht vergessen möchte, kranke, traurige und alle, die es möchten, denen schaue ich in die Pupillen und lege dann einen Stein in ihre Hand. Durch meine Steine lerne ich jedes Mal wieder einzigartige, wunderbare Menschen kennen und es werden immer neue Freundschaften geschlossen. 300 Energiebilder habe ich bisher gefertigt und es wird keine weite-ren geben. Meine Bilder, in die ich Energiesteine, sowie mit Heilgebeten und schmutzigen Witzen, besprochene CD`s einarbeite, habe ich schon auf der ganzen Welt von Asien über Südamerika und in ganz Europa verteilt. Ich fertigte schon:
Den Dalai Lama, (König der Obdachlosen)
Lady Di, (Königin der Herzen)
Angela Merkel, (Königin des Bundestags)
Olivia Jones, (Königin der Travestie)
und Harald Glööckler (König der Mode)
Bruce Darnell (König der Tränen)
wurden wie viele andere Könige, aus meiner Sicht, gemalt, energetisiert und zugestellt.
In Japan bei Riku, (König des Reiki) hängt ein Bild, wie auch auf dem Wohnschiff von Gunther Gabriel (König der Landstraße)
Dieter Bohlen, (König des Pop) habe ich einmal

im Februar zum Geburtstag ein Bild auf den Zaun gelegt. Ich vermute, daß Dieter es in seinem Kartoffelkeller hinter die Kohlensäcke gestellt hat, denn eine Nachricht habe ich von ihm nie erhalten. Er hat seinen Bunker, Luftlinie 1000 Meter, hinter unserem Nest stehen. Seine Carina hat mir aber einmal beim Italiener im Nachbarort erzählt, daß das Bild in Dieters Tonstudio hängt. Dabei hätte ich ihm gerne Reiki gegeben, als er einen Bruch an seiner empfindlichsten Stelle hatte. Dazu müßte ich wohl erst mal die 49 hinter der 19, in meinem Geburtsdatum, amtlich auf 89 eintragen lassen. So ist er halt, der Dieda.

Mein Zank ist überhaupt nicht von meiner Steinverteilung auf Reisen begeistert, weil er immer nur Platz für eine Unterhose und eine Socke im Koffer hat. Den Rest benötigen meine Energiesteine. Dafür kommen aber nach den Reisen immer sooo viele positive Gedanken bei uns an, daß wir eigentlich keine Heizung benötigen. Da kann es einem mächtig warm ums Herz werden, bei dem Gedanken an die lieben Menschen, die nun meine Steine in den Händen halten und an mich denken. Ich denke, daß der Herr Zank dafür ja mal im Urlaub mit seinen Klamotten ein bisschen improvisieren kann.

Improvisation kenne ich in meiner Tätigkeit als Wirtschaftsdetektivin nicht, da sind Fakten gefragt. Meine Arbeit läuft weiter gut und ich stelle immer rechtzeitig die richtige Weiche und das

Stoppschild, zwischen Ermittlungstätigkeit und spiritueller Entspannung.

Diese Entspannung suche ich dann auch auf dem Weg von Hamburg nach New York, auf einem Kreuzfahrtschiff. Das Leben ist ja ein Navigator, die Route wird ständig neu berechnet. An Bord ist auch ein ehemaliger Kanditat, einer beliebten Castingshow für Sänger. Der junge Mann entscheidet sich, lieber als Frau an Bord zu kommen und zieht eine Show ab, die kaum einer sehen möchte. Bei einer Karaoke Runde wird er ausgebuht und entschließt sich, nicht erst im sicheren Hafen von Bord zu gehen. Morgens um 05:04 Uhr verlässt er im weißen Bademantel das Schiff ohne sich auszuchecken. Vor Neufundland springt er ins eiskalte Wasser. Wir kreuzen mit anderen Schiffen 24 Stunden im Viereck und suchen ihn vergeblich. Das Schiff ändert den Kurs, Ausflüge fallen aus und viele sind darüber nicht amüsiert. Mir ist es egal, denn ich passe doch mein Leben der Situation an und erwarte nicht, dass sich die Situation meinem Leben anpasst. Auf Grönland verpasse ich ein Date mit einem Schamanen und das finde ich wirklich schade. Er ist krank und wir verschieben das Treffen auf unbestimmte Zeit. Für ihn habe ich einen wunderschönen Engel gebastelt. 10 cm groß mit einem Körper aus Kristallen in den Chakren Farben. Der Engel hat einen Karabinerhaken und er sollte ihn in seinem Auto an den

Spiegel hängen. Nun bleibt der Engel vorerst im Koffer und wartet auf einen neuen Einsatz. Auf Umwegen landen wir letztendlich doch noch im New Yorker Hafenterminal. Der Time Square bei Nacht und das Feeling der unendlichen Freiheit ziehen mich in ihren Bann. Wir erkunden diese Stadt und landen im Rockefeller Center in der 86. Etage. Hier sitze ich noch immer relaxt im meditativen Sitz und komme langsam aus einer tiefen Trance zurück in die Welt des hier und jetzt. Schön war's, diese Rückschau auf einen Teil meiner persönlichen Seifenoper. Ich würde immer wieder alles genauso machen. Natürlich wird mein nächstes Leben total anders, denn niemand, auch ich nicht, kennt seine Pläne für sein Erdenleben.

Unsere Reise geht mit dem Flugzeug zurück nach Hamburg. Bevor wir den Terminal des Newark Flughafen ansteuern, machen wir noch eine Stadtrundfahrt. Unsere Koffer laden wir als Erste in den Bus und blöderweise bekommen wir sie als Letzte wieder in die Hände. Zank ist stinksauer und einige Mitreisende sagen ziemlich hämisch: „Selber Schuld!

Die ersten sind oftmals die letzen!"

Das bestätigt sich am Schalter des Check in. 362 Personen stehen in der unendlich langen Warteschlange direkt vor uns.

„Ach du scheisse," sage ich und überlege, mich nun in eine Meditation auf die Koffer zurück zu ziehen und das zu übersehen.

In diesem Moment sehe ich auf einmal eine junge, schlanke Security Mitarbeiterin. Total traurig sieht sie aus. Sie hat himmelblaue Augen und pechschwarze lange Locken. Zum Zeitvertreib hole ich einen kristallenen Heilstein, auf den ich ein Engelsymbol gemalt habe, aus meinem BH heraus. Ich schaue noch einmal in die himmelblauen Augen der Frau, gehe zu ihr und nehme ihre Hand. Dann sehe ich in ihre Pupillen und sage ihr, dass sie nicht traurig sein soll. Alles ist gut und das wird sie in Kürze erfahren. Ich lege ihr den Stein in die Hand und stelle mich wieder neben Zank. Nach einer Schockstarre von 30 Sekunden, kommt die Frau lächelnd in unsere Richtung und entfernt das Trennband zur Warteschlange. Sie fordert uns auf, ihr zu folgen. 724 Augen der Fluggäste schauen neugierig hinter uns her. Zank sagt irritiert:

„Was hast du schon wieder für einen Bockmist verzapft. Werden wir jetzt verhaftet?"

Die junge Frau führt uns an der langen Warteschlange vorbei, direkt an den Schalter und lässt uns einchecken. Mir kommen die Tränen und ich hole den Engel des Schamanen aus meinem Rucksack und lege ihn in ihre Hand. Ihr kommen die Tränen, als sie den Engel sieht und wir beide liegen uns heulend in den Armen. Ich streichele ihre Haare, schaue in ihr Gesicht und sage ihr:

„alles ist wirklich gut, warte ab und sage dem

Engel alles, was du erwartest und dir wünscht."
Wir gehen durch den Schalter und sie schaut
uns noch so lange winkend hinterher, bis wir um
eine Ecke gehen. Zank will wissen, was ich da
gemacht habe und ich sage ihm:
„Sie trauert gerade und benötigt ein wenig
Engelenergie. Die da oben wissen nun Bescheid
und kümmern sich um die Angelegenheit."
Zank sagt erstmal nichts dazu, nimmt mich völlig
überraschend in den Arm, drückt mich sanft und
flüstert mir ins Ohr:
„Zum Glück habe ich dich ja hier unten und muss
nicht immer da Oben anfragen, wenn ich einen
Engel benötige."
Wir suchen uns einen Coffeshop und trinken
erstmal einen großen Becher Latte Macchiato.
Nach und nach trudeln die anderen Fluggäste in
der Nähe ein und jedesmal werden wir gefragt:
„Was war das denn eben??????"
Zank sagt dann:
„Nix besonderes, die letzten werden manchmal
eben auch die ersten sein!!! Steht doch schon im
Bhagavadgita, dem heiligen Buch des
Hinduismus so aufgeschrieben."
Der kleine Spinner ist so stolz auf meine Aktion,
obwohl er sie zuvor verpönt hat. So endet das
aber meistens auf unseren Reisen. Erst einmal
meckern, dann davon profitieren. Ist aber und
oder total egal. Letztendlich landen wir pünktlich
in Hamburg und freuen uns schon auf die

Herausforderungen des Alltags, bevor wir wieder neu starten. Unverhofft kommt oft, trifft bei uns auf offene Türen und wir folgen gerne.
Koffer auf...... Koffer zu......und wir sind dann mal wieder auf Zanke.
Sicher ist nur, daß NICHTS sicher ist und sogar das ist nicht sicher, das weiß ich ganz sicher.

Das muß noch hier rein:
Im Jahre 2006, an irgend einem Tag morgens um
03:00 Uhr, habe ich dieses Gedicht geschrieben. Es
ist meine Bitte an Dich: lies es und beginne mit der
Pflege. Unsere Mutter soll genesen, hilf ihr.

diese Zeiten, sie tun weh,
drum weint die Erde einen See
sie ist sehr krank und ausgelaugt
die Menschen haben sie ausgesaugt
Mutter Erde denkt an die schönen Zeiten
läßt ihre Gedanken durch Jahrtausende gleiten
als Mensch und Tier im Einklang lebten
am Himmel viele Schneeflöckchen schwebten
Kinder liefen Schlittschuh auf dem Eis.
die Dächer waren im Winter oft weiß.
Menschen respektierten und liebten die Welt
nachts leuchteten Sterne am Himmelszelt
die Erde schaut auf ihr marodes Gewand
und reicht der Menschheit nochmal die Hand
laßt mich nicht sterben in dieser Stund
seid pfleglich zu mir, damit ich gesund
dann werden die Winter wieder Winter sein
der Frühling wird öffnen die Herzelein
Sommers werden die Kinder draußen rumtollen
der Herbst bringet euch die Ernte im Vollen
laßt uns sofort mit der Krankenpflege beginnen.
und uns alle darauf besinnen
wir brauchen die Mutter Erde
sie braucht uns nicht, wenn wir sie quälen
erlischt ihr Lebenslicht